JN071502

ここから見えるもの

マリアナ・レーキー
遠山明子 訳

ここから見えるもの

マルティーナに捧げる

問題なのは石の重さではない。その石を持ち上げる理由だ。

ヒューゴ・ジラード

二〇〇三年度　世界最強の男

WAS MAN VON HIER AUS SEHEN KANN
by Mariana Leky

Published by arrangement with
Meike Marx Literary Agency, Japan

目次

第二部

第三部

プロローグ

光にさんさんと照らされているものをじっと見つめてから目を閉じると、静止した残像として内なる目に映る。本来明るいものは暗く、暗いものは明るく。たとえばひとりの男を見送っているとしよう。男は坂道をおりていく。これが最後と、最後の最後と、最後の最後の最後と、何度も振り返っては別れの手を振る。男を見送って目を閉じると、まぶたの裏に最後の最後の最後の手の動きが、笑みが、静止して映る。男の暗い色の髪は明るく、明るい目はとても暗く。

長い間見つめていたものが、たった一度の動きで全生涯を決定づける重要なものとなった場合、ゼルマによれば、それは残像となって繰り返し現れる。数十年を経た後でも、唐突にまた現れる。目を閉じる直前に見たものとは無関係に。たとえば雨どいを掃除していて蚊が目に飛びこんできたとき、最後の最後の最後に別れの手を振った男の残像がふいに現れる。付帯経費控除の欄を長い間見ていてよくわからず、目をしばし休めようとすると現れる。夜、子どもの枕辺にすわってお話をしていて、自分もとても眠くて、お姫さまの名前やハッピーエンドを思いつけないとき。誰かにキスをしようとして目をつぶるとき。森の地面に、診察台に、よそのベッドに、自分のベッドに身を横たえるとき。とても重いものを持ち上げようと目をつぶるとき。一日中かけずり回っていて、ほどけた靴ひもを結ぼうと立ちどまり、頭を下に向けて初めて、終日止まらずにいたと気づくとき。「目をつぶって」といわれて思いがけないプレゼントをもらうときに現れる。試着した最後のズボンも体に合わなくて試着室の壁にもたれるとき。重要なことを口に出す直前、たとえば「愛している」とか「でもわたしはあなたを愛していない」とか口にしようと目を閉じるとき。夜、じゃがいもを炒めているとき。絶対に中に入れたくない人物がドアの前に立っているのに気づいて思わず目をつぶるとき。大きな心配事がなくなったり、いなくなった誰か、あるいはなくなった何かを見つけて目を閉じるとき。それは手紙だったり、信頼だったり、イヤリングの片方だったり、逃げた犬だったり、言葉だったり、かくれんぼの上手な子どもだったりする。繰り返し何度も、ふいに残像が現れる。まったく同じ例の残像が。それは人生というスクリーンをおおうカバーのように現れる。しかもしばしば、そもそも現れるとは予想だにしないときに。

第一部

牧場、牧場

ゼルマがオカピの夢を夜中に見たと告げたとき、誰もが、自分たちのうちのひとりが死ぬと確信した。それも二十四時間以内に。だいたいのところ、それは合っていた。時間は二十九時間後だったが。死神はいくらか遅れてやってきた。死神は文字どおりドアを通ってやってきたのだ。もしかして長いこと迷っていたせいで時間に遅れたのかもしれない。それこそ最後の瞬間まで迷っていたせいで。

ゼルマは生涯で三度、オカピの夢を見ていて、毎回、その後誰かが死んでいる。それでわたしたちは、オカピの夢と死には間違いなく関連性があると確信するようになった。人の理性というのはそのように働くものだ。理性は最もかけ離れたものでも、瞬時に固く結びつけようとする。たとえばコーヒーの缶と靴ひもとか、返却金つきのびんとモミの木とかを。

眼鏡屋の理性は特にそれを得意としている。まったく関係がなさそうなものをふたつあげても、眼鏡屋は即座に類似点を見つけだす。よりによってその眼鏡屋が、今回のオカピの夢は誰にも死をもたらさないし、死とゼルマの夢はまったく無関係だと主張した。しかしわたしたちは、眼鏡屋も実際には両者の関連を信じているのを知っていた。眼鏡屋が誰よりもそれを信じていることを。

わたしの父も、そんなのはばかげた戯言で、わたしたちが迷信にとらわれているのはあまりに世間知らずだからだ、といった。父はつねにそういっていた。「世界をもっと取りこまないとだめだ」と。

父はそうきっぱりとゼルマに向かっていった。事が起きる前のことだ。事が起きてからは、たまにしかいわなくなった。

オカピはとんでもなく不合理な動物だ。死神よりもはるかに不合理で、完全に無関係なものの寄せ集めに見える。下腿はシマウマ、臀部はバク、体軀は赤茶色でキリンに似た形をしており、ノロジカの目、ネズミの耳を持っている。オカピはまったく信じがたい動物だ。実際もそうだし、ゼルマの不吉な夢でもそうだった。

そもそもオカピが公式にアフリカで発見されてから、まだ八十二年しかたっていない。発見された最後の大型哺乳動物だ。ともかくそう信じられている。おそらく間違いないだろう。というのもオカピのような動物が発見されたとあっては、それに続くものはありえないからだ。たぶんもっとずっと前にオカピを発見した者が非公式にはいただろう。しかしおそらくその発見者は、オカピを見るなり、自分は夢を見ていると思っただろう。あるいは頭がおかしくなったと。なぜならオカピは、とりわけ思いがけないときにふいに現れた場合は、夢の産物にしか見えないからだ。

オカピは不吉にはまったく見えない。たとえオカピがそうしようと頑張ったところで、不吉に見せることはまずできないだろう。たとえゼルマの夢の中で、不吉きわまりないカラスやフクロウの頭を周りに飛ばしたところで、オカピは見る者にはあいかわらず柔和にしか映らないだろう。

ゼルマの夢の中で、オカピは森の近くの草原に立っていた。そのあたりは野原と牧草地が混在していてウールヘックと総称されている。ウールヘックとは〈フクロウ森〉を意味する。ヴェスターヴァルト〔ライン川右岸に広がるドイツの丘陵地帯〕の住民は多くのものを表すのに、別の言い方をしたり短縮していったりする。

それもこれも、いうべきことをさっさといってしまいたいからだ。オカピは実際と寸分違わぬ姿をしていた。ゼルマも実際と寸分違わぬ姿、つまりルディ・キャレル〔オランダ人男性の司会者。『ルディのワイドショー』で人気を博した〕にそっくりだった。

ゼルマとルディ・キャレルがそっくりであることに、わたしたちはどういうわけか気づいていなかった。何年もたって、外来者に指摘されて初めて気がついた。気づいてみれば、両者が似ていることは明々白々だった。ゼルマの背高のっぽの体つき、たたずまい、目、鼻、口、髪。まさに頭のてっぺんからつま先まで、ルディ・キャレルと瓜二つだった。それでそれからというもの、ルディ・キャレルはもはやゼルマの不完全なコピーにしか見えなくなった。

ゼルマとオカピは夢の中でウールヘックに静かに立っていた。オカピは頭を右に、森の方に向けていた。ゼルマはそこから数歩離れて立っていた。ゼルマは夢の中でも寝間着を着ていた。ゼルマの寝間着はときに緑だったり、青だったり、白だったりするが、つねに丈は踝（くるぶし）までで花柄だ。ゼルマは頭を下げて、草の中からのぞいている自分の年老いた足の指を見ていた。それは実物どおり曲がっていて長かった。オカピのことは目の端でときどき見ているだけだった。少しばかり愛しすぎているせいであきらめきれない人を見つめる場合のように上目遣いで。

どちらも動かず、どちらも音ひとつ立てず、風もそよともしなかった。実際にはウールヘックでは年がら年中風が吹いているのだが。それから夢の最後にゼルマは頭をあげ、オカピも頭をゼルマの方へ向け、両者はまっすぐ見つめあった。オカピはとても優しげにゼルマを見た。その目はとても黒く、とても濡れていて、とても大きかった。オカピは親しげで、あたかもゼルマに何か尋ねたがっているかのように、夢の中でも何も問うことを許されていないのを残念がっているかのようだった。その光景、ゼルマとオカピが互いに見つめあっている光景は、長い間静止していた。
それからその光景は後退し、ゼルマは目を覚ました。夢は終わった。やがて身近にいる誰かの人生が終わることになる。

翌朝、一九八三年四月十八日、ゼルマはオカピの夢を見たことを知られたくなくて、やたら陽気に振る舞った。楽しそうに見せかけようと、オカピさながらに、ちぐはぐなとってつけた振る舞いをした。そしてぶらぶら歩き回ることで陽気なふりができると考えた。それで、ぎこちない笑みを浮かべてふらりと台所に入ってきた。ルディ・キャレルが『ルディのワイドショー』の冒頭、大人の背丈より大きい地球儀から登場するシーンに似ていたが、わたしはそのことに気づかなかった。その地球儀は、海は薄い青、陸地は金色にぬられていて、スライドドアがついていた。

母はまだ二階で寝ていた。父はすでに診察室にいた。わたしは眠かった。昨晩はなかなか眠れず、ゼルマが長いこと枕辺にすわってくれていた。もしかしてゼルマがなんの夢を見るか、うっすら予感していたのかもしれない。ゼルマはゼルマで、やはり何か予感するところがあって、いつもより長くわたしの枕辺にとどまっていたのかもしれない。

わたしが一階のゼルマのところで寝るときは、ゼルマはいつも枕辺にすわってハッピーエンドのお話をしてくれた。小さいときには、お話が終わるとゼルマの手首に手を回して親指で脈をはかっては、全世界がゼルマの鼓動に合わせて動くところを想像したものだ。わたしは眼鏡屋がレンズをみがいているところを、マルティンが重い物を持ち上げているところを、エルスベートが生け垣を刈りこんでいるところを、よろず屋がパック入りのジュースを並べているところを、母がモミの枝を束ねているところを、父がカルテにスタンプを押しているところを想像した。誰もがそれをゼルマの鼓動にぴったり合わせているところを。そうするといつでも安心して眠れた。けれども十歳になった今、ゼルマにいわせれば、わたしはもうそんなことをする年ではない。

ゼルマが台所にふらりと入ってきたとき、わたしはちょうどキッチンテーブルに向かって地理の宿題をマルティンのノートに写しているところだった。マルティンの宿題をやっていることを叱らずに、ゼルマが「おはようさん」といって楽しげに脇腹をつついたので、わたしは驚いた。ゼルマが「おはようさん」なんていったことはそれまで一度もなかったし、誰かを楽しげにつついたりすることもなかった。

「なんなのいったい?」とわたしは訊いた。

「なんでもないって」とゼルマは楽しげにいって、戸棚を開け、スライスチーズのパックとレバーペーストを取り出し、振り回した。

「今日は学校に何を持っていく?」またしても楽しげにいった。そして「ねずみちゃん」と付け加えた。さえずるような楽しげな口調とねずみちゃんの両方となると、まさしく赤信号だ。

「チーズをお願い」わたしはいった。「いったいどうしたっていうの?」

「なんでもないって。そういったでしょ」ゼルマは楽しげにそういって、スライスしたパンにバターをぬったが、あいかわらずせわしなく動いていたせいで、手首にチーズをひっかけて配膳台から落としてしまった。

ゼルマは動きを止め、落ちたチーズのパックを見つめた。まるで高価な物を落として粉々に割ってしまったかのように。

わたしはゼルマのところへ飛んでいって、チーズを拾いあげた。そしてゼルマの目をじっと見上げた。ゼルマは平均的な大人より背が高く、当時六十前後だった。わたしの目から見れば塔のように高く、ものすごい年寄りだ。あんまり背が高いので、ゼルマの頭の上に乗れば隣村まで見えるんじゃないかと思えるほどだったし、神様といっしょに世界を創造したんじゃないかと思えるほどの年寄りだった。

下からでも、ゼルマの目から何メートルも離れていても、昨夜、ゼルマのまぶたの裏側で何か不吉なことが起きたのがわかった。

ゼルマはささやいた。「誰にもいっちゃだめよ」それから低い声で「オカピの夢を見たのよ」といった。

いっぺんに眠気が吹き飛んだ。「オカピだったたって、それ確か?」

「ほかのなんだっていうの」ゼルマはいった。そしてオカピを他の動物と見間違えるわけがないとも。

「そんなことないよ」とわたしはいった。四肢が曲がった雄牛かもしれないし、体の造りがおかしいキリンかもしれない、自然の気まぐれはいろいろ考えられる、それに夜は何もかもが薄ぼんやりとしか見えないから、縞や赤茶色を見極めるのは難しいと。

「何いってるの」ゼルマはそういって額をこすった。「ばかばかしいったらないわ、ルイーゼ」

ゼルマはスライスチーズを一枚パンにはさんでサンドイッチケースに入れた。

「夢を見たのは何時頃?」

「三時頃よ」ゼルマはいった。ゼルマはオカピが姿を消した後、びっくりしてベッドの上で半身を起こして目を覚まし、寝間着を見つめたのだった。夢の中でも、その寝間着を着てウールヘックに立っていた。それから目覚まし時計に目をやった。三時だった。

「たぶんあんまりまじめにとらない方がいいわね」とゼルマはいった。けれどもそれは匿名のメッセージをまじめにとらないテレビドラマの警部のような口ぶりだった。

ゼルマはサンドイッチケースをランドセルに入れた。わたしはゼルマに、非常事態だから家にいてもいいかどうか、訊こうかと考えた。

「もちろんそれでも学校へは行かないとね」とゼルマはいった。わたしの考えはいつだってゼルマにはお見通しだった。まるで考えが飾り帯に書かれて頭の上にかかってでもいるかのように。「わけのわからない夢なんかに縛られちゃいけない」

「マルティンに話してもいい？」

ゼルマは思案した。そしてしばらくしていった。「いいわよ。だけど本当にマルティンにだけよ」と。

わたしたちが住んでいる村は小さすぎて鉄道の駅がない。学校を置くにも小さすぎる。マルティンとわたしは毎朝バスに乗って隣村の小さい駅まで行く。それからローカル電車に乗って学校のある町まで行く。

電車を待つ間、マルティンはわたしを持ち上げた。マルティンは幼稚園の頃から重量挙げの練習をしていて、つねにそばにいて文句一ついわずバーベル代わりになってあげるのはわたしだけだった。オーバードルフの双子は見返りにお金を要求する。ひとりにつき一回二十ペニヒだ。大人や子牛を持ち上げるのはマルティンにはまだ無理だ。他にバーベルの代わりになりそうなものといえば、せいぜい若木か子豚くらいのものだが、若木には根が生えているし、子豚はすぐ逃げてしまう。

マルティンとわたしの背格好は同じくらいだ。マルティンはしゃがんでわたしの腰に両手を回し、それからわたしの体を持ち上げた。マルティンは今では一分間、わたしを持ち上げていられる。足の指を世いいっぱい伸ばさないとわたしは地面に触れられない。マルティンにもう一度持ち上げられたとき、わたしはいった。「おばあちゃんが今朝オカピの夢を見たんだよ」と。

わたしはマルティンの髪の分け目を見ていた。マルティンの父親は櫛を濡らして息子の金髪をとかす。それで髪の一部はまだ濡れていて濃く見えた。

マルティンの口はわたしのお臍の位置にあった。「それじゃ誰かひとり死ぬのかな？」マルティンはわたしのセーターに口をつけたまま訊いた。

もしかしたら、死ぬのはあんたのおとうさんかもね、とわたしは思った。けれどももちろん口に出してはいわなかった。父親は死ぬわけにはいかない。たとえどんなに悪い父親でも。マルティンはわたしをおろして、大きく息をはいた。

「死ぬと思う？」マルティンは訊いた。

「思わない」わたしはいった。

線路の脇に立っている赤と白の信号標識が、支持具からはずれてガチャンと音を立てて落ちた。

「今日は風が強いな」マルティンがいった。けれども風はまったく強くなかった。

マルティンとわたしが電車に乗っている間に、ゼルマは電話で義妹のエルスベートにオカピの夢を見たことを話した。ゼルマはエルスベートにくれぐれもその話を他言しないようにと頼んだ。エルスベートはその後すぐに村長夫人に電話をした。そもそもは五月祭の計画のために電話をしたのだが、村長夫人はエルスベートにこう尋ねた。「ところでほかに何か新しいことはない？」と。とたんにオカピの夢のことは他言しないようにとゼルマが結んだ拘束のひもがゆるんだ。そして瞬く間に村中がゼルマの夢を知ることになった。その話は猛スピードで広まり、マルティンとわたしがまだ学校へ向かう電車に乗っている間に村中に知れわたった。

学校のある町までの電車の所要時間は十五分、途中停車はない。初めて電車で通学したときから、わたしたちはいつも同じ遊びをしていた。まず両側のドアの窓辺に、それぞれ背中を向けて立つ。マルティンは目をつぶる。わたしはマルティンが背中を向けて立っている窓から外の景色を見る。一年生のとき、わたしは電車に乗っている間に見えるものをすべて数えあげ、マルティンはそれを逐一覚えようとした。それはとてもうまくいって、二年生のときにはもう何もいわずにすむようになった。マルティンは背中を窓に向けて目を閉じたまま、わたしが車窓のガラス越しにそのとき見ている風景をほとんどすべていうことができた。ちょうど電車が針金工場のそばを通りすぎるときに「針金工場」とマルティンはいう。「それから野原、牧場、頭のおかしいハッセルの農家。野原、森、森。一番目の狩猟やぐら。野原、森、牧場、牧場。タイヤ工場。村。牧場。野原。二番目の狩猟やぐら。小さい森。農場。野原。森。三番目の狩猟やぐら。村」

初めのうち、マルティンはときどきちょっとしたミスをした。野原なのに「牧場」といったり、電車が中間地点で速度を増すと、風景を数えあげるのが追いつかなくなったりした。けれどもまもなく、まさに電車が通りすぎる瞬間に、何もかも正しくいえるようになった。わたしが野原を見ていると、マルティンは「野原」といった。農家を通りすぎるときには、「農家」といった。

四年生になった今では、すべてを完璧にいえるようになっていた。行きも帰りもきっちり正しい間隔で。冬、雪が野原や牧場をおおって判別がつかなくなっても、マルティンはわたしが車窓から見ているでこぼこの雪野原の下に、実際には何があるかいえた。畑、牧場、野原、牧場、牧場と。

ゼルマの義妹のエルスベートをのぞいて、村人は普段はあまり迷信深くない。タブーでも平然とやってのける。平気で壁時計の下にすわる。縁起が悪いといわれているのに、かまわずドアの方へ頭を向けて寝る。そんなことをしたら、まさにそのドアから遺体となって運びだされるといわれているのに。クリスマスと新年の間でも洗濯物を干す。自殺や殺人幇助に等しいとエルスベートに非難されてもかまわずに。夜、フクロウが鳴いても、馬が厩舎で汗をびっしょりかいても、犬が頭を下げて悲しげに鳴いても、村人は気にしない。

ところがゼルマの夢は、紛れもない事実と受け止められた。ゼルマの夢にオカピが現れたら、実際に死神が出現したのと同じだ。今はじめて現れた死神に、ふいをつかれたかのように振る舞う。死神は、代母のようにつかず離れず、ずっと関心を寄せ続けてきたはずなのに。

村人は動揺していた。大多数は何もさとられないようにしていたが、それでも動揺が見て取れた。今朝、ゼルマが夢を見てからわずか数時間後、村人はどの道も、路面が凍結してでもいるかのようにおそるおそる歩いた。外でだけではない。家の中でも、台所も居間も床が凍結しているかのように。誰もが自分の体が異物になったかのように動いた。体の節々に炎症があるかのように。そして腫れ物に触るように物を扱った。一日中、我が身を案じていた。一応他人の身も。誰もが始終後ろを振り返った。人殺しが飛びかかってきやしないかと、正気をなくしてもはや失うものなど何ひとつない者が、襲いかかってきやしないかと。それからあわてて前を見る。なぜなら正気を失った者は、前から襲ってくるかもしれないから。上も見た。落ちてくる屋根瓦や、枝や、重い電灯の笠を避けるために。動物はことごとく避けた。なぜなら人よりも動物の方が狂気に陥りやすいと信じられているからだ。普段大人しい雌牛も、今日に限って羽目を外すかもしれないので、大きく迂回する。犬も避ける。老いて立つのもおぼつかない犬でさえも。そんな犬でも、ひょっとして今日に限って喉にかみつくかもしれないから。今日はなんでもありうる。よぼよぼのダックスフントでさえ、喉をかみ切るかもしれない。それもこれも、オカピに比べれば少しも不合理ではない。

誰もが不安になっていた。けれどもよろず屋の弟のフリートヘルム以外は、恐怖におののくほどではなかった。なぜなら恐怖におののくのは普通、それ相応の確固たる理由がある場合だけだからだ。フリートヘルムは、まるでオカピがゼルマの夢の中で彼の名前をささやきでもしたかのように恐れおののいた。外へ飛びだし、体を震わせて叫びながら森中をよろよろと歩き回った。眼鏡屋がそんな彼を見つけて父のところへ連れてきた。医者である父は、彼に鎮静剤を注射した。そのおかげで彼は幸福感に酔いしれて、後は終日『おお美しきヴェスターヴァルト』を歌いながら村中踊り回って過ごした。これにはみな閉口した。

村人は自分たちの心臓を心配した。心臓はこんなに注目されることに慣れていなかったので、動揺して鼓動を速めた。村人は心筋梗塞が発症する際には片腕がむずむずすると聞き知っていたが、それがどちらの腕なのかは知らなかったので、両腕がむずむずしだした。自分たちの精神状態も心配した。精神状態の方もこれほど注目されることにはやはり慣れていなかったので、やはり動揺して鼓動が速くなった。車に乗るとき、堆肥用のフォークを手にしたり沸騰したお湯の入った鍋をかまどからおろしたりするとき、ふいに分別を失わないか、コントロール不能の深い絶望に陥らないか、そしてその絶望のせいでアクセルを目一杯踏んで立ち木に車を衝突させたり、堆肥用のフォークに倒れこんだり、熱湯を頭からかけたりしないかと危惧した。あるいは自分にではなくとも、近くにいる者や、隣人や舅や妻に熱湯を浴びせたくならないか、車で轢き殺したり、堆肥用のフォークを突き刺そうとしたくならないかと。

動くことをすっかりやめる者もいた。それも一日中。なかにはそれ以上長くやめた者もいた。エルスベートはマルティンとわたしに、こんな話をしてくれた。何年も前のこと、ゼルマがオカピの夢を見た日に、年金生活をしていた元郵便配達人は、動くことをまったくやめてしまった。どんな小さな動きも死につながりかねないと確信していたからだ。ゼルマが夢を見てから数日経ち、数か月経ち、夢の予言どおりとっくに死人が出た後もなお。ちなみにそのとき亡くなったのは靴屋の母親だった。元郵便配達人は、ただただじっとすわり続けた。動かなかったせいで関節は炎症を起こし、血は鬱積し、最後には体内をめぐる途中で血流が止まってしまった。同時に不信の念を抱いていた心も動きを止めた。年金生活をしていた元郵便配達人は、命を失う不安が嵩じたせいで、命を失ってしまったのだ。

村人の何人かは、隠していた秘密をなんとしても今こそ明かすときだと思った。彼らは手紙を書いた。まれにみる饒舌な手紙で、「つねに」と「決して」が多用されていた。彼らは死ぬのなら、せめて最後の瞬間くらい、隠してきた真実にいくらか命を吹きこまねばならないと考えたのだ。そして隠してきた真実ほど純粋な真実はないと考えた。というのも心を動かすことがまったくなかったので、真実がとどこおってしまっていたからだ。黙っていたせいで動きが取れなかったので、真実は時とともにだんだんと肥大していった。明かされずに肥大した真実を抱えている者だけでなく、真実そのものも、最後の瞬間の真実を信じていた。真実そのものも、死ぬ直前に是が非にも明かされることを望んだ。そして、真実を隠している者は、死ぬ際とりわけ苦しむことになると、死と肥大した真実の間で長い綱引きが行われると、真実は脅迫した。死が一方へ、真実が他方へと綱を引く。真実は明かされぬままになりたくはなかったのだ。すでに全生涯にわたって葬られてきた真実は、わずかの間でもいいから、少なくとも一度は日の目を見たかった。真実は、すさまじい悪臭を放ってみなを驚愕させるかもしれない。だがもしかしたら白日の下にさらされても、それほどおぞましくもなければ恐怖を呼び覚ましもしないかもしれない。ありうる最期の直前に、隠されてきた真実は、なんとしても第三者の意見を知りたかったのだ。

ゼルマの夢を歓迎した唯一の人物は年取った農夫のホイベルだった。ホイベルはもう長いこと生きていて、ほとんど体が透き通って見えるほどだった。ひ孫からゼルマの夢の話を聞くや、朝食の席を立ち、ひ孫に向かってうなずき、階段を上がって屋根裏の自室へ行った。そこでベッドに横になりドアを見つめた。誕生日を迎えて興奮のあまり早起きして、両親がケーキを手に入ってくるのを今か今かとじりじりしながら待つ子どものように。

ホイベルは死神は礼儀正しいと確信していた。生涯を通じて礼儀正しかった自分と同じように。ホイベルは死神は命を強奪するのではなく、注意深く取り上げるだろうと考えていた。ホイベルは心に思い描いた。死神がそっとドアをノックし、ほんの少しドアを開けて、「入ってもいいかな?」と尋ねるところを。ホイベルは無論肯定する。「もちろんです」そして「どうぞお入りください」と続ける。死神が部屋に入ってくる。死神はホイベルのベッドのかたわらに立って尋ねる。「今でいいかな?　もう少ししてから来ることもできるが」ホイベルは身を起こして答える。「いえ、いえ、今がまさにちょうどいいんです」そして付け加えていう。「これ以上引き伸ばすことはやめましょう。次にあなたの都合がつくのがいつか、誰にもわかりませんからね」そこで死神は枕元に用意してあった椅子にすわる。死神は手が冷たいことを前もってわびる。手の冷たさなどホイベルにはどうでもいい。それから死神は片手をホイベルの両目に当てておおう。

そんなふうにホイベルは想像した。そしてもう一度立ち上がった。後で魂が難なく帰天できるように、屋根裏の天窓を開けることを忘れていたからだ。

眼鏡屋の秘めた愛

ゼルマが夢を見た後の午前中、最後の瞬間に日の目を見ようとした眼鏡屋の真実は、客観的には恐ろしい真実ではなかった。眼鏡屋は情事とはまったく縁がなかった。そもそも情事を持とうと思える相手がまったくいなかった。よそ様の恋人に横恋慕することもなかったし、自分以外の誰かを欺くこともなかった。

眼鏡屋が隠してきた真実とは、ゼルマを愛していることだった。それも何十年も前から。眼鏡屋は他人にだけでなく自分自身にも、それを隠そうとした。けれどもゼルマへの愛は、いくら隠してもすぐにまた現れた。ゼルマへの愛をどこに隠していたか、眼鏡屋はすぐに思い出した。

眼鏡屋はほぼ毎日、近くにいた。それも初めから。わたしの目から見ると、ほとんどゼルマと同じくらいものすごい年寄りだった。だから眼鏡屋も、神様といっしょに世界を創造したことになる。

マルティンとわたしが幼稚園に行くことになると、ゼルマと眼鏡屋はわたしたちに靴ひもの結び方を教えてくれた。四人一緒に家の前の階段にすわった。ゼルマと眼鏡屋は背中を傷めた。小さい子どもも靴の上に長いこと身をかがめ、何度もゆっくりと靴ひもを結んで見せてくれたからだ。ゼルマはわたしの靴ひもを、眼鏡屋はマルティンの靴ひもを。

泳ぎを教えてくれたのもゼルマと眼鏡屋だった。ふたりは初心者用のプールに入った。ふたりともお臍まで水につかって。ゼルマはフリル付きの大きなスミレ色の浴用キャップをかぶっていた。アジサイのように見える浴用キャップで、ルディ・キャレル似の髪型が乱れないようにと、エルスベートから借りたものだった。わたしとマルティンは水面にうつぶせになり、ゼルマがわたしのお腹に、眼鏡屋がマルティンのお腹に両手を添えた。「手を放さずにいるからね」とゼルマと眼鏡屋はいった。それからしばらくして「さあ、手を放すよ」といった。マルティンとわたしは泳いだ。初めはあたふたして手足をばたばたさせながら。誇らしいのとあせったのとで目を大きく見開いて。だんだん泳ぎがしっかりしてきた。ゼルマは大喜びで眼鏡屋に抱きついた。眼鏡屋は目に涙を浮かべた。

「これはただのアレルギー反応だよ」と眼鏡屋はいった。

「なんのアレルギー?」とゼルマが訊いた。

「浴用キャップに使われている素材に対するアレルギーさ」と眼鏡屋はいいはった。

ゼルマと眼鏡屋は、わたしたちが自転車に乗れるようにしてくれた。眼鏡屋はマルティンの自転車の荷台を、ゼルマはわたしの自転車の荷台をしっかりつかんだ。「手を放さずにいるからね」とふたりはいった。それからしばらくして「さあ、手を放すよ」と。マルティンとわたしは最初、よたよたと走った。それからだんだんしっかりと走れるようになった。ゼルマは大喜びで眼鏡屋に抱きついた。眼鏡屋は目に涙を浮かべた。

「これはただのアレルギー反応だよ」と眼鏡屋はいった。

「なんのアレルギー?」とゼルマが訊いた。

「自転車のサドルに使われている素材に対するアレルギーだよ」と眼鏡屋はいいはった。

眼鏡屋とゼルマは町の駅前で、マルティンとわたしに時計の読み方を教えてくれた。四人一緒に大きな丸い文字盤を見上げた。ゼルマと眼鏡屋は、星座を指し示すときのように、数字と針を指し示した。わたしたちが時計の読み方を理解すると、眼鏡屋は続いてすぐに、時差のことを説明してくれた。まるで当時からすでに、わたしの時間がどれほどひどく、頻繁にずれるかわかっていたかのように熱心に。

眼鏡屋は町のアイスクリームパーラーで、わたしに字の読み方を教えてくれた。ゼルマとマルティンもいっしょにいた。マルティンはすでに字が読めていた。アイスクリームパーラーの新しいオーナー、アルベルトは、商品にやたら情熱的な名前をつけていた。アイスクリームパーラーがはやらなかったのは、ヴェスターヴァルトの住民には〈燃える誘惑〉や〈熱い欲望〉よりも三色アイスを注文する方が性に合っていたからかもしれない。「秘めた愛のアイスクリーム」が最初に読めるようになった言葉だ。それから少しして、ゼルマのコーヒーについていたお砂糖の袋に印刷されている星占いを読んだ。初めはつっかえながらだったが、だんだんすらすら読めるようになった。「獅子座」とわたしは読んだ。「勇敢で誇り高く、開放的。虚栄心が強く、コントロールフリーク」眼鏡屋はわたしの読む速度に合わせて人差し指を活字の上にすべらせた。「コントロールフリーク」というところを読むときにはゆっくりと。そしてお砂糖の袋に書いてある文をすらすら読めるようになると、ごほうびに生クリームつきの〈秘めた愛〉のスモールサイズをもらった。

眼鏡屋は決まって生クリームなしの〈秘めた愛〉のミディアムサイズを頼んだ。「〈秘めた愛〉のラージサイズは、ぼくには食べきれないからね」といって、横目でちらとゼルマを見るけれど、ゼルマはメタファーをまったく解さない。アイスクリームパーラーで自分のテーブルの目の前に、飾りのパラソル付きで出されたとしても。

マルティンとわたしが少し前にラジオのポピュラーミュージックの番組を見つけて、そればかり聴くようになったときにも、眼鏡屋はそこにいた。わたしたちは眼鏡屋に、歌詞を訳してくれるように頼んだ。訳してもらってても理解できなかったのだけれども。わたしたちは当時十歳で、アイクリームパーラーやラジオで「切なる欲望」とか「熱い苦痛」とかいわれても、なんのことかさっぱりわからなかった。

わたしたちはラジオに耳をくっつけるようにかがみこんだ。眼鏡屋は神経を集中した。ラジオは古くて雑音がした。それに歌手はかなりの早口だった。

「ビリー・ジーンはおれの恋人じゃない」と眼鏡屋は訳した。

「ビリーはどっちかっていうと男の名前に聞こえるけど」とゼルマがいった。

「ビリー・ジーンはわたしの恋人じゃないわ」と眼鏡屋は不機嫌にいった。

「静かに」とマルティンとわたしは叫んだ。

「なんという気持ち」と眼鏡屋は訳した。「熱情に身をまかせ」

「熱情というより情熱じゃない？」ゼルマが訊いた。

「そのとおり」眼鏡屋はいった。椎間板を傷めているせいで、眼鏡屋は長くすわっていることができない。それでわたしたちはラジオを持って、床の上に毛布を敷いて寝そべっていた。

「いざ高みへ」と眼鏡屋が訳した。ラジオが鳴いている高い山の上へ」

「鳴いているというより叫んでいるじゃない？」とゼルマ。

「どっちも同じようなもんだ」と眼鏡屋。

「静かに！」わたしたちは叫んだ。そこへ父がやってきて、そろそろ寝る時間だよ、といった。

「もう一曲だけ、お願い」とわたしは頼み、父はドア枠に寄りかかった。

「なんといえばいいかわからない」と眼鏡屋が訳した。「きみを愛しているとわかってもらうには、どうしたらいい？」

「そんなふうにはぜんぜん見えないわね」とゼルマがいった。「なんといえばいいかわからないようには」

父がため息をついて「ふたりとも、もう少し世の中を知る必要があるな」といった。

眼鏡屋は眼鏡をはずして父を振り返っていった。「ちょうどそうしているところさ」


ゼルマの夢の話を聞き、自分はまったく信じない、とみんなにいってから、眼鏡屋は一張羅の背広を引っぱり出した。背広は年々、眼鏡屋の体には大きくなっていた。それから書きかけの手紙の束を机の上から取った。手紙の束も年々大きくなっていた。その束を眼鏡屋は大きい革鞄に入れた。

眼鏡屋はゼルマの家へ向かった。その道なら目をつぶっても、後ろ向きでもたどることができる。眼鏡屋はその道を何十年も、ほぼ毎日たどってきた。一張羅の背広は着ていなかったし、書きかけの手紙の束も携えていなかったが、つねに秘めた愛を内に抱えていた。その愛が最後になるかもしれない瞬間に日の目を見たがっていた。

大股でゼルマの家へ向かう間、心臓が胸から飛びださんばかりに激しく打っていた。心臓は黙秘してきた真実に呼応して鼓動し、革鞄は一歩ごとに腰に当たった。ゼルマへの愛がいっぱいに詰まった革鞄が。

親愛なるゼルマ、ずっと前からきみに伝えたかったことがあって

親愛なるゼルマ、長いこと友情を育んできてこんなことをいうのはきっと~~間違って、おかしい、~~
~~奇妙、注目に値する、思いがけない、意外~~間違っているだろうが

親愛なるゼルマ、インゲとディーターが結婚するにあたり、ぼくはついにきみに

親愛なるゼルマ、きみは笑うかもしれないが、ぼくは

親愛なるゼルマ、きみが焼いたリンゴのケーキは今回もすばらしかった。すばらしいといえば、
きみは

親愛なるゼルマ、ぼくたちはさっきまでワイングラスを片手にすわっていたね。まさにきみがいったとおり、今夜は月が格別に丸くて美しい。丸くて美しいといえば

親愛なるゼルマ、カールの病気にはまいったよ。さっきはいえなかったけれどね。~~人生が、この~~
~~世でのぼくらの生が~~すべてがどれほど限られているか、心底思い知らされた。だからぼくはきみに
どうしても

親愛なるゼルマ、きみはさっき、どうしてそんなに静かなのかとぼくに訊いたね。実をいうと

親愛なるゼルマ、クリスマスになった。まったく雪のないクリスマスにね。きみがまったく好きじゃないクリスマスだ。好きといえば

親愛なるゼルマ、インゲとディーターが離婚するにあたり

親愛なるゼルマ、バレンタインデーにあたり

親愛なるゼルマ、カールの葬式にあたり

親愛なるゼルマ、特にきっかけはないけれど

最愛の

親愛なるゼルマ、きみとちがって、ぼくは確信している。ぼくたちが《我が村をもっと美しくしよう》キャンペーンで優勝するとね。きみの美しさだけで十分、一等賞を取れる

親愛なるゼルマ、ぼくらが《我が村をもっと美しくしよう》キャンペーンで優勝できなかったのは、しごく当然だ。我が村をこれ以上美しくする必要はないからね。我が村はすでに十分美しい。なぜならきみが

親愛なるゼルマ、またクリスマスがきた。ぼくはここにすわって外の雪を見ている。そして雪はいつとけるだろうかと考えている。とけるといえば

親愛なるゼルマ、クリスマスといえば贈り物だ。贈り物といえば、ぼくはずっと前からきみの足元に

親愛なるゼルマ、今回はいつもとまったく違って

親愛なるゼルマ、ところでぼくはきみにいつも

親愛なるゼルマ、またしてもクリスマスがきた

親愛なるゼルマ~~、なんてこった~~

親愛なるゼルマ、さっきルイーゼとマルティンといっしょにプールにいたとき、水の青が太陽に

親愛なるゼルマ、モグラ塚のことでアドバイスをありがとう。塚といえば、あるいは山といえば、ぼくはこれ以上、山の後ろに隠れてはいられない

親愛なるゼルマ、愛といえば

眼鏡屋はゼルマの家へとひたすら急いだ。道の左右の家には目もくれなかった。それらの家の中では、おそらく誰もが心臓を心配したり、分別を失いやしまいかと案じたり、隣人を見つめたり、真実を白日の下にさらそうとしたり、真実を目の当たりにしようとしたりしていることだろう。真実は、ひょっとして白日の下にさらされるや、それほどおぞましいものではないと知れるかもしれない。けれども想定どおり、おそるべきものと知れるかもしれない。そうした真実の場合、それを目の当たりにした者は、とたんに衝撃を受け、その後ゼルマの夢が現実となるかもしれない。

ちょっとのあいだ眼鏡屋は、それを知った者が衝撃を受けるかも知れない真実とはどんなものだろうかと考えた。そしてそうした真実は、ゼルマが夕方決まって見ているアメリカのテレビドラマのセリフのように響くだろうと思った。ゼルマと違って眼鏡屋は、夕方のテレビドラマに少しも夢中になっていなかった。夢中になって見ていたのはゼルマの横顔だ。ゼルマが四十分間にわたってテレビドラマに目を見張っている間、眼鏡屋は彼女の横顔をちらちら見て、目を見張ることができた。それを知らされた者に衝撃を与えかねない真実は、ドラマの最後のシーンで口にされるセリフのようなもの

だろう。エンディングのテーマ音楽が流れ、続きは来週までお預けとなる前にいわれるセリフだ。いわく「わたしはあなたを一度も愛したことがない」とか、「マシューはあなたの子じゃないの」とか、「これで一文無しだ」とか。

眼鏡屋はそんなことを考えるべきではなかった。なぜならエンディングテーマが頭から離れなくなってしまったからだ。愛を告白するにはまったくそぐわない音楽だ。それに内なる声が道すがらずっと眼鏡屋を嘲(あざけ)っていた。

眼鏡屋は脳内にたくさんの声を住まわせていた。最悪の住人で、うるさくてかなわない。とりわけ夜の十時以降は。内なる声は眼鏡屋の内面を荒(すさ)ませた。数は多いし、家賃は決して払わないし、追いだすこともできない。

内なる声は、ゼルマへの愛を隠せ、と前々から主張していた。ゼルマの家へと向かっている今も、内なる声は当然のごとく、愛を打ち明けるのは絶対に控えろと主張した。何十年にもわたって告白を控えてきたため、眼鏡屋は控えることには慣れている。確かに愛を告白しなければすばらしいことは起きないかもしれない、と内なる声はいった。けれどもこれといってひどいことも起きない、とのつまりはそれこそが大切ではないかと。

常日頃、上品な言葉使いをしている眼鏡屋が、立ちどまるや頭をあげて叫んだ。「黙れ」と。なぜなら内なる声とは決して言い争ってはならないと知っていたからだ。すぐさまどなりつけて黙らせなければ、増長してさらにやかましくなることも知っていた。

それにもしも真実が明らかになったら、何かひどいことが起きないとも限らない、と内なる声は意地悪くささやいた。ゼルマは真実を、つまりは数十年間抑圧してきたせいでふくれあがった眼鏡屋の愛を、ひどく危ういと思うかもしれないし、みすぼらしいと思うかもしれないと。そして、もしも眼鏡屋がゼルマの夢の話を知って考えたように、実際に今日死ぬとしたら、数十年来白日の下にさらされずにきた愛ほど厭わしいものはなく、ゼルマが眼鏡屋から最後に受けとるものとして、これほどふさわしくないものもないだろうと。

　眼鏡屋はよろめいて右に一歩足を踏みだした。眼鏡屋はよくこんなふうにふらつく。そうすると一瞬酔っぱらっているように見える。ゼルマは去年、こんなふうにふいによろけるのはおかしいから医者に診てもらうよう眼鏡屋を説得した。眼鏡屋はゼルマといっしょに町へ行き、神経科医に診てもらったが、何も発見できなかった。なぜなら内なる声は診察用の機器を使っても見えやしないからだ。眼鏡屋が神経科医に診てもらったのはゼルマを安心させたかったからで、悪いところなど見つからないと初めからわかっていた。眼鏡屋は自分がよろけるのは内なる声が嘲るせいだとわかっていたのだ。

「黙れ」眼鏡屋はもう一度声を大きくしていい、足を速めた。「ゼルマは危ういとか、みすぼらしいとか、めったに思わない」

　まったくそのとおりだが、あいにくそういったことで、眼鏡屋は必要以上のことを認めてしまった。でもゼルマは、例外的に眼鏡屋の愛をみすぼらしいと思うかもしれない、と内なる声はささやいた。そして、これほど長く真実を隠してきたのにはそれなりの理由があるはずだ、と付け加えた。

「臆病だったからさ」と眼鏡屋はいい、革鞄を腰の反対側に持ちかえた。腰に鞄がぶつかるのも、内なる声に嘲られるのも、苦痛になってきたからだ。

「思慮深かったからだよ。不安はときに良きアドバイザーとなる」と内なる声はいって、テレビドラマのテーマソングをハミングした。

眼鏡屋の歩みが遅くなった。ゼルマの家へは十分そこそこなのだが、ふいに一日かかる長旅のような気がしてきた。しかもひどく重い荷物を携えた旅だ。

眼鏡屋はさらに何軒かの家の前を通りすぎた。日の目を見たがっている真実がたくさんつまった家々の前を。そして知っている勇気についての格言をすべて反芻した。相当の数があった。ゼルマの週末の買い出しにつきあって町へ出るたびに、眼鏡屋は少し離れた所にあるギフトショップの前でゼルマが買い物をすませるのを待った。というのもそこならこっそりタバコを吸えるからだ。そこならゼルマに見とがめられる恐れはまずない。ギフトショップの前以上に安全に思える場所はなかった。

ゼルマが買い物をしている間に、眼鏡屋はタバコを存分に吸っただけでなく、ギフトショップの前に置かれている絵葉書スタンドの九十六の仕切りに挿してある絵葉書にすっかり目を通してしまった。どの絵葉書にも町とはまったく無縁の風景が印刷されている。海とか、滝とか、砂漠とかの風景だ。そしてそれぞれに、眼鏡屋にはまったく縁のない格言が添えられていた。内なる声がますます大きくなり、自分がますます弱くなるのに気づいて、眼鏡屋は格言を大声で唱えた。すでにゼルマの家の目と鼻の先まで来ていた。

「勇気は良きもの」眼鏡屋はいった。

「そんなことはわかりきってるさ」内なる声がいった。

「成功は勇気しだい」眼鏡屋はいった。

「ゆうき、ゆうき、ゆうわく、めいわく」内なる声がいった。

「歩き慣れた道で足踏みするくらいなら、新しい道でつまずく方がまし」眼鏡屋がいった。

「新しい道でつまずいて転んで骨を折り、寝たきりになるくらいなら、歩き慣れた道で足踏みする方がまし」内なる声がいった。

「今日は残りの人生の最初の一日」と眼鏡屋はいった。

「少しばかりの残りの人生、いまさらどうなるものでもなし」と内なる声。

「最上の果物を収穫したければ、木に登らねばならない」と眼鏡屋がいうと、「老いぼれた眼鏡屋が梢に登った瞬間、木が倒れる」と内なる声が応じた。

眼鏡屋の歩みはものすごくゆっくりになった。鞄はもう腰にぶつからなくなったし、心臓が胸から飛びだしそうなほどどきどきすることもなくなった。内なる声は夕方のテレビドラマのテーマ音楽にのせて歌った。「これで一文なしだ」「マシューはあなたの子じゃないの」と。

「黙れ」眼鏡屋はいった。「頼む」

ゼルマは家の前にすわって斜面を登ってくる眼鏡屋を見ていた。そして立ち上がって眼鏡屋を出迎えた。足元に寝転んでいた犬も起き上がり、ゼルマについてきた。まだ小犬だったが、やがて巨大になることがすでに見て取れた。小犬にしてはものすごく大きくて、そもそもこれは犬なんだろうか、まだ発見されていない巨大な哺乳動物ではないだろうか、と眼鏡屋が首をかしげるほどだった。

「いったい何をぶつぶついっているの？」とゼルマが訊いた。

「ちょっと歌を歌っていたのさ」と眼鏡屋は答えた。

「顔が青いわよ。心配しないで。あんたにはきっと当たらないから」誰に当たるかなど、無論知る由もないのに、ゼルマはそういった。

「すてきな背広ね」ゼルマは続けた。「でももう新品じゃないわね。ところでいったい何を歌っていたの？」

眼鏡屋は鞄を腰の反対側に移してから答えた。「これで一文なしだ」

ゼルマは首をかしげ、疑わしげに目を細め、眼鏡屋の顔をじっと見つめた。特殊なしみを診察する皮膚科医ででもあるかのような目つきで。

眼鏡屋の心の内は静かになった。これでもう不首尾に終わることはないと確信して、内なる声は沈黙した。

眼鏡屋の心の内は静かだった。ある一文のほかは沈黙していた。その文が忘れられた色のように心の内に広がった。その文は圧倒的な力で無力感を広めた。まるで体中の筋肉がなくなってしまうかのようだった。髪のまだ白くなっていない部分までもが瞬時に白くなり、周囲に生えている木の葉が瞬時に枯れ、木そのものも、眼鏡屋の心の内に広がるその文のせいで枯れて折れてしまいそうだった。その文のせいで、飛ぶ鳥もふいに翼を萎えさせて空から落ち、牧場にいる雌牛の脚からも力が抜け、ゼルマの隣にいる犬もただの犬になってしまいそうだった。そもそもこの犬は犬以外の何でありえるだろう。心の内のその一文によって、何もかもが瞬時に眠りこみ、何もかもがしおれてしまった。そう眼鏡屋は思った。何もかもがしなびて、ひっくり返り、倒れ、折れてしまったと。その文、「そうじゃないといいんだが」[1]によって。

（1）　原文は Lieber doch nicht. 本当は Ich liebe dich.（きみを愛している）といいたかったのに、いえずにいった言葉。

未発見の哺乳動物

その犬は昨年、ゼルマの誕生日に現れた。

父がゼルマにアラスカの写真集をプレゼントし、目くばせしながらこういった。「あとでびっくりすることがあるよ」と。

ゼルマは一度もアラスカへ行ったことがなかった。それに行きたいとも思っていなかった。

「ありがとう」とゼルマはいって、その写真集を居間の書棚の他の写真集の隣に並べた。父はゼルマに毎年写真集を一冊贈っている。ゼルマには早急に世界を取りこむ必要があると考えているからだ。

ゼルマは、エルスベートからはコーヒー一ポンドとカタツムリスライムクリーム《カタツムリの粘液を使った美容クリーム》を一びんもらった。エルスベートによれば、このクリームを使うと白髪を再び金髪にもどすことができるらしい。〈憂いのマルリース〉からは三級品のマッシュルームの缶詰を二個、眼鏡屋からは要望どおりモンシェリ《チェリーが一粒ビターチョコレートの中に入った大人向きボンボンリキュール》を十箱。ゼルマはフィリングを特に気に入っていて、「とてもリラックスする味だわ」といっている。ゼルマはたいていモンシェリをひとかじりしてチェリーとチェリーリキュールをチュッと吸い、残った外側のチョコレートをわたしにくれる。

わたしたちは『誕生日おめでとう』を歌った。「高齢まで生きて」という歌詞にちなんで、マルティンはゼルマを高く持ち上げようとしたが、うまくいかなかった。わたしたちはケーキを食べ、父が、最近受けた心理分析の話をした。父はその話をするのが好きだった。「心理分析といえば」と父は話しはじめた。居合わせたものは誰も心理分析に言及してはいなかったのだが。

父の心理分析医はドクター・マシュケといって、町に診療所があった。父が心理分析を受けはじめたと打ち明けてまもなく——父は人が結婚したことを打ち明けるような口調でいったのだが——テレビ番組の『事件現場』で、よりによって一番の被疑者がマシュケという回が放映された。わたしはそのドラマを見せてもらえなかった。まだ視聴対象年齢に達していなかったのだ。それで居間のドアを少し開けてこっそりのぞき見をした。

ドラマに登場した警部は当初からマシュケが犯人だとにらんでいた。彼が受けとった匿名の手紙に「マシュケが何か企んでいる」と書かれていたからだ。それからというもの、父が「ドクター・マシュケのところへ行ってくるよ、じゃあな」というたびに、わたしは警部宛の匿名の手紙が目に浮かぶようになった。そこには「マシュケが何か企んでいる」と書かれていた。しかも匿名の手紙にふさわしいよからぬことを。

ゼルマは、父がドクター・マシュケに自分のことを話すのを快く思っていなかった。しかし父はそうせざるを得なかった。なぜなら心理分析においては、なんといっても母親が一番疑わしい人物だからだ。ゼルマにとってだけでなく、わたしにとっても、父がゼルマのことを何やかや話すのは不愉快だった。マシュケが、ゼルマにも何かよからぬことを企まないだろうかと心配だった。わたしはその回の『事件現場』を最後まで見られなかった。ゼルマに見つかってベッドに連れもどされてしまったのだ。そんなわけで一番の被疑者だったマシュケが、恐ろしい事件にまったく関与していないことを知ったのは何年も後のことだった。マシュケは誰の命もねらっていなかった。そもそも何も企んでいなかったのだ。後になって、マシュケは善人だと判明した。

テーブルにケーキを並べてゼルマの誕生祝いをしている今も、そもそも話題になっているのはモンシェリのことと、その中に入っているピエモンテ産のチェリーのことで、エルスベートが、リキュール漬けのチェリーはそもそもピエモンテ産ではなく、酔っぱらいがそう主張しただけだといったところだったのだが、父は「心理分析といえば」といって、ドクター・マシュケはその道の権威で、きのうそのことが再び証明されたばかりだ、と話しはじめた。父の前に診察を受けている患者は、初診の際には目に深い絶望をたたえて診察室から出てきたのだという。「あれほど深い絶望に満ちた目は見たことがない」と父はいった。ところがセッションを二回受けただけで、その患者は精神を解放され、診察室からスキップして出てきたのだという。「心理分析に乾杯！」と父はいって、グラスを高くあげた。「もちろん誕生日を迎えた母さんにももう一度乾杯！」

〈憂いのマルリース〉が訊いた。「わたしの目にも絶望が浮かんでいるのが見える？」

父はマルリースに向き直り、彼女の顎を片手でぐいとあげ、一瞬目を見つめた。

「いいや」と父はいい、「目の縁が腫れかけているだけだよ」と続けた。

そのとき廊下の階段のところで母の足音がした。

「アストリッドがきた」と父がいった。

母が台所のドアを開け、犬を連れて入ってきた。父は飛び上がるようにして立ち上がって母を迎えるや、犬の手綱を取った。

犬はぐるっと周囲を見回して、それからマルティンとわたしのところへ駆け寄ってきた。そして大喜びでわたしたちにあいさつした。まるで彼のために開かれたにぎやかなサプライズパーティで、長いこと会えずにいた旧友に思いがけず再会したかのように。マルティンは犬を両腕で抱き上げて高く持ち上げた。マルティンの顔は今まで見たことがないほど輝いていた。

ゼルマは即座に立ち上がった。まるで見えない誰かに「どうぞお立ちください」とでもいわれたかのように。

「わたしが考えたことじゃないのよ」と母は前置きしてから「お誕生日おめでとう、ゼルマ」といった。

「なんて犬？」ケーキ皿を洗いはじめていたエルスベートが、ゴム手袋をはめた両手をあげて訊いた。まるで犬が自分に飛びかかってくるのを防ごうとでもしているように。それでもエルスベートは犬に飛びつかれた。

「雑種だよ」と父が答えた。「アイリッシュ・ウルフハウンドの血が混ざっている」アイリッシュ・ウルフハウンドは世界一大きい犬だ。その場に居合わせた者は全員、そのことを知っていた。父が以前そう話してくれたからだ。「肩の高さは九十センチメートルになる」と父はいっていた。

父は人間や動物の身長についてコメントするのが好きだ。人間に関しては見積もりをしばしば誤ったが、決してそれを認めようとはしなかった。マルティンとわたしのことは年の割に小さいと見ていたが、わたしたちの身長は実際には年相応だった。わたしの目からすれば、ゼルマは誰よりも何よりも背が高いのだが、そのゼルマに、父はまだ小さな子どもだった時分に「ママは背が低いね」といったという。そのときゼルマは父に身をかがめて接していただけだったのだけれど。

「だがプードルの血も混ざっている」と父は付け足した。「だからそれほど大きくはならないと思うよ」父はそういうと満足そうに犬を見た。そしてさらに続けた。「もしかしたらコッカースパニエルの血も入っているかもしれない。コッカースパニエルはそれほど賢くはないが、おとなしい」それだけいうと、父はにっこりして、みなをなだめるように見た。まるでわたしたち全員のことをいっているかのように。「だから中くらいの大きさになると思うよ。平均的なプードルの大きさにな」

人間や動物が新たに仲間に加わると、その人間ないし動物が誰に似ているか、いいたい放題になる。マルティンは体の色からいっても、ヴェスターヴァルトからいっても、ヒグマの子どものようだといった。エルスベートは小型のシェットランドポニーを連想させるといった。自然の気まぐれで蹄(ひづめ)を欠いたシェットランドポニーだ。眼鏡屋は未発見の哺乳動物のようだといった。手鏡を取り出して目の縁を丹念に観察していた〈憂いのマルリース〉は、ちょっと目をあげて「なんだかよくわからないけど、どこか冬を思わせるいやな感じがするわね」といった。

そのとおりだった。その犬は雪どけのぬかるみのような色、洗いざらしの灰色をしていて、毛は他の犬の血がまったく混ざっていない純血種のアイリッシュ・ウルフハウンドのようにもじゃもじゃだった。体はまだ小さいが、前脚は熊の前脚のように大きく、それがどういうことか、わたしたちは全員わかっていた。

ゼルマは台所のコーナーベンチから立ち上がったままで、長いことその犬を凝視していた。それから父に目を転じ、まるでギフトショップを眺め回しているかのようにじろじろ見た。

「犬なんかほしくないんだけど」とゼルマはいった。

「アラスカの写真集だって、あんたは望んでいなかったわよ。それでも当分見て楽しめるわ」とエルスベートがいった。

「犬だってきっと楽しめるさ。元気いっぱいに見えるしな」と眼鏡屋がいった。ゼルマは、まるで他の犬の血が混じっていない純血種のコッカースパニエルでも見るかのように、エルスベートと眼鏡屋を見た。

「この犬は母さんへのプレゼントじゃないよ」と父がいった。「ぼくの犬さ。今朝、自分のために買ったんだ」

ゼルマは大きく息をついて、コーナーベンチに腰かけた。けれども父が「だけど母さんにときどき世話をしてもらいたいんだ。そうじゃないと飼えない」と続けるなり、すぐにまた立ち上がって訊いた。

「ときどきってどのくらい?」

「それじゃ、またね。あいにくまた行かなきゃならなくて」とドア枠のところに立っていた母がいった。母はいつだってすぐに行ってしまう。

「うん、まあ、かなり頻繁に」と父がいった。居合わせた誰もが「かなり頻繁に」というのが「診療時間中ずっと」という意味だとわかっていた。

「じゃ、さよなら」と母がいった。

その後かなり長い間、誰も何もいわなかった。ゼルマもだ。誕生日を迎えた当事者まで何もいわないのなら、そろそろ退散する潮時だと誰もが考えた。それに父も黙っていた。ゼルマと父の沈黙は、肩の高さが二メートルのアイリッシュ・ウルフハウンドと同じくらい大きかった。そんなわけで眼鏡屋は、ゼルマの頬にキスをして暇を告げた。エルスベートは犬を軽くたたいて、ゴム手袋をはずし退散した。マルリースは、手鏡で目に見えるらしい目の縁の腫れと、目に見えないらしい絶望を観察するのをやめて、帰っていった。マルティンは犬をもう一度持ち上げてから帰った。そしてゼルマと父は、雄弁な沈黙を外へ、家の前の階段まで持ちだした。

わたしはゼルマの隣にすわって、チェリーなしのモンシェリを食べた。犬はわたしの足元に寝そべった。犬の鼓動をわたしは足の指に感じた。犬は疲れていた。サプライズパーティで旧友に再会するのも、なかなか難儀なのだ。しかもその旧友に一度も会ったことがないときては。

ずっと後ろ、森のはずれの草地に例の鹿が現れた。その鹿が現れるなり、ゼルマは立ち上がり、ガレージへ行ってドアを開け、そのドアをすぐさまバンと勢いよく閉めた。火曜日だった。狩猟シーズンの火曜日には、マルティンの父親のパルムが猟に出る。それでゼルマはわざと鹿を脅かして森の中に姿を消すように仕向ける。そこならパルムの猟銃の的にならずにすむからだ。

ゼルマの思惑どおり、鹿は驚いて逃げていった。犬もびくっとしたが、逃げはしなかった。ゼルマがガレージからもどってきた。少なくともそのとき、ゼルマとルディ・キャレルが似ていることに気づいても良さそうなものだったが、どうしたわけかわたしたちは気づかなかった。「ルディ・キャレルがあそこを通る。まっすぐわたしたちのところへもどってくる」と思ったとしてもしごく当然だったのに。

ゼルマはまた階段に腰かけ、咳払いをしてから父の顔を見て「アストリッドに犬の世話を頼むわけにはいかないの?」と訊いた。

「無理だよ。店があるからな」と父はいった。ゼルマは自分も店があれば良かったのにといいたげな顔をした。

「ぼくは治療のためにこの犬を買ったんだ」と父はいった。

「それじゃこの犬はドクター・マシュケの差し金で飼うことにしたのね」とゼルマはいった。

「そんな言い方しないでくれよ。痛みを緩和するためなんだ」

「痛みってどんな?」

「ぼくの痛みだよ。カプセルに入ってるぼくの痛みさ」

「でもいったいどんな痛みなの?」とゼルマは訊き、父は「わからないよ。カプセルに入っているんだからさ」と答えた。

カプセルに入っているとしても、そもそも中に何が入っているかはわかるんじゃないか、とわたしは思った。だけどそれはカプセルに入っているのが痛みじゃなく、薬や宇宙飛行士の場合だけなのかもしれない。

父にいわせれば、ドクター・マシュケは痛みに近づく方法を心得ているらしい。「ぼくは痛みを外在化しなけりゃならないだ」父は興奮気味にささやいて、うれしそうにゼルマの顔を見た。「だから犬を買ってきたんだよ」

「えっ、どういうこと?」ゼルマは訊いた。怒ってではなく、感じ入って、それに少しばかり不信の念をまじえて。父はゼルマに、ドクター・マシュケが薦める痛みの外在化がどんなに重要であるかを説明しはじめた。

「ちょっと待って。それじゃこの犬が痛みってこと。そういうことなの?」

「そのとおり」と父は肩の荷をおろしたようにいった。「この犬はいわばメタファーなんだよ。痛みのメタファーさ」

「平均的なプードルの大きさの痛みってことね」とゼルマがいった。

犬が頭をあげて、わたしを見た。犬の目はとても穏やかだった。それに真っ黒で濡れていて、とても大きかった。ふいにわたしは、わたしたちみんなには、これまでこの犬が欠けていたんだとさとった。特にマルティンには。

「診療時間中はパルムに預けることもできるんじゃないの」とゼルマが提案した。

「母さん、頭がどうかしちゃったのかい?」と父が訊いた。

わたしは犬を見た。狩猟犬に適さないことは丸見えだ。パルムが飼っているのは狩猟犬だけだ。鎖につないで中庭で飼っている。マルティンを迎えにいって中庭に足を踏み入れるたび、犬はきゃんきゃん吠えながらわたしに飛びかかってこようとするが、鎖に引きもどされる。

「この犬は狩猟には向かないよ」とわたしがいうと、「だからこそいいのよ」とゼルマがいった。温和なせいで狩猟にまったく適さない犬をパルムがそばに置いていれば、鹿のことをそれほど心配せずともすむようになると考えたのだろう。

わたしは「パルムは感覚が鋭くない犬はまったく好きじゃないよ」といった。パルムが好きなものはごく限られている。そもそも優秀な狩猟犬と高濃度のアルコール以外は好きじゃないともいえる。息子のことも好いていない。なぜならマルティンには優れたところがまったくないと思っているからだ。ゼルマはそのことを知っていた。誰もがそのことを知っていた。

ゼルマはとても年を取っていたので、今とは違うパルムを知っていた。マルティンやわたしが生まれる前のパルムだ。パルムは酒浸りになる前は俗世間とも、世の光たるキリストとも非常にうまくやっていたという。月の楕円軌道も、太陽との関係もみんな知っていた。狩人たるもの、世の光に精通していなければならない、とパルムは考えていた。

「この犬、うちに置いておける？」わたしは訊いた。

草地にまた鹿が出てきていた。珍しいことだ。いつもならゼルマがガレージのドアを一度バンと閉めれば事足りる。ゼルマは立ち上がってガレージへ行った。今回は二度続けざまに音を立ててドアを閉めた。鹿は姿を消した。

ゼルマはまた、わたしたちの隣にすわった。

「いったいなんて名前にすればいいかしら？」ゼルマが訊いた。「ドクター・マシュケは名前のことでも何かいっていた？」

「イタミ」と父が提案した。「イタミがいいよ。外在化した痛みだからな」と。

「イタミじゃいいにくいわよ」とゼルマがいった。

わたしは犬をどうしてもうちに置いておきたかった。それで急いで考えた。イタミを呼びやすくするにはどうしたらいいかと一生懸命に。良い呼び方を思いついて大声でいってみた。すると犬がふいに立ち上がって駆けだした。犬のことを悪くは取れないわよ、わたしだってそんな名前をつけられそうになったら即、逃げるわよ、とゼルマがいった。わたしたちは暮れかけた森へかけていった。すぐに犬が下生えの中にいるのを見つけた。犬はわたしがつけようとした名前から逃げてそこに隠れていたのだ。鹿がパルムの猟銃から隠れるように。というのもわたしは「イタイ」といったのだ。「イタイと呼ぼうよ」と。

わたしたちは結局その犬をアラスカと名づけた。マルティンの提案だった。父は賛成した。なぜならアラスカは大きくて寒いからだ。そしてそれは痛みにもあてはまる。少なくとも〈外在化された痛み〉には。アラスカは成長が速かった。毎朝、前日よりさらに大きくなっていて、わたしたちを驚かせた。というのも誰もがそうであるように、犬は夜、成長したからだ。わたしは夜よく、眠って成長するのを中断して、アラスカが寝ながら成長するのを眺めた。うちでは夜は、外で木々が風に吹かれてざわめく音しか聞こえない。それがわたしの耳には木々が風にざわざわ鳴る音ではなく、骨がぎしぎし鳴る音に聞こえた。アラスカが寝ている間に、骨が縦にも横にも成長する際に立てる音に。

モンシェリ

ゼルマがオカピの夢を見なければ、マルティンとわたしは放課後いつものようにウールヘックへ行っていただろう。わたしたちは森の掘っ立て小屋を建て直していた。パルムは酔っぱらって始終小屋を倒してしまう。小屋を倒すのはわけなかった。もともとぐらぐらしているからだ。小屋があんまり簡単に倒れてしまうので、パルムは図に乗って倒した後さらに踏みつぶしさえした。

　わたしたちはいつもなら野原で重量挙げをして遊んでいただろう。マルティンが重量挙げの選手でわたしが観客だ。マルティンは適当な小枝をさがす。たいして重くない小枝を。それをものすごく重いバーベルででもあるかのようにあげてみせる。あげながら、わたしがしていない質問に答える。「ヘビー級のワシリー・アレクセイエフが百八十キロのバーベルをどうやってあげるか、詳しく知りたいだろう？」マルティンは訊く。「だったらこう想像してみてくれ」そういって小枝を頭の上にあげる。それから狭い肩と細い腕を震わせ、息を止め、実際に重量挙げをするときのように顔を真っ赤にする。「ワシリー・アレクセイエフには〈シャハティのクレーン〉という別名もある」マルティンは会釈しながら自慢げにいう。「ブラゴイ・ブラゴエフが百八十五キロをどうやってあげたかも知りたいだろう？」そういうと、さらに肩と腕を震わせながらさっきと同じことをしてみせ、わたしは手をたたく。

「もっと熱狂的に手をたたいてくれよ」とマルティンは四回程パフォーマンスをした後でいう。わたしはもっと熱狂的に手をたたこうと頑張る。そしていう。「すごい」と。

けれども今日は、ゼルマが今朝夢を見た後では、ウールヘックへ行くのははばかられた。空には雲ひとつなかったが、わたしたちは野原で雷に撃たれるのを恐れた。雷などありえない天気だが、そんなことにはまったく頓着しない雷に撃たれることを。パルムよりもっと恐ろしい何かに森で出会うかもしれないとわたしたちは恐れた。もしかしたら地獄の犬ケルベロスに。存在しないことなどおかまいなしのケルベロスに出会うことに。

わたしたちは放課後寄り道せずにバス停からまっすぐゼルマのところへ行った。ゼルマが夢を見た後では、ゼルマのところにいるのが一番安全に思えた。当時わたしたちは十歳だった。わたしたちは存在しない類の死を恐れていて、ドアから入ってくる実際の死を恐れずにいた。

眼鏡屋がゼルマの台所のコーナーベンチにすわっていた。大きな革鞄を膝にのせていて、いつになく無口だった。ゼルマはそわそわと拭き掃除をしていて、ありもしない汚れを拭き取っていた。

マルティンとわたしは床にすわって、似ているところゲームをして遊ぼうと眼鏡屋にもちかけた。

「算数と子牛のレバー」とわたしはいった。「どちらものにできる」と眼鏡屋はいって「おまえさんはどちらも好きじゃない」と付け加えた。

「ものにできるってどういう意味?」マルティンが訊いた。

「自分の中に取り入れるってことよ」ゼルマがいった。

ゼルマはコーナーベンチに足をのせ、眼鏡屋の横にのぼった。そして祖父の写真についているらしいほこりを吹き払った。ゼルマの靴ひもはほどけていた。

「コーヒーの缶と靴ひも」わたしはいった。眼鏡屋はしばし考えていた。ゼルマはコーナーベンチからおりて靴ひもを結んだ。

「どちらもまずは朝使う」と眼鏡屋はいい、「どちらも使った後、血行がよくなる」と付け加えた。

「それはこじつけじゃない」とゼルマがいった。

「かまわないさ」と眼鏡屋がいった。「それに間違っちゃいない」

「リサイクルびんとモミの木」とマルティンがいい、眼鏡屋がいった。「簡単だよ。どちらもたいてい深緑色をしている。人や風がそれを吹くと、ヒューと鳴る」

ゼルマは広告のビラとテレビ番組雑誌の束を椅子から取って、クッションのほこりを払った。表紙のひとつに、ゼルマが見ているシリーズ物でマギーを演じている女優が写っていた。事故で重傷を負ったマギーの夫は、先週の回で生命維持装置を外された。

「死と愛」とわたしはいった。

「それも簡単だよ」と眼鏡屋はいった。「どちらも試すことができない。どちらからも逃れられないし、どちらにも不意打ちを食わされる」

「不意打ちってどういう意味？」わたしは訊いた。ゼルマが「何かがふいに起きることよ」と説明してくれた。

「さあさあ、もういったいいった」ゼルマはいった。ゼルマはわたしたちが隠れることを望んでいなかった。オカピの夢など気にせず、いつもどおりに振る舞うことを望んだ。抵抗しても無駄なのは明らかだった。

「アラスカをいっしょに連れていってちょうだい」とゼルマはいった。アラスカは立ち上がった。図体のでかいものが完全に立ち上がるには少し時間がかかる。たとえまだ若くても。

わたしたちはリンゴの果樹園を横切ってエルスベートのところへ行った。午後四時になっていた。わたしは指を使って、みんなが生きのびるまで何時間残っているか数えた。後十一時間だ。

リンゴの木の下でアラスカが立ちどまった。巣から落ちた鳥のヒナを見つけたのだ。ヒナはまだ生きていて、すでに羽も生えていたが、まだ飛べなかった。わたしはすぐさまゼルマのところへヒナを連れていこうとした。ゼルマならヒナを育てられると確信していた。ヒナはシジュウカラだけど、やがてノスリになってウールヘックの上空をきれいな輪を描いて飛ぶところを想像した。

「ヒナを連れていこう」とわたしはいった。

「だめだよ。そっとしておいてやろう」とマルティンがいった。

「そしたら死んじゃうよ」とわたし。

「ああ。そしたら死ぬだろうな」とマルティン。

わたしは、ゼルマが見ているテレビドラマの登場人物でもあるかのように、マルティンをじっと見ていった。「死なせるわけにはいかないよ」

「いくよ」とマルティンがいった。「それが世の習いだよ」と。そのセリフもテレビドラマで誰かがいったものだ。「早く狐がきて始末してくれるといいな」

そこへオーバードルフの双子が駆けてきた。どうやらわたしたちより先にヒナを見つけていたらしい。

「いそいで棒を取ってきたんだ」と双子はいった。「ヒナをたたき殺すよ」

「絶対にだめ」とわたしはいった。

「早く死なせてやるだけさ」その言い方は、パルムが森で動物をズドンとやるときに「環境保護のためにしているだけさ」と弁解するときとそっくりだった。

「狐が来るのを待てない?」とわたしは訊いた。けれども双子は、もうヒナをたたきはじめていた。最初の一撃は当たらなかった。二発目も横にずれてちゃんとは当たらず、頭をかすめただけだった。ヒナの小さい目が充血して赤くなったのが見えた。マルティンがわたしの頭を引き寄せて、わたしの顔を自分の首に当てた。「見るな」とマルティンはいった。棒が打ちおろされる音がした。マルティンがわめいた。「あほんだら、今度こそ仕留めろよ」

わたしは将来マルティンと結婚しようと決めた。世の習いが起きるとき、それを見なくてもすむようにしてくれる者こそ、夫にふさわしいと思ったのだ。

「あら、あんたたちだったの」戸口の前に立つとエルスベートがいった。そして「いい気分転換になるわね」と続けた。というのも、今日はすでに村人の半数がエルスベートの戸口の呼鈴を鳴らしていたからだ。

村人の半分がコートの襟を立てて、庭の木戸から入ってきた。誰かに見られていやしないかとあたりを気にしながら。ちょうど町で男たちが〈ガビーのエロティックの小部屋〉のドアを開けるとき、コートの襟を立てて周囲を見回すように。

本来は迷信深くないはずの村人たちが、ゼルマが例の夢を見た後は、死ぬ可能性に怯えずにすむなら、当然のごとくなんでもした。そして、ひょっとしてちょっとした魔除けが死を遠ざけるのに役立つかもしれないと考えた。そもそも何がどう効くかなど、厳密には知りえないことだから。村人たちは呼鈴を鳴らし、玄関口にさっと入る。そして後ろめたそうにいう。「死を避けるためにできることが何かないかと思って」エルスベートは、クリスマスにしかやってこない信者を見る牧師のように村人を見た。

エルスベートは痛風を防ぐ魔除けなら持っていた。恋人ができるお守りや子どもを授かるお守りも。痔を防ぐ魔除けや、子牛が逆子で産まれるのを防ぐ魔除けも。すでに死んでいる人に対処する方法もいくらか心得ていて、死者の寄る辺なき魂を丁重に葬り、二度ともどってこないようにすることもできた。それどころか、記憶をなくすためにはどうすればいいかも知っていたし、もちろんイボを取る方法も心得ていた。けれども死に対してはなす術がなかった。とはいえそれを認めるのは気分のいいことではない。それで今朝、村長夫人に、死を防ぐには馬の頭に額を押しつけるといい、といってしまった。そもそも頭痛に効くだけなのだけれども。エルスベートは気がとがめて村長夫人をさがしにいった。そして村長夫人が馬小屋で馬の頭に額を押しつけているのを見つけた。これほどリラックスしている村長夫人を見るのはめったにないことだった。村長夫人と馬はとても静かに立っていた。夢の中でゼルマとオカピが立っていたように。エルスベートはそっと肩に手をかけていった。「わたしは嘘をついたの。こんなことをしても頭痛を和らげられるだけ。死に対してはなす術がないわ」村長夫人は顔をあげずにいった。「でもいい気持ちよ。これって効くと思うわ」

エルスベートの家の呼鈴は数分ごとに鳴った。そのたびに、エルスベートはソファから跳ね起きて玄関へ駆けていかなければならなかった。わたしたち三人はソファに並んですわっていた。アラスカは体を丸めてベージュのタイル張りのセンターテーブルの前に寝そべっていた。そのセンターテーブルの上にエルスベートは、マスタードの空きびんふたつにレモネードを入れて置いていた。ちょうど、学校はどうだったかとか、今日マルティンは何を持ち上げたのかとか、森の掘っ立て小屋を立て直したかとか、わたしたちに訊こうとしていたときに、呼鈴が鳴った。それからわたしたちは、玄関で誰かがひょっとして死を免れるのに使える魔除けを持っていないかとエルスベートに訊くのを聞いた。そしてその誰かがまた出ていき、エルスベートが後ろから「でももしもいるなら、歯痛に効く魔除けと報われない愛に効くお守りならあるわよ」と呼びかけるのを。

居間の窓からわたしたちは、村人が丁重にそれを断り、庭の木戸の前で立てていた襟をまたおろすのを見た。

マルティンとアラスカとわたしは、エルスベートがソファから立ち上がり、玄関と居間との間を行ったり来たりするのを見ていた。エルスベートは世界の始まりからずっと、おなじ種類のスリッパを履いていた。O脚のせいで、つま先が履きつぶされてしまうと、右のスリッパを左に、左のスリッパを右に履く。それで少しの間はまだ履いていられる。誰かが憐れんで新しいスリッパを買ってくれるまで。

エルスベートは小柄で太っていた。車を運転するときには、ハンドルでお腹がすり切れないように絨毯の切れ端を当てているほどだ。そんなわけでエルスベートはしょっちゅう行ったり来たりするようにはできていない。彼女の服の脇の下と背中には汗じみができていた。ちなみに服は、居間の絨毯と同じく大きな花柄で、壁紙が壁にぴったり貼りつけてあるように、服もエルスベートにぴったり貼りついていた。とうとうエルスベートがいった。「あんたたちもどんな事態か見ていてわかったでしょ。〈憂いのマルリース〉の様子を見てきてちょうだい」

「どうしても行かなきゃだめ？」わたしたちは訊いた。

「良い子だから行ってちょうだい」とエルスベートはいった。また呼鈴が鳴った。エルスベートはソファから跳ね起きた。「誰かがマルリースの様子を見にいってやらないとね」


マルリースは厳密にいえば憂えているわけではない。ただ機嫌が悪いだけだ。大人たちはマルティンとわたしにいうことを聞かせるために、繰り返し〈憂いのマルリース〉について語った。大人たちがマルリースが憂えているというと、礼儀上わたしたちはマルリースの様子を見にいかねばならず、大人たちはそうしないですむ。マルリースのところにいても楽しくない。だからいつだって、わたしたちが行かされる羽目になる。そんなこんなで、マルリースが今日もまた憂えている、としょっちゅういわれることになるのだ。哀れなマルリース。

マルリースは村はずれに住んでいた。マルティンはそれを都合のいいことだと考えていた。なぜなら悪者がひそかに村を襲おうとしても、マルリースの機嫌の悪さに閉口して逃げだすはずだからだ。

わたしたちはマルリースの家の庭木戸を通り抜け、郵便受けを大きく回りこんだ。郵便受けの下には蜂の巣があるのに、マルリースはいっこうにそれを取り除こうとしない。蜂の巣のせいで、郵便配達人は郵便物を郵便受けに入れるのを拒んで庭木戸にはさみ、郵便物は読まれぬまま風化していく。

「入ってもいい？」わたしたちはマルリースがドアを少し開けるなり訊き、マルリースは「でも犬は中へいれないで」といった。

「おすわり、アラスカ」とわたしはいい、アラスカは用事が長引くとさとって、マルリースの小さい家の前の階段にすぐさま寝そべった。

マルリースは台所へ行き、わたしたちもついていった。

家の中にあるもので、マルリースが自分で選んだものはひとつもない。家も、中にある家具も、何もかも叔母のものだった。二階にあるベッドも、ナイトテーブルも、洋服ダンスも、陰気なソファセットも、居間にある錬鉄製の書棚も、敷いてある絨毯も、油でぎとぎとになった吊り戸棚も、コンロと冷蔵庫も、キッチンテーブルも、椅子二脚も、それどころかコンロの上に吊るしてある重くてべとついているフライパンさえも。

マルリースの叔母は、九十二歳のときに台所で首を吊って自殺したのだが、それがマルリースにはまったく理解できなかった。なぜなら九十二歳にもなって、なにもわざわざ首を吊るまでもないと思ったからだ。わたしたちはその叔母の話をマルリースからよく聞かされた。耐えがたい強情者で、つねにどうしようもなく不機嫌だったという。

「そこで叔母は首を吊ったのよ」とマルリースはわたしたちが台所に入るたびにいう。今もそういって、天井灯の隣に打ちつけてある鉤を指差した。マルティンもわたしもそこへは目を向けなかった。

家の中のにおいだけがマルリースのものだった。タバコのにおい。強い汗を抑えるためなのに抑えきれていない安物のデオドランドのにおい。それから置きっ放しにされている数日前の食べ残しのにおい。十数年前に尽きた明るい笑いのにおい。灰皿の中で燃えて火事を起こさずにすんだもののにおい。ゴミのにおい。ツリー形の芳香剤のにおい。籠にいれっぱなしの洗濯物のにおい。年はせいぜい二十前後のはずなのに、マルリースは背中を丸めて歩く。パーマは半分とれていて、髪はくしゃくしゃ。その髪を見るたびに、わたしはよろず屋で売っているシャンプーを思い起こす。「傷んだ髪にシャウマ」という謳い文句のシャンプーを。マルティンとわたしは、その謳い文句は変だと思った。なぜなら、痛めつけるのは、地獄の犬や雷やパルムや犯罪者だけだと思っていて、そうしたものはたいがい髪を攻撃したりはしないからだ。だがマルリースからは、慢性の不機嫌も攻撃的になりうることを教わった。そして髪も攻撃対象になることを。

マルリースは椅子に腰をおろした。マルリースはいつものように着古したノルディックセーターを着てパンツを履いているだけだった。よろず屋で三色一組で売っているパンツだ。ゼルマもその三色一組を持っていた。けれどもマルリースのパンツは黄色なのか、アプリコット色なのか、水色なのか判別がつかない。わたしたちを見て、「それで？　なんの用？」と訊いたマルリースの眼差しと同じで、パンツの色もあせていた。

「どうしているかと思ってさ」とマルティンがいった。

「心配することないって」とマルリースがいった。「わたしには当たらないから」まるで当たる確率がものすごく低い宝くじのことを残念がっているような口ぶりだった。

「何か食べる？」とマルリースが訊いた。わたしたちは、そういわれるんじゃないかと恐れていた。「うん」とわたしたちはいった。本当は「ううん」といいたかった。けれども食事を断ったら〈憂いのマルリース〉の憂いがさらに増すから絶対に断っちゃいけない、とエルスベートに言い含められていた。

マルリースはコンロのところへ行って、開いている缶からエンドウ豆を二枚の皿に移して、冷たいマッシュポテトを横にぴしゃっと音をたててよそい、ハムを二枚その上にのせた。それから皿をテーブルのわたしたちの前に置いた。そしてまた椅子に腰をおろした。

椅子はあと一脚しかなかった。「ほかにどこかすわるところある？」とわたしは訊いた。

「ないわ」とマルリースはいって、冷蔵庫の上にのっている小さいテレビのスイッチを入れた。ゼルマがいつも見ているテレビドラマをやっていた。

マルティンが椅子にすわって、自分の膝をたたいた。わたしはマルティンの膝の上にすわった。マッシュポテトはマルリースのパンツと同じ色をしていた。エンドウ豆は鼻水のような色の液体の中に浮かんでいた。ハムはてかてかしていて、予防注射を受けて腫れた皮膚のような斑点のもりあがりがあった。

マルティンとわたしは、同時にエンドウ豆とマッシュポテトをフォークに山盛りにして口に入れ、顔を見合わせた。マルティンはかんだ。「急いで食べちまおう」とささやいて、フォークをせっせと口に運んだ。

口に入れたエンドウ豆はかんでもかんでも小さくならずに、かえって大きくなった。わたしはテレビを見ているマルリースをちらと見て、エンドウ豆マッシュポテトを皿に吐きもどした。そして「食べられないよ、マルティン」とささやいた。

マルティンの皿はすぐに空になった。マルティンは水の入ったびんをつかんで、エンドウ豆とマッシュポテトを水で流しこんだ。それからわたしの山盛りの皿を見て「ごめん。でももうひと皿は無理だよ。そんなことをしたら吐いちまう」とささやいた。マルティンはげっぷをして、あわてて片手で口をおさえた。マルリースが振り向いた。

「おいしかった？」

「うん、ごちそうさま」とマルティンはいった。

「あんた、まだぜんぜん手をつけてないじゃない」とマルリースがわたしにいった。そして「早く食べなさい。冷めちゃうわよ」と付け加えた。まるで温かかったみたいに。そしてまたテレビの方を向いた。画面にはちょうどマシューとメリッサが映っていた。ふたりの運命にゼルマは特に関心を寄せて、夢中でドラマを見ていた。ふたりは広大な所有地の真ん中に立っていた。マシューがいった。「愛しているよ、メリッサ。だけどぼくらの愛は報われないって、きみにもわかっているだろ」

「立てよ」とマルティンがささやいた。わたしはそっと立ち上がった。マルリースが振り向かないかと恐れたからだが、マルリースはメリッサを見ていて、メリッサは「わたしもあなたを愛しているわ」といったところだった。

マルティンはわたしのエンドウ豆マッシュポテトを寄せ集めてハムの一枚にのせ、もう一枚でふたをした。それからハムではさんだエンドウ豆マッシュポテトをズボンの前のポケットに入れた。マルティンのズボンは薄い赤のバミューダショーツで、前についているポケットは深かった。

テレビではメリッサがこういった。「でもわたしたちはふたりいっしょよ、マシュー」と。その後テーマ音楽が流れた。マルリースはテレビを消してこっちを向いた。

「おかわりは?」

「ううん、もういいよ。ごちそうさま」とマルティンがいった。

「なんで立ってるの?」とマルリースが訊いた。わたしはそこに立っていたのだ。マルティンのポケットのエンドウ豆マッシュポテトをつぶしてズボンを汚したくなかったからだ。

「だって椅子がないから」とわたしはいった。

「マルティンの膝にまたすわればいいじゃないの」とマルリースがいった。「そんなところに突っ立っていられちゃ、落ち着かないわ」

わたしは眼鏡屋が背中が痛くてよくすわれないでいることを思い出した。「椎間板が痛くて」とわたしはいった。

「そんなに若くてもう体をこわしてるの」といって、マルリースはため息をついた。

マルリースはそれから、ピア効果百パーセントのタバコに火をつけ、それを吸って、わたしの空になった皿に灰を落とした。そして独り言をいいはじめた。それはマシューやメリッサがいってもおかしくないようなことばかりだった。わたしはキッチンテーブルの横に立って、マルティンの薄い赤色のズボンにあっという間に大きな濃いしみが広がっていくのを横目で見ていた。マルティンは椅子をテーブルにぎりぎりまで寄せて、マルリースが立ち上がっても気づかれないようにした。けれどもマルリースはすわったまましゃべり続けた。テレビドラマが気に入らないこと、この前の五月祭も気に入らなかったこと、そしてテレビドラマの続きも、次の五月祭もきっと気に入らないだろうことを。

「五月祭が気に入らなかったっていうのはどうして?」とマルティンが訊いて、お腹を引っこめた。マッシュポテトがズボンのベルトのところまでしみだしてきたからだ。

「これまで一度も気に入ったことがないからよ」とマルリースがいった。

「マルティン、もう行こう」とわたしはささやいた。

「気に入ってないなら、どうしてドラマを見るの?」とマルティンが訊いた。靴ひもを結ぶふりをしてかがんでキッチンテーブルの下を見ると、エンドウ豆とハムがまじってどろどろとなった代物が床に広がっていて、マルティンのむき出しのふくらはぎには鳥肌が立ち、緑色のエンドウ豆の汁が滴り落ちていた。

「裏番組はもっとひどいからよ」とマルリースがいった。

「もういかないと」とわたしはいった。

マルティンも立ち上がり、わたしの後ろに隠れるようにした。「じゃあ、またね、マルリース」とわたしたちはいい、マルティンはわたしのすぐ後ろにぴったりついてドアの外に出た。

「ありがとう」とわたしは外でいった。「ごほうびに千回持ち上げさせてあげる」

マルティンは笑った。そして「でも今はやめとくよ」といった。マルリースの家から少し離れると、マルティンはズボンを脱いでポケットの中身を捨てた。ハムとマッシュポテトが草の上に落ちた。わたしたちはポケットを裏返して、エンドウ豆と貼りついたマッシュポテトをこそげ落とした。

「新しいズボンがいるな」とマルティンがいった。

手がべとべとになってしまったので、なめてもらおうとアラスカに手を差し出したけど、拒まれた。マルティンはズボンをまた履き、わたしたちはマルティンの家へ向かった。

パルムが庭木戸の前に立っているのを見るなり、わたしたちは足を止めた。パルムがそこにいるとは予想外だった。畑に出ていると思っていたのだ。

「うちへ行こう。ズボンを貸してあげる」とわたしはささやいたが、パルムはもうマルティンに気づいていた。「すぐにこっちへこい」とパルムは叫んだ。垣根まで行くと、後ろで犬がきゃんきゃん吠え立てた。アラスカはマルティンの脚の後ろに隠れようとした。

パルムはマルティンのズボンをじっと見た。「漏らしたのか？　何をやらかしたんだ？」パルムはどなった。酒臭かった。パルムに肩を揺すられて、マルティンの頭がぐらぐら動いた。マルティンは何もいわずに目を閉じた。

「マルティンが悪いんじゃない」とわたしはいった。「マルティンはわたしのエンドウ豆をポケットに入れてくれたの。ズボンが汚れたのはマルティンのせいじゃないよ」

「おまえは赤ん坊か何かか?」パルムはどなり、マルティンはずっと目をつぶっていた。マルティンは妙にリラックスして見えた。まるで目を閉じて電車のドアを背に立ち、わたしが見ているものを数えあげているかのように。畑、森、野原、牧場、牧場。

「マルティンはわたしを助けれてくれたんだよ」とわたしはいった。

パルムはかがんで、わたしをじっと見つめた。顔の皮膚が傷だらけに見えた。まるで生えていた羽根を乱暴にむしり取られたかのようだった。パルムに見つめられるたびに、こんなに暗い人間が、以前は光に詳しかったなんて信じられない、と思ったものだ。「おれをばかにしようってのか?」パルムは歯の間からしぼりだすようにいった。どなられる方がまだましだった。

さっき見たヒナのことを思い出した。ヒナの目、棒で打たれて充血した目のことを。世の習いに身をまかせたくはなかった。パルムという人の形を取った世の習いに。

わたしはマルティンをかばおうと前に出た。「マルティンをそっとしておいて」そう大声でいった。パルムに突き飛ばされた。わたしは軽かったので、掘っ立て小屋よりも速く倒れた。パルムは目をつぶったままのマルティンをつかまえて、家へ引きずっていった。アラスカがうなった。アラスカがうなるのは、このときが初めてで、後にも先にもこの一回だけだった。ドアが閉まった。二度と開かないのではないかと思われるほど固く。

気分が悪くなった。わたしは四つの壁に囲まれた死を思い描いた。ふいに死が現実味を帯びた。中庭の犬たちがきゃんきゃん吠えた。わたしはそこに突っ立ったまま、ドアを見つめていた。マルティンが消えたドアを、それからドアの隣のものすべてを。野原と畑と森を。

このたびはご愁傷様です

パルムがマルティンを家へ引きずっていった後、わたしは母の花屋へ駆けていった。母の花屋はパルムの家のすぐ近くにあったからだ。花屋は〈清らかな花(ブリューテンライン)〉という名だった。母はその名前を誇らしく思っていたが、父はひどい名だと思っていた。倉庫に花輪がたくさんしまってあるので、ユリとモミのにおいがした。母は村の花とお墓の花飾りだけでなく、近隣の村のものもまかなっていて、つねに忙しくしていた。用があって急いで母の店に飛んでいっても、まずは一息ついて母がひと仕事を終えるまで待たなければならない。電話で花輪のリボンとか、結婚式のテーブルに飾る花の色の打ち合わせをしたり、村長夫人と隣村の村長夫人に贈る花束のことで話したりするのが終わるまで。

しばらくして母はひと仕事を終えてわたしの方を向いた。ところが、わたしの方を向いているときでさえも、いまだにやり終えていない何かが、母の心をつねにわずらわせている何かがあった。それは五年前から母の胸に巣くっている疑問だった。

五年前から母は、父のもとを去るべきかどうか考えていた。母は頭のてっぺんからつま先までその疑問でいっぱいで、つねに自問していた。ところがあんまり頻繁につきつめて問うているせいでまったく答えられず、幻覚を見るほどだった。そうなると母の目には花輪のリボンに記されている文句が、「永遠に深い悲しみとともに」とか「このたびはご愁傷様です」とか「いつまでも忘れずにいます」

とかではなく、「別れるべきだろうか？」と濃い黒で花輪のリボン特有の浮きだし印刷で現れた。

「別れるべきだろうか？」という言葉は、花輪のリボンだけでなく、そこらじゅうに現れた。朝、母が目を開けると、顔の前にその問いが現れる。朝一番のコーヒーにミルクを入れてかき混ぜると、その文句もミルクといっしょにカップの中を回る。問いは母が吐きだすタバコの煙とも混ざり合った。問いは花屋の客のコートの襟にも現れ、花を包む紙にも書かれていた。夕食を作っていると、鍋からあがる湯気の中にも立ち現れた。

問いは手に取ることさえできた。問いは母の中にもぐりこんだ。買い物袋の中に鍵がもぐりこむように。そして母の中から、使い道のないがらくたをあれこれ引っぱり出した。それは相当な量だった。

「ねえ、話、聞いてくれてる？」とわたしはよく母に尋ねたものだ。もう時計を読めるようになったよとか、靴のひもを結べるようになったよ、と報告しているときに。母はいった。「もちろん聞いてるわよ」と。母は確かに話を聞こうとした。ところが例の問いの方がわたしよりつねに声高だった。だいぶ後になってから、わたしは考えた。もしもゼルマと眼鏡屋がいなかったら、わたしがいつでもゼルマと眼鏡屋を頼れるわけではなかったら、ゼルマと眼鏡屋が神様といっしょに世界を創造したのではなかったら、母は例の問いをあきらめて、わたしが入りこめる居場所を作ってくれたのではないかと。

「それで、何があったの、ルイーゼちゃん？」と母に訊かれた。

「マルティンに何か起きるんじゃないかと心配なの。ゼルマの夢とパルムのせいで」

母はわたしの頭をなでて「それはかわいそうにね」といった。

「あたしの話、聞いてくれてる？」

「もちろんよ。心配ならマルティンのところへ行ってみるといいわ。そして少し元気づけてやればいい」

隣村の客がやってきたので、わたしはゼルマのところへ駆けていった。

犬がいっせいにきゃんきゃん鳴きだした。鎖は長かった。アラスカは垣根の前で立ちどまり、ゼルマとわたしは家の壁に身を寄せた。犬はわたしたちに飛びかかろうとしたが、鎖に引きもどされて仰向けに倒れ、また立ち上がった。

わたしはゼルマの手を握った。パルムはいい鎖を使ってるから」

「切れやしないって。パルムはいい鎖を使ってるから」

ゼルマは戸口に立てかけてあった箒を手に取り、それで犬を追い払おうとした。「こっちへ来るんじゃない、地獄の犬たちめ」とゼルマはどなった。けれど、犬にはまったく効き目がなく、ゼルマは拳骨で戸口のドアをたたいた。

二階の窓が開いて、パルムが顔を出した。「犬をよそへやって」ゼルマは叫んだ。「それから息子をそっとしておくことね。あと、もしまたルイーゼに手を出したら、犬を毒殺してやるから覚えときなさい」

パルムはにやついて叫んだ。「なんていってるのか聞こえないな。犬の鳴き声が大きすぎるんでね」

ゼルマは箒を犬に向かって投げ、それが一匹の脚に当たった。犬は倒れてうなり、また立ち上がった。「犬に手を出すな」とパルムが叫んだ。わたしは目をぎゅっとつぶってゼルマの胸に顔を押しつけた。胸が持ち上がった。ゼルマが大きく息をついたのだ。

「いいこと、パルム、よく聞いて」とゼルマは少し口調を和らげていった。「ルイーゼは心配してるのよ。あんたがマルティンに何かするんじゃないかってね」

「何かするんじゃないかだって？」パルムはばかにするようにゼルマの口調を真似た。そして右側に手を伸ばし、マルティンを窓辺へ引き寄せた。「おれはおまえに何かしたか？」パルムはマルティンに尋ねた。

マルティンの髪はつねにきちんととかしてあるが、必ず一房ぴんと立っている。何度強くなでつけても、数分後にはまた立ってしまう。まるでどっちが上か教えたがってでもいるように。

マルティンは咳払いをした。それから「ううん」といった。

犬がきゃんきゃん鳴いた。「マルティン、気をつけて」とゼルマが叫んだ。「あんたの父さんを見張っているから。みんなであんたの父さんを見張ってるからね」

フリートヘルムが通りを歩いてきた。ワルツのステップを踏んで踊っている。両手を広げて、まるで目に見えない誰かといっしょに踊っているかのように。『おお美しきヴェスターヴァルト』を歌いながら。

向かいの家のシャッターが音を立てておりた。パルムは笑った。

「おれなら逃げるよ、ゼルマ。鎖はもう古いからな」それだけいって窓を閉めた。

わたしたちは犬に向き直った。ゼルマは靴を片方脱いで、犬に投げつけた。一匹の頭に当たった。その犬は倒れて、吠え、また立ち上がった。仕留めたウサギに群がるように犬が靴を取り囲んだので、靴はもう取りもどせなかった。「あんたから目を放さないからね、パルム」ゼルマは叫んで、犬に靴の残りの片方を投げつけた。わたしたちは家に帰った。ゼルマは裸足で歩いて。

午後の五時だった。あと十時間、とわたしは考え、念のため指を折ってもう一度数え直そうとしたら、ゼルマがわたしの手をつかんでしっかり握り、家に着くまで放してくれなかった。

今は午後五時、村の半数がエルスベートのもとを訪れ、やがて周りが静かになると、エルスベートのうなじにアウフホッカーがのった。アウフホッカーというのは目には見えない魔物で、たいていは夜間歩き回っている者のうなじに跳びのる。ところがエルスベートはひっきりなしに家の中を歩き回っていて、耳の中では静寂が夜の森のように轟いていたので、アウフホッカーが勘違いしてのっても、まったく驚かなかった。

アウフホッカーは村人の半数がいったことを、ぺちゃくちゃしゃべった。それはゼルマの夢の話で、もしかしたら、いやおそらくそうはならず、そもそもまったくそんなことはないだろうが、けれどももしかしたら、いや絶対に誰かが死ぬに違いない、と。

首にアウフホッカーをのせたまま、エルスベートは電話をかけにいった。なぜならアウフホッカーにも、最後の瞬間に日の目を見ようとしている真実にも、対処しなければならなかったからだ。エルスベートの耳元で、アウフホッカーは最後の瞬間が迫っているとささやいていた。

エルスベートはゼルマに電話をかけた。なぜなら不安が生じたとき最初に頼るべきはゼルマだからだ。誰も電話に出なかった。ゼルマはアウフホッカーに関わっている余裕がなかった。地獄の犬のことで手いっぱいだったのだ。エルスベートは長いこと電話台の前に立っていた。耳元でずっと呼出音が鳴っていた。

ゼルマがいいそうなことはわかっていた。つまりは「いつもどおりにしていればいいのよ」と。

エルスベートは受話器を置いた。

「いつもなら何をするかしら？」とエルスベートが考えると、アウフホッカーが「だけど今日はいつもとは違うよ」といった。

エルスベートはその言葉に耳を貸さないようにした。「これからどうしたらいいかしら？」ともう一度声に出していった。

「こわがるべきだろうな」とアウフホッカーがいった。

「いいえ、コンスターチを買いにいくことにする」とエルスベートはいった。


よろず屋のレジの列は短かった。順番待ちをしている間、エルスベートはうなじに貼りついているアウフホッカーをはがそうとしたけれど、簡単にはいかなかった。というのもコンスターチで片手がふさがっていたからだ。エルスベートは支払いをすませて店を出た。頭の中で電話の呼出音が鳴っている。ゼルマの家でいつまでもゼルマを呼んでいる呼出音が。それをどうやって止めたものか、エルスベートにはわからなかった。電話の呼出音も、それからアウフホッカーの声も。とふいに目の前に眼鏡屋が現れた。

「やあ」と眼鏡屋はいった。電話の呼出音が鳴りやみ、アウフホッカーも不意打ちを食らって口をつぐんだ。

「今晩は」とエルスベートはいった。「あなたもお買い物？」

「ああ、肩に貼る温湿布薬をね」

「わたしはコンスターチよ」

配送業者が、灰色のシートカバーをかけた大人の背丈ほどの高さのカゴ台車に食料品を山積みして、店に運びこもうとしていた。配送業者は靴ひもを結び直すために、半分いったところで足を止めた。カゴ台車は灰色の壁のように見えた。とてつもなく大きな灰色の嘆きの壁のように。あの壁の前にいずれみんなひれ伏すことになるんだわ、とエルスベートは思った。「なんて詩的なんだ」とアウフホッカーがいった。エルスベートは恥ずかしくなった。そしてもしかして口に出していってしまったかもしれないと不安になった。

「一枚いる？」と眼鏡屋が訊いた。

「何を？」

「温湿布薬だよ。うなじを押さえていたから、いるんじゃないかなと思っただけさ。こっているときには温湿布がものすごく効くからね」

「いいわね、ありがとう」

眼鏡屋の店はよろず屋のすぐ隣にあった。「おいで。すぐ貼ってあげるよ」

眼鏡屋は店を開けて上着を脱いだ。袖なしのセーターには札がピンでとめてあり、「今月の担当者」と記されていた。

「でもこの店にはあなたしかいないじゃないの」とエルスベートがいった。

「わかってるって。ちょっとしたしゃれさ」と眼鏡屋はいった。

「あら、そうなの」エルスベートにはしゃれがよくわからなかった。ふいに亡き夫のいらだった声が耳に聞こえた。「ただのしゃれだよ、エルスベート。まったくもう、わからんやつだな」という声が。でももしかしたらアウフホッカーがいったのかもしれない。

「マルティンとルイーゼがおもしろがったんでね」と眼鏡屋がいった。

「たしかにね、わたしもそう思う。とってもね」とエルスベートは請け合った。

「すわれよ」と眼鏡屋がいった。

エルスベートは眼科検査装置の前にある回転椅子にすわった。その装置は視力を測るのに使う度数検査機で、フォロプターという。まだ小さかった頃、眼鏡屋はマルティンとわたしに、この器械を使うと未来を見ることができるといった。フォロプターの異様な外観を見て、わたしたちはすぐさまそれを信じた。実をいうと今でも信じている。

「肩を少し出してくれ」と眼鏡屋はいった。

エルスベートは両手をうなじに回して、ワンピースのチャックを少しおろした。それだけで少し楽になった。それから襟ぐりを丸い肩の横に少しずらしてうなじを露わにした。このくらい肩が出ていれば、その上にアウフホッカーがのっていたとしても、まだ何かのせられるだろう。ありがたいことにアウフホッカーは無口になって、肩にしがみついている腕も力がなくなっていた。

眼鏡屋は温湿布薬のパックを開けて、貼り薬のシールをはがした。「この大きさはうなじ用じゃないけど、だいじょうぶ、使えるだろう」

エルスベートは最後の瞬間のことを考えた。そして眼鏡屋は黙りとおしてきた真実を打ち明けるだろうかと。

眼鏡屋は温湿布薬をエルスベートのうなじにそっと貼った。そしてうまく貼りつくようにそれを両手で押さえた。エルスベートの肌にじわじわとぬくもりが浸透してきた。

「打ち明けたいことがあるんだけど、聞いてくれる？」とエルスベートは尋ねた。

レナーテとのセックスにメロメロ

ゼルマとわたしは家へ帰った。家は二階建てで、森を背にして斜面に立っている。今にも倒壊しそうな家で、眼鏡屋は、家がかろうじて立っているのはゼルマが家を愛してやまないからだ、と確信していた。父はこの家をこわして新しい家を建てようと何度もゼルマに提案していた。けれどもゼルマは耳を貸そうともしなかった。ゼルマは、父が家にもメタファーを見ていることを知っていた。ががきで今にも倒れそうな家は、こわれかけた生活のメタファーそのものだった。

この家を建てたのはわたしの亡き祖父、ゼルマの夫だ。それもあって、そして特にそれゆえに、家をこわすのは御法度だった。

ゼルマに最初にオカピを見せたのも祖父だった。新聞にのっていたオカピの白黒の写真を見つけて見せたのだ。祖父は嬉々としてゼルマにそれを見せた。まるで自分が最初にオカピを発見したかのように。

「いったいなんなの、それは?」とゼルマはそのとき尋ねた。「オカピだよ」と祖父は答えた。「こんなものがいるってことは、何があってもおかしくないってことだ。きみがぼくと結婚することだってな。それにぼくが家を建てることだって。えっと、それでもってぼくは」と祖父は、ゼルマのけげんそうな顔を見て付け加えた。祖父は以前から最高の恋人として知られてはいたが、職人としては知られていなかった。

祖父はハインリヒという名だった。グリム童話の『蛙の王様』に出てくる鉄のハインリヒと同じハインリヒだ。けれども鉄のように丈夫ではなかったらしく、わたしが生まれるずっと前に亡くなっていた。それでもマルティンとわたしは、誰かが「ハインリヒ」というたびに、声をそろえていうのがつねだった。「車がこわれた！[2]」と。ゼルマはそれをちっともおもしろがらなかった。

祖父は死んだのだとわたしは思っていた。誰もはっきりしたことはいわなかった。祖父は戦争で倒れたとゼルマはいっていた。わたしには祖父がつまずいて転んだとしか聞こえなかった。祖父は戦争にいったまま帰らなかった、と父はいった。わたしには戦争が、祖父が長期滞在していた場所の名のように聞こえた。

マルティンとわたしは祖父に感心していた。祖父がしばしば不作法な振る舞いを、それもわたしたちにはとてもできそうもない不作法な振る舞いをした、と聞かされていたからだ。エルスベートは繰り返し祖父の逸話を語ってくれた。子どもの頃、校長先生のラクダの毛のコートを旗竿にあげて、学校から飛ぶように逃げ帰ってきたこと、手製の包帯を頭に巻いて登校し、頭蓋底を骨折してしまったので宿題ができなかったと主張したことなどを。「車がこわれた！」とわたしたちは叫んだ。ときどき父が付け加えていった。「車じゃない、家だよ」と。それもゼルマはおもしろがらなかった。

実際、一階の床には一部とても薄いところがあって、ゼルマは何度も床を踏み抜いた。床がこわれてもゼルマは動じず、なつかしそうに昔の話をした。一度などは焼き終わったクリスマスのガチョウを手にして台所の床を踏み抜いた。腰から下が地下室にぶらさがる形になったが、それでもガチョウを落とさずしっかり持っていた。眼鏡屋がゼルマを引っ張りあげ、父といっしょに床を修理した。眼鏡屋も父も、床の修理があまりうまくなかった。パルムならずっとうまくできただろうが、誰も彼に頼もうとはしなかった。

そんなわけで修理した箇所を歩くのは危なかったので、眼鏡屋はそこをよけて通れるように、荷造り用の赤いガムテープを目印に貼った。眼鏡屋はゼルマが踏み抜いた居間の床にもガムテープを貼った。父が「精神分析を受けにいくよ」といった少し後のことだ。わたしたちはみな、修理が不完全な箇所を反射的に避けた。アラスカでさえ、ゼルマの誕生日に初めて台所に入ってきたとき、本能的に赤いテープで囲った場所を迂回した。

ゼルマは自分の家を愛していた。家から出るときには、老馬のたてがみを愛撫するように家の正面を軽くたたいた。

「もっと世界を取りこむべきだよ。床が抜ける危険に始終さらされているような家に安住しているんじゃないね」と父はいった。

「この先何事も起きなければね」とゼルマは応じた。

「まさにそこが問題なんだよ」と父はいって、家をこわして新しい家を、もっと広い家を建てるべきだと主張した。というのも二階はわたしたちにはすでに狭すぎて、リフォームしてなんとかなるレベルではなかったからだ。ゼルマは腹を立てて、父にいった。何もかもうっちゃりたいっていうんなら、どこへなりと行けばいい、だけど出ていくときにはせいぜい足元に気をつけるのねと。

ゼルマとわたしが家にもどってくると、父が家の前の階段にすわっていた。診療時間は終わっていた。「靴はどうしたんだい？」と父はゼルマに訊いた。「認知症になっちまったのかな？　それとも今日はモンシェリを食べ過ぎたとか？」

「靴は犬に投げつけてやったのよ」とゼルマはいった。

「精神が健全な徴とはいいがたいな」

「そんなことないわよ」ゼルマはそういって家のドアを開けた。「お入り」


眼鏡屋は温湿布薬から手を放し、エルスベートの肩を引き寄せ、自分の方を向かせた。「もちろんさ。何をいってもだいじょうぶだよ」と眼鏡屋はいった。

「ただちょっといってしまいたいだけで……もしも今日わたしが……もしもわたしが……」

「夢のせいだね」

「そのとおり。そもそも何かあるって信じてるわけじゃないんだけど」とエルスベートは嘘をついた。

「ぼくも信じちゃいない」と眼鏡屋も嘘を返した。「夢が死を予告するなんて、あるはずない。ぼくにいわせれば、ナンセンスもいいところさ」

隠してきた真実がもうすぐ明るみに出るとわかっているとき、ちょっとばかり嘘をつくと緊張がほぐれる。眼鏡屋はマルティンのことを思った。マルティンは持ち上げられそうもない物に挑戦するとき、決まって落ち着きなく体を動かし、ぴょんぴょん跳ねる。

「だけどちょっと難しいのよね」とエルスベートがいった。

「その方がよければ、引き替えにぼくも秘密を打ち明けてもいい」と眼鏡屋がいった。

エルスベートは眼鏡屋の顔を見つめた。眼鏡屋がゼルマを愛していることは、村の誰もが知っている。しかし眼鏡屋はみんなが知っているということを知らない。いまだに、ゼルマを愛していることは、隠しておくべき真実だと考えていた。もう何年も前から、眼鏡屋はいつそれを口に出すんだろうかと、みなが考えていた。とっくの昔に口にしていていいはずのそのことを。

もっとも、ゼルマ本人が眼鏡屋の気持ちに気づいているかどうかについては、エルスベートも確信がもてなかった。母が一度、ゼルマに眼鏡屋との関係について問い質そうとしたことがあって、エルスベートもそこに居合わせた。エルスベートはそんなことを訊くのは良い考えだとは思わなかったが、母を止められなかった。

「ねえ、眼鏡屋のことをどう思ってるの、ゼルマ」と母は切りだしたものだ。

「どうもこうもないわよ。いつだってそこにいるじゃない」とゼルマはいった。

「わたしがいいたいのは、人生の伴としてどう思うかってことよ」

「だから、いつもそばにいるっていってるじゃない」

「ねえ、アストリッド、あんたはお花に関心があるんでしょ」とエルスベートが口をはさんで話題を変えようとした。「タンポポが痔に効くって知ってた？」

「そうじゃなくて、ゼルマ、わたしがいってるのは、伴侶としてってことよ」と母はさらにいった。「眼鏡屋を伴侶としてどう思うかってこと」

ゼルマは母の顔をじっと見つめた。まるで母がコッカスパニエルにでもなったかのように。「でもわたしにはとっくの昔から伴侶がいるわよ」

ゼルマの愛は一人前用にできているようにエルスベートには思えた。しかもそれは大盛りの愛で、ハインリヒに向けられていた。ハインリヒはエルスベートの兄だった。エルスベートにとってハインリヒとゼルマは、二人ひと組だった。誰かが後釜になることはまずない、とほぼ確信していた。

エルスベートは今、眼鏡屋の視力検査用の椅子にすわっていて、この後に及んで、誰もがとっくに知っていることを確認する最初の者になるということがとても信じられずにいた。

「お先にどうぞ」と眼鏡屋がいった。

眼鏡屋は書き物机の前の椅子にすわってエルスベートと向き合った。そうこうするうちに湿布薬はとても熱くなっていた。エルスベートは深呼吸をしていった。「ルドルフはわたしをずっと裏切ってきたのよ」ルドルフというのはエルスベートの亡き夫のことだ。「わたしは何もかも知っていた。日記を読んだんでね」

エルスベートにはどちらがよりひどいことなのか、判然としなかった。夫に裏切られたことか、それとも自分が夫の日記を読んでしまったことかが。

「忘れようとは思ったのよ。あらゆる手をつくしてみた。見つけたパンを食べると記憶をなくすって知ってた？　試してみたけど、うまくいかなかった。たぶんわざとパンをなくしたせいね。だからうまくいかなかったんだわ」

「故意に何かを偶然見つけることなんてできやしないさ」と眼鏡屋はいった。「ルドルフとは話しあってみたのかい？」

エルスベートはワンピースのチャックをあげた。「あの人の日記帳は黄色だった。あたたかみのあるフレッシュなひまわりの色で、罫線が入っていた」

「彼と話しあってみたのかい」と眼鏡屋はもう一度訊いた。

「いいえ」とエルスベートはいった。そしてうなじに手をやって湿布薬を強く押さえた。「わたしは何も知らないふりをした。今となっては、何をするにももう遅すぎる」

遅すぎるということがどういうことかは、眼鏡屋にもわかっていた。ゼルマを愛していることを、ずっと前から自分に隠そうとして過ごしてきたのだから、それはもう、わかりすぎるほどよくわかっていた。

「ひまわりの色をした日記帳はたくさんあるわ。日記帳を読んだのは一度きりだけれど、そこに何が書いてあるかは、わかりすぎるほどわかってる。ベッドに寝ていると、内なる声がしょっちゅうその日記帳を読むのよ」

「内なる声が読むのはどんなこと？」と眼鏡屋が尋ねた。

「もうひとりの女のことをあれこれとね」

「たとえばどんなこと？　よければ教えてくれ。口に出していえば、その文句はきみのところからぼくのところへ引っ越してこられるかもしれない」

エルスベートは目をつぶって、親指と人差し指で鼻の付け根を押さえた。頭が痛いかのように。それからいった。「レナーテとのセックスにメロメロ」

とまさにその瞬間に、店のドアチャイムが鳴って、よろず屋のおかみさんが飛びこんできた。「お久しぶり！」と大声でいって、ふたりのところへきた。「そろそろわたしに会いたくなってるかと思って」

「まあね」と眼鏡屋はいった。

エルスベートは何もいわなかった。というのも、よろず屋のおかみさんに自分の最後のセリフを聞かれてしまったのでは、と心配だったからだ。自分がレナーテという女性とのセックスにメロメロだと思われてしまってはいないかと。

よろず屋のおかみさんは眼鏡の新しいチェーンを買いにきたのだった。ありがたいことにすぐにガラスの飾りつきのチェーンに決めた。

「あしたパーマをかけに町へ行くんだけど、トリクシィの世話をしてもらえないかしら?」とおかみさんはエルスベートに訊いた。

トリクシィというのは、おかみさんが飼っているテリアだ。エルスベートはおかみさんに話を聞かれずにすんだと確信し、胸をなでおろした。なぜならエルスベートがレナーテとのセックスにメロメロだと信じたなら、テリアの世話なんて絶対に頼むはずがないからだ。

「ええ、ええ、喜んでするわ」とエルスベートはいった。

「わたしたちみんなが、明日まだ生きているとしたらね」とおかみさんはほがらかにいった。

「だといいね」と眼鏡屋はいって、よろず屋のおかみさんのためにドアを開けておさえた。それからまた椅子にすわってエルスベートと向き合った。

眼鏡屋はエルスベートをじっと見つめた。まるでエルスベートのためならいくらでも時間があるとでもいいたげに。たとえゼルマの夢のせいで今日のうちに死ぬ定めだとしても。

眼鏡屋は足を組んだ。「ぼくにいわせれば、レナーテとのセックスに旦那さんがメロメロだったとしても、デートが最高だったってことにはならない。頭をフライパンでなぐればメロメロになること請け合いだからね」

エルスベートはほほ笑んだ。ひもをかけてしばってあった真実は、とても重く嵩もあり、それは今も変わらなかった。それでも眼鏡屋がそれを受け止めてくれたのはありがたかった。

「さっきね、配送業者がよろず屋のところへ灰色のシートカバーをかけたカゴ台車を押していったんだけど」とエルスベートはいった。「それがね、壁のように見えたの。嘆きの壁みたいにね。わたしたちはいずれみんなその前にひれ伏すことになるんだわ。そうは思わない？」

「あいにく見なかったな」と眼鏡屋はいった。「でもそれがまさしくそう見えたってことは想像できるよ」

「わたし、どこもぜんぜんこってないのよ」とエルスベートはいった。「アウフホッカーがのってるの」

「わかってるって。だけどアウフホッカーにも温湿布薬は効くんだよ」

エルスベートは咳払いをした。「あなたも何か話したいことがあるんじゃなかった？」そう訊くと、姿勢を正して両手を膝に置いた。

眼鏡屋は髪をなであげた。立ち上がり、眼鏡のフレームとケースを並べたラックに沿って行ったり来たりした。ときどき無意識に足が右に一歩出た。内なる声が眼鏡屋を嘲るたびにだ。

エルスベートは眼鏡屋にとってどちらがましだろうかと考えた。ゼルマを愛していると打ち明けられたら、驚いたふりをすべきだろうか。そもそもこの後に及んで「えっ、そんな、ちっとも知らなかったわ」などと、自分にいえるだろうか。エルスベートは考えた。ゼルマに打ち明けるようアドバイスすべきだろうか。エルスベートは考えた。ひょっとして眼鏡屋は卒中の発作を起こさないだろうか。なんといっても何十年も真実を隠し続けてきたのだ。その間に真実は大きくなりすぎて、眼鏡屋の背中の後ろに大きくそびえているのが、誰の目にも見えるようになってしまったくらいなのだから。

「実はね」と眼鏡屋は口を切った。「パルムはマルティンのことがぜんぜん好きじゃない」

「知ってるわ」とエルスベートはいって、励ますように眼鏡屋を見た。

「パルムはマルティンにそれをつねに感じさせている。生まれてからずっとな。マルティンの母親もパルムに追いだされた」

「知ってるわ」とエルスベートはいい、眼鏡屋は、パルムとマルティンのことからどうやってゼルマのことに話をもっていくつもりだろう、と考えた。「それにもしかしたら、パルムはときどきマルティンをたたいているかもしれないわ」

「ああ、ぼくもそれを心配している」

眼鏡屋はいまだに行ったり来たりしていた。「パルムは酔っぱらって鹿を撃つんで、的を外してばかりいる。酔っぱらって、こわれた酒びんを振り上げてゼルマを脅かしたこともある」

「ええ、そうね」とエルスベートはいった。そして眼鏡屋にはまったく関係なさそうなことでも結びつけられる特技があるのを思い出した。ということは、パルムのこととゼルマを愛していることを結びつけることもできるに違いない。

眼鏡屋は立ちどまってエルスベートをじっと見てから口を開いた。「実は、ぼくはきのうの夜、パルムが夜間、猟をするときに使う狩猟やぐらの脚にのこぎりで切り込みを入れたんだ」

（2）『蛙の王様』の作中、王の忠臣のハインリヒは、王が魔法で蛙に変えられると、悲しみのあまり胸が張り裂けそうになる。それを押さえるために胸に鉄のたがをはめている。王の魔法が解けるとうれしさに鉄のたがが弾けて割れる。その音を聞いた王は馬車の車輪が折れたと思い、「車がこわれた！」と叫ぶ。

日が暮れて、ゼルマは一日中繰り返しいっていたことをまた口にした。「いつもどおりにすればいいのよ」と。そんなわけで、わたしはアラスカの体を洗った。アラスカはシャワーブースには入りきらないので、まずは体の後ろ半分を、それから前半分を洗った。その間残りの半分はシャワーブースからはみだしていた。ドアは開けたままで、ゼルマが父にいっているのが聞こえた。「みんな、わたしの夢をこわがっている」

父は笑っていった。「母さん、やめてくれよ。そんなのナンセンスだって」

ゼルマはモンシェリの箱を取り出していった。「たぶんナンセンスだろうけど、でもだからって、よくなるもんでもなし」

「ドクター・マシュケにその話をしたら大笑いしたよ」

「良かったわね。ドクター・マシュケを楽しませてあげられて」

父はため息をついた。「話はぜんぜん違うんだけど」と父はいってから、大声でわたしを呼んだ。

「ルイーゼ、来てくれ。話があるんだ」

わたしはアラスカの体全体をぐるっと拭いた。それでもぽたぽた水がしたたり落ちていた。わたしはゼルマが夕方見ているドラマのセリフのことを考えた。「きみたちに話がある」で始まるセリフの続きを。「これで一文なしだ」「別れよう」「マシューはあなたの子じゃないの」「ウィリアムは回復の見込みがない」「生命維持装置を外そう」

わたしは犬を連れて台所へ行った。父は椅子にすわっていて、ゼルマはキッチンテーブルに寄りかかっていた。「アラスカは水をたらしてるわよ」とゼルマがいった。

「オットーのこと覚えてる？」と父が訊いた。「もちろん」とわたしたちはいった。オットーというのは、ゼルマが前に夢を見た後、体をまったく動かさなくなったせいで亡くなった元郵便配達人だ。

「実は」と父は切りだした。「仕事をやめようと思ってるんだ。えーと、おそらくってことだけど、たぶんかなりの長旅をすることになる」

「いつもどってくるの？」とわたしは訊いた。

「それでどこへ行くの？」とゼルマが訊いた。

「うん、まあ、世界へ。アフリカか、アジアか、まあ、そんなところだ」

「まあ、そんなところね」とゼルマはいった。「それでいつ発つの？」

「それはまだわからない。考えてるところさ。それをいっておこうと思ってね。考えてるところだってことをね」

「それでまたどういうわけで？」とゼルマが訊いた。それはありきたりの問いではなかった。世界旅行をするつもりだと誰かがいっても、普通は誰も理由を尋ねたりはしない。なぜ旅に出るのか、理由を挙げる必要は誰にもない。

「いつまでもここでくすぶっていたくないからさ」と父がいった。

「それはまたありがたいこと」とゼルマがいった。

アラスカはまだ水をたらしていた。わたしはどっと疲れを覚えた。浴室から出てきたところではなく、日帰り旅行から重い荷物を持って帰ってきたところでもあるかのように。

どうすれば家に留まるよう父を説得できるだろうか。「でもここはとってもすてきじゃない」と考えた末にいった。「わたしたちは緑と青と金色のすばらしい交響曲の中で暮らしているんだから」

このセリフは眼鏡屋がしょっちゅういっているものだ。ぼくたちは絵のように美しい場所で暮らしている。ものすごくきれいで、楽園と見紛うほどの場所でねと。よろず屋が店のカウンターに並べている絵葉書にも、そんな文句が筆記体で書かれている。

ところが村人は誰もそのことに気づいておらず、美を見過ごし無視していた。美を素どおりしていたのだ。しかし、もしも周囲にある美がある日消えたりしたら、いの一番に文句をいうだろう。美を日々無視していることを心苦しく感じているのは眼鏡屋だけだった。そんなとき眼鏡屋は、ふいに立ちどまっていう。たとえばウールヘックでマルティンとわたしの肩を押さえてこんなふうに。

「よく周りを見てごらん。なんてきれいなんだろう」そしてモミの木を大げさな仕草で指し示した。モミの木の枝とその上に広がる空を「緑と青と金色のすばらしい交響曲だ」といって。わたしたちは、ごくあたりまえのモミの木を見上げ、ごくあたりまえの空を見上げ、そのまま黙って歩いていこうとした。「しばしこの光景を堪能しようじゃないか」と眼鏡屋はいった。わたしたちはといえば、〈憂いのマルリース〉の様子をちょっと見にいっておいで、といわれてエルスベートの顔を見つめたときと同じように眼鏡屋を見つめた。

「たしかにな」と父はいった。「またもどってくるさ」

「いつ?」とわたしは訊いた。

ゼルマはこっちを見ると、コーナーベンチへ来て、わたしの隣にすわり、手を取った。わたしはゼルマの肩に寄りかかった。ふたりしてここにずっとすわっていようと思った。ゼルマとわたしとふたりいっしょに、ここでずっとくすぶるのだ。

「もう少し詳しく話してもらえない？」とゼルマがいった。「これもドクター・マシュケの差し金なの？」

父は顔をあげてつぶやいた。「そんなに軽蔑した調子でいわないでくれ」わたしたちからこんな反応が返ってくるとは思っていなかったことが、顔つきでわかった。父はわたしたちが、「わかったわ。好きなようにすればいい。ときどき連絡してね。楽しんでいらっしゃい」というのを期待していたのだ。

「アストリッドはなんていってるの？」とゼルマが訊いた。「それにアラスカはどうするつもり？〈外在化された痛み〉であることを示す機会なんて、今までほとんど持ててないようだけど」

「なんてこった」と父はいった。「考えているところだ、といっただけじゃないか」

そうではなかった。父はとっくに心を決めていたのだ。ところが、いざ台所にきてテーブルについてみると、ゼルマとわたし同様に、よくわからなくなった。それにわたしたちは、アラスカが今や、ゼルマの飼い犬になったことも、わかっていなかった。というのも、父はアラスカをいっしょに連れてはいけないからだ。父にいわせれば、アラスカは冒険向きではないから。

ゼルマとわたしは、父と向かい合ってコーナーベンチにすわっていた。わたしたちは同じことを考えていた。ドクター・マシュケの診察室のことを。そこがどんなところかは、以前父から聞いて知っていた。部屋にはポスターが所狭しと貼ってある。ギフトショップの絵葉書と同じような風景がのっているポスターだ。海と山と風に揺れる草原の風景。ただ絵葉書より大きくて、格言は書かれていない。なぜならドクター・マシュケ本人がじきじきにご託宣を述べるからだ。診察室の壁には他にもいろんな物が飾られている。父の語りのどこに痛みが隠されているか、ドクター・マシュケがさがしている間、父はアフリカの仮面をじっと見ている。それから壁に固定されている仏像と、スパンコールをちりばめた肩掛けと、革製の水筒と、偃月刀を。

ドクター・マシュケのトレードマークは黒い革のジャケットで、セッションの間は決して脱がない、といつだったか父がいっていた。ドクターが椅子にすわって身をかがめたり、後ろに寄りかかったりすると、革のジャケットがこすれる音がするのだという。

テーブルに向かっていたゼルマとわたしは確信した。ドクター・マシュケが身につけていたいのは革のジャケットだけで、それ以外は手放したがっていると。世界旅行に出たいのも、じつはドクター・マシュケで、自分は快適な生活を手放せないので、もっともらしいご託宣を使って父に望みを転嫁し、騒がしい世界へ送りだそうとしているのだ。そのせいでわたしたちは父に見放され、ここでくすぶらねばならない。つまりはすべてドクター・マシュケが、初めから計画したことだ。

「それでいつ帰ってくるの？」わたしはもう一度訊いた。

家の窓の下を、フリートヘルムが踊るようにはねながら通っていった。大きな声で、どんなにわずかな日光でも心の内深くまで届く、と歌いながら。

「もうたくさんだ」と父はいって、立ち上がった。そして外へ駆けだしてフリートヘルムをつかまえると、診察室へ引っ張って行った。父はどんな心理状態にも対処できる薬を持っている。父はフリートヘルムにさらにもう一本注射を打った。その注射のせいでフリートヘルムは、ものすごくたびれて診察台の上で眠ってしまった。目を覚ましたのはようやく翌日の昼間で、その間に何が起きて、世界がどう変わってしまったか、まったく知る由もなかった。その世界では、初めのうちわたし以外誰も、もう眠ることができなかった。

ゼルマとわたしは台所にすわったままでいた。「すぐにまた話を聞くから、ちょっとだけ待ってて」とゼルマはいって、わたしの腕をなでた。立ち上がって別の部屋へ行くつもりかと思ったけれど、わたしの隣にすわったまま、窓の外を見ていた。ゼルマが発する沈黙は、アラスカの体の下にできた水溜まりより速く大きくなっていった。沈黙をいつ破ったらいいだろうかと考えていると、玄関のチャイムが鳴った。

ドアの前にはマルティンが立っていた。ズボンを履きかえていて、髪の毛はあらたになでつけられていた。

「また出してもらえたの？」

「うん。父さんは寝ちまった。入ってもいい？」

わたしは台所に目をやった。沈黙は今や犬の背丈を越える高さになっていた。

「いったい何があったの？」マルティンが訊いた。

「何にも」とわたしはいった。

ゼルマが玄関のドアの上の雨どいに置きっぱなしにしていた小型のレーキが落ちた。

「今日は風が強いな」とマルティンがいった。風なんてまったく吹いてなかったのだけれども。

マルティンの顔は青ざめていたけれど、笑みが浮かんでいた。「持ち上げてもいいかい？」

「うん、いいよ」とわたしはいって、マルティンの首に両手を回した。「持ち上げて」

今月の担当者

マルティンとわたしは台所へ行って、目を大きく見開いてゼルマを見た。よっぽど途方に暮れて見えたに違いない。というのもゼルマが咳払いをし、深呼吸をしてこういったからだ。「いいこと、ふたりとも、ずいぶんと情けない顔をしているけれど、そう心配しなくてもいいのよ。今はまだわからないかもしれないけど、でも何もかもまた元どおりになるからね。あんたたちの父親はちょっとばかり変わっているけど、あのふたりもそのうち落ち着くはず。わたしのいうことを信じてだいじょうぶよ」

わたしたちはゼルマの言葉を信じた。ゼルマがいうことなら、なんでも信じた。何年か前、ゼルマの背中に怪しい褐色のしみができたことがあった。ゼルマはその晩、まだ医者の診断がおりる前に、心配している隣村の知り合いに葉書を出した。「すべて問題なし」とそこに記し、そのとおりになった。

「でもオカピの夢をみたんだよね」とマルティンがいった。「だから誰か死ぬんでしょ」

ゼルマはため息をついた。そして時計に目をやった。午後六時半になるところだ。毎晩六時半にゼルマはウールヘックへ散歩に行く。創世記以来ずっとだ。

「さあ、行きましょ」とゼルマがいった。

「今日も行くの?」とわたしたちは訊いた。いるはずのない地獄の犬や、落ちるはずのない雷がこわかったのだ。

「今日だからこそ」とゼルマはいった。「日課を阻めるものは何もないのよ」

ウールヘックは暗かった。風がモミの枝の間を吹き抜け、マルティンとわたしはゼルマの手を握った。わたしたちは無言だった。死神のことは口にしなかった。死神の鼻先でドアをぴしゃっと閉めるのに残された時間は、計算上後八時間だけだということは。わたしはあいている方の手で指折り数えた。ゼルマはそれに気づかぬふりをした。

「あんたたち、将来何になりたいの?」とふいにゼルマが訊いた。「医者」とわたしはいった。

「あらまあ。まあ、それもいいわね。精神分析家よりはましだわ。それであんたは、マルティン?」

「眼鏡屋がフォロプターで、ぼくが重量挙げの選手になるのを見たんだよ。そのとおりになるよ」

「もちろんそのとおりになるわよ」とゼルマがいうと、マルティンはゼルマの顔を見上げて訊いた。

「それでゼルマは?」

ゼルマはマルティンの頭をなでた。「たぶんドッグシッターだわね」

マルティンは野道にごろんと転がっていた木の根っこを拾った。「イーゴリ・ニキーチンがどうやって百六十五キロのバーベルをあげたか、ふたりともきっちり知りたいよね」とマルティンはいった。

ゼルマはほほ笑んで、「絶対にね」といった。

マルティンはものすごく重いかのように足をふんばって、その根っこを頭の上まで持ち上げ、そこでいったん腕を止めた。それから根っこを落とした。わたしたちは長いこと手をたたいていた。マルティンは顔を輝かせてお辞儀をした。

「さてと、もどろうね」とゼルマがいった。三十分経過し、雨が降りはじめていた。わたしたちはきびすを返した。帰り道、目の前はもうかなり暗くなっていた。

「〈帽子、杖、傘〉〔帽子、杖、傘の数を数えながら手足を動かすドイツの遊戯〕をしましょ」とゼルマがいった。「わたしは一番後ろに回るわ」わたしたちは前後に並んだ。「帽子一個、杖一本、傘一本」わたしたちは大声でいった。「前、後ろ、横、止まれ」暗い夜道をずっと歌って踊りながら進み、知らぬ間に家の戸口の前まできた。

ゼルマはじゃがいもを炒めた。それからパルムに電話して、マルティンを泊まらせてもいいかと尋ねた。でもそれは無理な相談だった。例外はなかった。

夜中の二時にエルスベートは起き上がり、服を着た。もう何時間も前から、ある決意を胸にベッドに横たわっていた。

玄関のドアを開けて夜の中へ出た。片手に針金の束と万能接着剤を、もう一方の手にはなんとしても眼鏡屋を助けるとの固い決意を携えて。

パルムの狩猟やぐらは野原にあって、そこへは森の小道を通らないと行き着けない。森は黒い裳裾を引きずるように黒々としていた。エルスベートは暗闇に目をこらし、さわやかであたたかいひまわりの黄色を切望した。

森の端まできて、エルスベートは逡巡した。ゼルマがオカピの夢を見た後、ひとりで夜の森に入っていくのは、死神に招待状を出すようなものだ。エルスベートは死神の懐に自ら飛びこんでいくような気がした。しかしこれほどあからさまな状況を利用するのは、死神としてもお手軽すぎるのでは？とはいえ今や時間が迫っている、残されているのは後一時間だけ。となると選り好みしてもいられず、安易な解決法で満足するかもしれない。それによく考えてみたが、エルスベートにはお手軽ではない劇的な死のケースをすぐに思いつくことはできなかった。一方で安易な状況での死なら、かなりたくさん思いつけた。

　エルスベートはそれでも森に入っていった。決意を無駄にしたくなかったからだ。

　こわいときには何か歌うといいということを思い出し、「森は黒くて静かだ」〔マティアス・クラウディウスの『夜の歌』の一節〕と少しかすれ声で歌った。確かに森は黒い裳裾を引きずるかのようだったが、少しも静かではなく、ざわめいていた。エルスベートの後ろでも、前でも、横でも、上でも、そこらじゅうで。ひょっとして、アウフホッカーが、眼鏡屋に貼ってもらって今もついている温湿布薬から逃れようとして出している音かもしれない。エルスベートは歌うのをやめた。自分の声があまりに情けなく聞こえたからだ。それにまったく立っていない美しい霧のことを歌うのも絶望的な気がした。何かをおびき寄せはしまいか、危険を知らせる音を聞き落としはしまいかと不安でもあった。

　あいにく夜中に森で出会いそうな生き物のことならなんでも知っていた。エルスベートは、百年に一度、下草の中から背中に籠を背負って這い出てくる藪女のことを考えた。藪女は、なでてくれ、虱（しらみ）をとってくれという。藪女をなでて虱をとってやった者は、黄金の葉をもらえる。そうしてやらなかった者は藪女に連れていかれる。

　エルスベートは黄金の葉にはまったく関心がなかった。草木でおおわれた藪女が、モミの木の間から今まさに出てこようとしているところを思い描いた。そして醜い手を伸ばし、醜い目つきで自分を捕まえようとしているところを。さらに藪女が、エルスベートの手をもつれた髪にもっていって、虱を捕らせようとしているところを想像した。この暗闇の中で、藪女はいったいどんなふうに見えるだろうか。それから藪女がなでてもらいたがっていることを考えた。そして特にどこをなでてもらいたいのだろうかと。それからレナーテとのセックスのことを考えた。メロメロにさせるセックスのことを。さらにはフライパンでたたかれた頭のことや、メロメロになるかもしれない藪女のことを。眼鏡屋はいってくれた。「ぼくにいわせれば、レナーテとのセックスに旦那さんがメロメロだったとしても、デートが最高だったことにはならない」と。そして眼鏡屋を助けようと決心したことを考えた。眼鏡屋を助けるには、パルムを助けなければならない。

エルスベートは履く靴を間違えた。パンプスを履いていたのだ。合皮のパンプスで、爪先にはひびが入り、かかとはすり減っている。エルスベートはゴムの長靴を決して履かなかった。似合わないからだ。ゼルマのところやよろず屋に行くときでさえ、シックな装いをした。誰に会うかわからないから、というのが口癖だった。濡れ落ち葉の湿気がパンプスの縁から黒いナイロンのストッキングにまで伝わってきて、さらに色を黒くさせていた。

いきなり森が開けた。このあたりには境界というものが欠けている。森の木々がしだいにまばらになり、背が低くなって森が野原に移行するということがない。ふいに野原が現れ、その真ん中にパルムの狩猟やぐらがそびえたっていた。未完成の記念碑か、幽霊船のマストの見張り台のように見える。エルスベートは狩猟やぐらに近づきながら、こんな真夜中にここへ来る者がいるだろうかと考えた。狐でも、鹿でも、猪でもないものが。いつでも飛びかかってこられる藪女をなで、虱を捕ってやれるような者が。野原はひっそりしていた。エルスベートは森のざわめきを取りもどしたかった。音を立てるのが自分ひとりだというのはなんとも薄気味悪い。呼吸も、足音も、やけに大きく聞こえる。テレビドラマの『犯行現場』で、犠牲者が襲われて、無口な病理学者や、現場に駆けつけた警部も嘔吐しかねないほど残虐に痛めつけられる寸前のシーンで響き渡るほどの音量に。

エルスベートは狩猟やぐらの後部の二本の柱に近づいた。そして眼鏡屋がのこぎりで切り込みを入れた箇所を手探りした。二本の柱はほとんど切断されていた。切断、とエルスベートは考えた。前回の『犯行現場』で年若い少女が喉を切られた場面が脳裏に浮かんだ。エルスベートは万能接着剤のキャップをひねって開け、チューブの中身をまずは一本目の柱の切断箇所に、それから二本目の切断箇所に流しこんだ。藪女のことは考えまい、それから切断のことも考えまい、と思った。脈が速く、あいかわらずやたらやかましく聞こえてこわかった。

一本目の柱に巻きつけようと、針金の束をほどいた。両手が震えた。まるで自分のものではなくて、『犯行現場』の登場人物の手のように。

と、そのとき頭上で咳がした。

エルスベートは目を閉じた。わたしだわ、ゼルマの夢で死ぬのはこのわたしなんだわ、と思った。

「消えろ」と頭上で腹立たしげに叫ぶ声がした。エルスベートは目をあげた。ガラスの入っていない狩猟やぐらの窓にパルムの姿が見えた。

命を救おうとしている者を殺すことはない。

「こんばんは、パルム。悪いけど、すぐにおりてきて」とエルスベートはいった。

「どけ。そんなところにいられたんじゃ、野豚を仕留められない」とパルムが叫んだ。野豚というのが猪のことだと理解するのに、エルスベートは少し時間を要した。

「夜間の猟は禁じられてるわ」とエルスベートは勇気を出していった。けれども酔っぱらっているパルムには、夜間の猟の禁止も、藪女も、どうでもよさそうだった。

エルスベートは針金を一本目の柱の切れ目に巻きつけはじめた。接着剤が少しやにのように柱にたれて、地面に落ちる途中で固まった。

「頭がどうかしちまったのか?」パルムが腹立たしげに叫んだ。

エルスベートはしばし考えた。「死神がこわければ、狩猟やぐらの柱は針金で固定しないとね」

パルムは何もいわなかった。

「七重にね。月が出てないときによ」エルスベートは付け加えた。「それに死神がこわければ、狩猟やぐらにのぼるべきじゃない」

「死神なんかこわくない」とパルムは言い返した。はったりではなかった。自分が死神を恐れていること、それもものすごく恐れていることを、パルムは自覚していなかった。そんなことは知る由もなかった。そうした恐れは、死神がドアから入ってきて初めて感じるものだからだ。

「でもゼルマがオカピの夢を見たのよ」とエルスベートはいった。

パルムは酒びんに口をつけて一口飲んだ。「誰も彼も頭がどうかしちまったようだな。信じられんこった」

エルスベートは柱に針金を巻き続けた。

わたしはほんとに頭がどうかしてる、信じられないくらいにね、とエルスベートはひとりごちた。こんなんじゃやっていけないわね。

パルムがげっぷをしていった。「愚か者がまたひとりやってくるぞ」

エルスベートは振り返った。ヘッドライトをつけた人影が、野原を横切ってこっちへ駆けてくるのが見えた。背が高い。ぐんぐん近づいてくる。眼鏡屋だ。

眼鏡屋はずっと駆けてきた。家の戸口を出て、村を抜け、森を通り抜け、野原を横切って。片腕に袋をさげていた。その中には、釘と金槌と木切れがいくつか入っていた。走っている間中、内なる声が沈黙していることに気づいていなかった。内なる声が尋問しようとも、甘言でつろうともしないのは、これまでにないことだった。なぜなら、内なる声は誰かを助けようと決意して急ぐものには、予想外の敬意をもって加勢をし、道を開けるものだからだ。

眼鏡屋は息を切らしてエルスベートの前に立った。「いったいここで何をしているんだ?」

「あなたを助けにきたのよ」エルスベートはいった。

眼鏡屋は上着を着ずに家を飛びだしてきた。胸には「今月の担当者」と記した名札が今もついていた。眼鏡屋は袋の中身をエルスベートの足元にぶちまけ、釘を何本か口にくわえると、のこぎりで切り込みを入れた箇所に木切れをせわしなく打ちつけはじめた。耳を聾する音がした。

「いったい何をする気だ?」パルムが上から叫んだ。「いいかげんに消えろ! 野豚が逃げちまう」

眼鏡屋は目をむいて上を見上げた。

「すぐにおりてきて」とエルスベートが叫んだ。

「だめだ!」眼鏡屋が叫んだ。釘が口から落ちた。「そのまま上にいろ、パルム。動くな」

眼鏡屋はエルスベートの方に身をかがめた。「今おりてきたら、狩猟やぐらが倒れちまう」そうささやいて、木切れを打ち続けた。眼鏡屋の心臓も、金槌に加勢するようにどきどき打った。

「ばかなことはやめろ!」パルムが上から叫んだ。

「ごめんなさい。わたしが間違ってたわ」エルスベートがいった。「柱に七重に針金を巻きつけるんじゃなくて、木切れで補強すべきなのね」すると今度はパルムがどなりはじめた。

「いいかげんにしろ！」パルムは猟銃を手に立ち上がった。

「そのままそこにいて！」

「動くな、頼む！」

エルスベートと眼鏡屋が叫んだが、パルムははしごをおりはじめた。パルムはわめき続けていた。まるで野獣がうなっているかのように。

「死神がこわくないなら、何があっても狩猟やぐらにすわり続けていて」とエルスベートが叫んだ。

「おりてくるな！」と眼鏡屋はどなり、金槌を打ち続けた。

パルムはよろよろとはしごをおりてきた。眼鏡屋は金槌を打つのをやめ、補強が一番弱い柱に駆け寄り、それを抱えて支えようとした。

「野豚が逃げてしまうわよ」エルスベートが叫んだ。

上からはしごを六段おりたところでパルムは足をすべらせ、転落した。パルムはそのまま落ちた。眼鏡屋は柱を放し、はしごに駆け寄った。パルムを抱きとめようとしたのだ。エルスベートの目には、パルムはびっくりするほどゆっくりと、まるでスローモンションで見ているかのように落ちてきたが、それでも眼鏡屋は間に合わなかった。

パルムなんだ、死ぬのは彼なんだわ、とエルスベートは思った。パルムは眼鏡屋の目と鼻の先にどすんと落ちた。

エルスベートと眼鏡屋はパルムの隣に膝をついた。パルムは動かず、目を閉じていた。息が荒く、酒のにおいがぷんぷんした。

マルティンとマルティンの母親の他に、パルムにこれほど近づこうとしたものがいただろうか、とエルスベートは考えた。そして剝製の猛獣ででもあるかのように、パルムにおそるおそる顔を近づけた。

「パルム、何かいってくれ」眼鏡屋がいった。

パルムは黙っていた。

「足を動かせる?」エルスベートが訊いた。

パルムはあいかわらず何もいわなかったが、横に転がった。

死ぬのはパルムではなかったのだ。

眼鏡屋のヘッドライトがパルムを照らしだした。クレーターのような鼻、首にぺたんと貼りついた金髪。エルスベートは手首をつかんで脈を取った。パルムの脈の音が野原に響き渡った。

パルムの腕を放そうとしたときだ。エルスベートの目がパルムの腕時計に留まった。「見て!」と静寂の中、エルスベートは眼鏡屋に向かって叫んだ。眼鏡屋はエルスベートのすぐ隣に膝をついていたのだけれども。エルスベートは、眼鏡屋の目の前でパルムの腕を振って「三時よ」と叫んだ。「三時! 終わったんだわ。三時よ。わたしたち、まだ生きてる」

「おめでとう」眼鏡屋が小声でいった。「おまえもな、ヴェルナー・パルム」

頭をあげずに、パルムはエルスベートの手を振り払い、腕を自分の頭の下に入れた。これで完全に横向きに寝た格好になった。

「ただじゃおかないぞ、ろくでなしども」パルムはつぶやいた。「撃ち殺してやる」

エルスベートはパルムの頭をなでた。よろず屋のおかみさんが飼っているテリアをなでるように。

「いいわよ、パルム。撃ち殺せばいいわ」エルスベートはそういって笑うと、眼鏡屋の脛をたたいた。

二十四時間が経過した今となっては、さしあたって誰も死ぬことはないと思ったからだ。

村のずっとはずれで、年取った農夫のホイベルも時計を見た。そして自分はさしあたって死なないと思った。けれどもエルスベートとはちがって、少しもうれしくなかった。よっこらしょと立ち上がり、天窓のところまで歩いていった。その姿はほとんど透き通っていた。そして天窓を閉めた。そうすぐには、そこから天へのぼっていく魂はないだろうから。

二十九時間目

ゼルマがオカピの夢を見てから二十六時間後、新しい一日が始まった。村の人たちはパジャマを着たまま立っていた。心臓は今なお鼓動していて、分別も失われてはおらず、あわてて燃やした手紙や急いで書いた手紙を手にして。

村人たちはほっとしていた。そしてまだ生きているのだから、これからは何にでも喜びを見いだし、感謝しようと心に決めていた。たとえば朝日がリンゴの木の枝の間で織りなす光の戯れを、一度心ゆくまで眺めて楽しもうと思った。村人たちは、これまでにも何度もそうしようとはしてきた。たとえば屋根瓦にぶつからずにすんだときや、深刻な病気の疑いが晴れたときに。ところが感謝したり喜んだりしたすぐ後には、決まって水道管が破れて水があふれたり、追加費用の請求書が舞いこんできたりした。そうなると感謝の気持ちも喜びもあっという間に薄まり、もはや生きているだけでありがたいとは思えなくなる。そして追加費用や水道管破裂に対処しなければならないことに腹を立てるのだ。そうなったらもう、リンゴの木に光が当たるのを見て楽しむどころではなくなる。

早朝、郵便配達人が郵便ポストを開けにやってくると、すでに何人もの村人があわてて投函した手紙を取りもどそうと待っていた。今となっては手紙を読まれたくなかったし、手紙に書かれている言葉は、この先も人生が続いていくとなると、あまりに大仰に思えたからだ。そこでは「つねに」と「決して」がやたらに多用されていた。郵便配達人は、村人が自分の手紙をさがしだし、明かした真実を取りもどすのを辛抱強く待った。

村人がこれが最後だと思った瞬間に口にしてしまった真実は、もう取りもどせなかった。靴屋はまだ明け方のうちに妻を失い、隣村へ移っていった。というのも妻が、彼の息子は厳密にいうと彼の息子ではないと告白したからだ。長い間秘められていた真実はすさまじい悪臭を放ち、絶え間ない不協和音を耳に残した。

明かされた真実の中には、誰も取りもどそうと思わないものもあった。農夫のホイベルのひ孫が明かした真実がそれで、センセーションを巻き起こした。ホイベルのひ孫は、ついに村長の娘に、この前の五月祭でよろず屋の娘とばかり踊っていたのは、村長の娘が自分と踊りたがらないと思っていたからだと告げた。彼はゼルマがオカピの夢を見た後、村長の娘に、自分が愛しているのはきみだけで、その愛はこの先何が起きようと変わらないと誓った。村長の娘も彼を愛していた。誰もがこの真実が露呈したことを喜んだ。この真実が最後の瞬間に明かされたのは、死が間近に迫っていたからではなく、人生が誤った方向へそれてしまいそうだったからだ。彼は意地を張って、すんでのところで村を出て町へ引っ越すところだった。村長の娘は娘で、すんでのところで彼は自分にふさわしくないのだと思いこむところだった。真実が今明かされて広まったことを、誰もが喜んだ。できることならすぐにも結婚式をあげて祝いたいところだった。ところがその後起きたことで、誰も結婚を祝うような気分ではなくなってしまった。少なくとも当分の間は。

六時十五分、ゼルマがオカピの夢を見てから二十七時間と十五分後、誰もがもうだいじょうぶだと胸をなでおろしていたとき、ゼルマはバターをぬったパンを入れたケースをわたしのランドセルに入れた。わたしはキッチンテーブルに向かってすわっていた。もう時間がなかったので、宿題をマルティンのノートに書き写す余裕はなかった。靴がきつかったので、ゼルマに「新しい靴がいるわ」といったのを、今でもよく覚えている。ゼルマは、明日にでも町へ行って新しい靴を買おう、エルスベートも新しい靴を必要としていることだしね、と答えた。

もちろんわたしは、新しい靴を町に買いに行けるような明日がこないことなど、知る由もなかった。もちろん数日後には、大きすぎるよそ行きの靴を履いて、ゼルマの手を握り墓地に立とうなどとは、思いもよらなかった。わたしを取り囲むようにそばに立つことになる人々も、誰ひとりそんなことは露程も思わなかった。泣き明かして目をはらした〈今月の担当者〉の眼鏡屋もだ。わたしが世の習いが進行するのをはっきりと見なくてもすむように、棺が土の中へおろされるのをはっきりと見なくてもすむように、みんなはわたしを取り囲んだ。牧師はいった。「棺の大きさが、そこに安置された者が人生の半分も生きられなかったことを物語っている」と。それでもわたしははっきりと見た。みんながわたしを取り囲んでも、それをさえぎることはできなかった。そしてもちろんわたしは、棺がほとんど音を立てずにおろされるや、くるっと後ろを向いて逃げだすことになるなど、想像だにできなかった。それにゼルマがわたしを見つけることになることも知る由もなかった。わたしを見つけたのはもちろんゼルマで、まさしく今わたしが小さすぎる靴を履いて立っているキッチンテーブルの下でわたしを見つけることになる。わたしはそこにうずくまっていた。顔は粘っこいどろどろの赤い塊で汚れていた。わたしの前にはモンシェリの空の包み紙がたくさん散らばっていた。ゼルマがかがんで泣き顔を見るだろうことも、ゼルマがテーブルの下にもぐりこんでそばまできて、「こっちへおいで、リキュール入りチョコレートちゃん」というだろうことも、知らなかった。それから目の前が黒くなることも。というのも、ゼルマの黒いブラウスにわたしは目を押しつけたからだ。花輪のリボンと同じ黒いブラウスに。もちろんわたしは何も知らなかった。前もって知っていたら、頭がどうかしてしまったに違いないから。一時間もしないうちに、たった一度の動きで全生涯が決定づけられると知っていたならば。

七時十五分、マルティンとわたしは電車の中にいた。マルティンはプラットホームでわたしを持ち上げなかった。わたしはマルティンに急いで宿題の答えを書き取らせた。

マルティンは電車が動きはじめると、「行くぞ」といって、ランドセルを背負ったままドアにもたれ、目を閉じた。わたしは向かい側のドアの前に立ち、外を見た。

「針金工場」とマルティンがいった。その瞬間、電車は針金工場を通りすぎた。

「そのとおり」とわたしはいった。

「畑、牧場、頭のおかしいハッセルの家」とマルティンがいった。

「そのとおり」とわたし。

「牧場」とマルティン。「森、森、二番目の狩猟やぐら」

「一番目よ」とわたし。

「ごめん」といって、マルティンはほほ笑んだ。「一番目の狩猟やぐら、また畑」

「完璧ね」とわたし。

わたしはマルティンの頭越しに外を見た。マルティンの髪の毛は今のところ、まだ頭にぴたっとはりついている。けれども学校に着く前には突っ立って、上を示すようになるだろう。

「森、牧場」とマルティンは早口にいった。電車が急速にスピードをあげる箇所にさしかかったからだ。すべてを正確にいうには、特に集中しなければならない箇所だ。

「牧場、牧場」とマルティンはいった。

と、そのときだ。電車のドアが突然開いた。

第二部

外部の者

「ドアを閉めてくれ」とレッダー氏がいった。

そもそも無理だとわかっているはずなのに。このドアはちゃんとは閉まらない。ドア枠がゆがんでいるし、毛足の長い獣毛製らしき茶色の敷き込みカーペットには厚みがある。無理矢理入ってこようと反対側からドアを押している者に抵抗して全体重をかけて押さえこみでもしなければ、まともに閉まらない。しかしここに入ってこようとする物好きはいない。レッダー氏とわたし以外には、書店の奥にある黴臭いちっぽけな窓一つない部屋には誰も入ってこない。

その部屋はただでさえ、物であふれていっぱいだった。コーヒーメーカーののった折りたたみテーブルがあり、こわれたファックスやレジ、しわくちゃに丸めた宣伝用ポスター、立て看板が押しこまれている。

そうした物に囲まれてアラスカが寝そべっていた。アラスカはすでに老犬で、そもそも犬の寿命をとっくに越えていた。幾つもの生を途中で死なずに連続して生きてきたかのようだ。

レッダー氏はアラスカを嫌っている。わたしがやむなくアラスカを書店へ連れてくると、露骨に嫌な顔をする。アラスカは図体が大きく、毛むくじゃらで、灰色で、一度も白日の下にさらされていない真実のにおいがする。わたしが言い訳やら、事情説明やらをしながらアラスカを連れて店に入るたびに、レッダー氏は無言でレジの横に置いてあるスプレー缶をひっつかみ、〈ブルーオーシャンブリーズ〉を噴射する。だが効き目はほとんどない。その後レッダー氏は「老いぼれには歯が立たん」と言い捨てて、アラスカを奥の部屋へ追いやる。アラスカがこわれた物の間に寝そべると、「犬らしくもない」という。それもまるでアラスカではなく自分に憤慨しているかのような言い方で。

アラスカのせいで、ちっぽけな奥の物置部屋は灰色の犬のにおいと〈ブルーオーシャンブリーズ〉のにおいがした。レッダー氏とわたしは近くに並んで立っていた。こうしてここに立つたびに、そもそもどうやって廃品の山を乗り越えてここにたどりついたのか、わからなくなる。閉まらないドアから入ってきたのではなく、巨大な手が天井から、隙間をさがしてわたしたちをここにつっこんだような気がするのだ。

「いっておかなきゃならないことがある」レッダー氏が口を開けるとスミレのにおいがした。口臭を気にしてしょっちゅうスミレの香りつきのトローチをなめているせいだ。アラスカにもスミレトローチが出されたけれど、体に合わないと判断して食べさせなかった。スミレトローチのせいでレッダー氏の息はお墓の古い飾り物のにおいがする。でもそれも悪臭だとはとてもいえない。

「午前中にマルリース・クランプが来てね。きみが推薦した本のことでまた文句をいわれたよ。気に入らなかったってな。もう少し顧客の身になって考えてもらいたいもんだ」

「でもそうしてますよ。マルリースが何かを気に入ることなんてまずありません」

「だったらさらに努力してくれ」

レッダー氏の顔は間近にあった。眉毛もカーペットと同じく獣毛製に見える。つねにくしゃくしゃの眉毛。持ち主に造反しているかのようだ。

「さもないと本採用はできない」

生死がかかっているかのような言い方をされた。よりによって採用の決定権がマルリースにあるとは驚きだ。

マルリースはめったに家の外に出ない。出るのは誰かに文句をいいたいときだけだ。よろず屋に冷凍食品がまずいと文句をいい、眼鏡屋に眼鏡が鼻からずり落ちると文句をいい、ギフトショップに贈りたくなる物がないと文句をいい、レッダー氏にわたしの推薦本のことで文句をいう。

先週、そのことでマルリースの家まで出向き、玄関の呼鈴を鳴らした。

「誰もいないわよ」と閉まったドアの背後でマルリースが叫んだ。わたしは裏に回りこみ、台所の窓から中をのぞいた。暗くて何も見えなかった。窓はかしいでいる。

「ちょっとだけいい？　レッダー氏にわたしのことで文句をいうのはやめてくれない？　このままだと採用してもらえなくなる」

マルリースは黙っていた。

「いったいどんな本を推薦すればいいの？」窓の隙間に向かって訊いた。アラスカがうちにやってきた日のことが脳裏に浮かんだ。あのときわたしは名前を必死に考えたけど、思いついたのはぜんぜん合わない名前だった。ふさわしい名前を思いついたのはマルティンだ。

「文句はこれからもずっというわよ。あきらめなさい。さあ、もう帰って」マルリースはいった。

「わかりました。もっと努力します」

「そうしてもらいたいもんだ」レッダー氏は両手をズボンのポケットに突っこみ、つま先立ちで体を揺すった。よくする仕草だ。まるですぐにも駆けだして、太鼓腹で誰かを押し倒したがってでもいるように見える。

「話はそれだけだ」

「お願いしたいことがあります」わたしは切りだした。「来週、何日か休ませてもらえませんか？日本から知人が訪ねてくるんです」

「そりゃまた」とレッダー氏はいった。まるで日本からの訪問客がリウマチの発作ででもあるかのように。

「一日間でいいんです」

アラスカが目を覚ました。頭をあげて、しっぽを振り、丸めてある宣伝用ポスターの山を倒した。

レッダー氏はため息をついた。

「きみはなんやかや要求が多いな」

「わかってます。本当に申し訳ありません」

店のドアベルが鳴った。

「お客さんだ」

「考えてみていただけないでしょうか」

「お客さんだ」レッダー氏は繰り返した。

わたしたちは廃品の山をかきわけ、アラスカを乗り越え、開閉がままならないドアに向かった。

眼鏡屋がいた。店の入口のドアのところに立っていて、わたしたちが奥から出てくるのを見るなり、新刊本の山から本を一冊手に取り、近づいて来た。

「こんばんは。お宅の店員のアドバイスはつねに役立っています」眼鏡屋が口を開いた。

「そうですか」

「わたしがどんな本を読みたがっているか、本人が知る前に察してもらえるんでね」と眼鏡屋は先を続けた。眼鏡屋は「今月の担当者」と書かれた名札をチョッキの胸につけていた。

「もういいって」とわたしはささやいた。

「あなたはあちらの村の眼鏡屋さんではありませんか？」レッダー氏はけげんな顔をした。「うちの店員は知り合いなんじゃありませんか？」

「ええ、ちょっとしたね。わたしがいいたいのは、おたくの店員は、わたしの考えを本を読むように顔から読み取れるってことです」

「そろそろ閉店する時間なので」そういいながら、わたしは眼鏡屋を店のドアの方へ押しやった。眼鏡屋はレッダー氏を振り返りながら言い続けた。「こんなにすばらしいアドバイスを受けたのは初めてですよ。これまでにずいぶんたくさんアドバイスを受けてきましたがね」

わたしは眼鏡屋を通りへ押しだし、外へ出るなり「ありがとう。そこまでしてくれなくていいのよ」といった。

「良い考えだろう。きっと効き目があったよ」眼鏡屋は顔を輝かせた。

夕方、わたしはアパートにもどると、アラスカを連れて台所へ行き、処方された夜の分の錠剤を餌のレバーペーストに混ぜこんだ。

留守番電話が点滅している。ディスプレイには新規着信五件と表示されている。この留守番電話は、レッダー氏の物置部屋に他の廃品と混じってしまいこまれていてもおかしくない代物だ。着信の数を実際より多く表示し、電話がかかってくるたびにほんの数秒で通話を切り、通話中ではないのに通話中だといい、録音されている通話の再生が終わると、三回連続でそれを告げる。わたしは再生ボタンを押した。

「新規の着信が四十七件ありました」という音声が聞こえた。最初は父からで、接続がひどく悪かった。

「接続がひどく悪い」と父がいった。父はどこか遠い所にいた。居場所が遠ければ遠いほど、声は割れて聞こえる。まるで父がいるのが虚空で、虚無がどんどん広がっているかのように。

あまり多くは聞き取れなかった。まともに聞き取れたのは「また連絡するよ」と「アラスカ」だけで、「アラスカ」が場所のことなのか、犬のことなのかもわからなかった。それからすぐに留守番電話は父を閉めだし、次の通話の再生に移った。

「もしもし、ヴェルナー・パルムだ」と声がして、それから留守番電話にあいさつを返す暇を与えるかのようにパルムは少し間を開けた。「週末に来るつもりかどうか、ちょっと訊こうと思っただけなんだ。いつものようにきみに」とパルムはいい、留守番電話はそこで通話を切った。

「神様のお恵みがありますように」とわたしはいった。

「次の通話」と留守番電話が宣言し、「神様のお恵みがありますように」とパルムがいった。

「次の通話」と留守番電話が繰り返し、「レッダーだ」という声がした。留守番電話の反応をよく知っているので、ものすごい早口だった。「月曜日の十八時五十七分だ。きみは数分前に退店した。休みの取得についての申請を喜んで」そこで留守番電話はレッダー氏の通話を切った。

次にフレデリクがいった。「もしもし、ぼくだよ」

「フレデリク」とわたし。

「ルイーゼ、驚かないでほしいんだけど」とフレデリクは話しはじめた。「ぼくはきみに」とそこで留守番電話はフレデリクの通話を切った。留守番電話は特別扱いをしない。留守番電話にとってはどの通話も同じだ。わたしはといえば、フレデリクの「驚かないでほしい」に驚嘆して、すぐさま考えた。フレデリクは来ないんじゃないか、「来られない」と次にいうんじゃないかと。

「次の通話」と留守番電話が告げた。

「実は計画に変更があって」とフレデリクがいった。

そこで留守番電話は通話を切って「通話中です」といい、次の通話を告げた。フレデリクは来ない、通話中ではない、と考えていると「今日中にそっちに着くよ。もう、すぐそこまで来ている」とフレデリクがいった。

そこでフレデリクは黙った。留守番電話も黙り、フレデリクの通話を切らなかった。もしかしたら留守番電話も、この知らせに不意打ちを食らったのかもしれない。そしていつもの無関心で通り一遍の調子からはずれたのかもしれない。もしかしたら留守番電話も、こんな知らせを聞かされてどうしていいかわからなくなったのかもしれない。それで誤って正しい操作をしてしまったのかもしれない。つまり通話の録音を。

アラスカとわたしは留守番電話の点滅を、フレデリクの沈黙を見つめていた。わたしはフレデリクがすぐそこまで来ていることを理解しようとしていた。

「通話を切られるのを待ってたんだけど」とついにフレデリクがいった。「もっと早く知らせられなくてごめん。さしつかえないといいんだけど。それじゃあとでね、ルイーゼ」

「通話終了」と留守番電話がすぐさまいった。「通話終了」「通話終了」そして留守番電話は例外的に念を押すように四回目を告げた。「通話終了」

わたしは知り合いの誰もが緊急時にかける番号に電話した。

ゼルマは呼出音の三回目で受話器を取った。受話器を耳にもっていくまでにいつも時間がかかる。受話器の向こうからは、しばらくの間がさがさいう音しか聞こえない。まるで受話器が検波器で、ゼルマの全身をまずチェックしてからでないと耳に当てられないかのようだ。

「もしもし」というゼルマの声がついに聞こえた。

「フレデリクが来るの」とわたしはいった。

「わかってるわよ。来週でしょ」とゼルマがため息まじりにいった。

アラスカがこっちを見た。わたしがつんざくような声をあげたからだ。

「落ち着いて。よく考えてみれば、そもそもいいことなんじゃないの」

「何が？」

「彼がすぐそこまできていることよ」

「えっ？」

「どうしてもきてほしかったんでしょ」

「どうしてもきてほしいなんて、そんなことといった覚えはないわ」

「わたしには覚えがあるわよ」とゼルマは笑っていった。

「いったいどうしたらいい？　いつもどおりにすればいい、なんていわないでよ」

「オカピは関係ないでしょ」

「でも似たような気分」

「何か勘違いしているようね。わたしならシャワーを浴びる。なんだか汗をかいているように聞こえるから」

呼鈴が鳴った。アラスカが立ち上がった。

「呼鈴が鳴ってるわね」

「彼よ」とわたし。

「そうらしいわね」とゼルマ。「デオドラントでもいいわよ」

呼鈴がまた鳴った。

「いったいどうしたらいい？」

「ドアを開けなさい、ルイーゼ」

開ける

マルティンが埋葬された日、キッチンテーブルの下で花輪のリボンと同じ黒のゼルマのブラウスに顔を押しつけて目をつぶった後、わたしは長いこと目を開けなかった。

そのうちゼルマはわたしを抱いてテーブルの下から這い出した。わたしは両腕をゼルマの首に回していて、ゼルマはわたしを抱いたまま椅子に腰をおろした。わたしは眠っていた。

父と母がわたしの前にひざまずいてささやき声をかけ、なんとかわたしを起こそうとした。母はしゃっくりをしていた。泣くと決まってしゃっくりが出るのだ。この界隈の花を一手にまかなっているので、マルティンの埋葬用の花も母がこしらえた。

「あの花輪はいやだった。あれを作るのは拒否したのよ」と母は最初にいった。

それでも結局、前日の夜にこしらえることになった。それから朝まで、村の中でも、周りの森の中でも、母のしゃっくりと母の手の中で花輪のリボンがこすれる音以外、何も聞こえなかった。

「ルイーゼ」母がささやいた。「ルイーゼ？」

「ソファに寝かせよう」父がささやいた。そしてゼルマの首からわたしの腕をそっとはずそうとしたが、うまくいかなかった。父に抱き取られそうになると、わたしはいっそう強くゼルマにしがみついた。眠ってはいたけれど、強く抵抗した。

「そっとしておきましょう。わたしはここにこうしてすわっているわ。ルイーゼもそのうち起きるでしょうよ」ゼルマはいった。

けれどもそうはならなかった。わたしは三日間、そのまま眠り続けた。ゼルマは後々いったものだ。あれは百年間だったたと。

わたしが離れないので、ゼルマは三日間ずっとわたしを抱き続けた。眠っている十歳は、起きている十歳よりもかさばるし重い。マルティンならこの子が眠っていても一分間持ち上げていられるだろうか、とゼルマは考えた。

わたしに抱きつかれている間、ゼルマは床を踏み抜かないように、いつも以上に用心していた。普段は本能的に避けて通るだけだったのが、台所と居間の赤い養生テープが貼られている箇所に近づくたびに、念には念を入れて「あそこは踏まない」と声に出していった。単独で床を踏み抜くのと、誰かを抱いて踏み抜くのとでは違いがあるからだ。

ゼルマはわたしを胸に抱き、背負い、肩車した。トイレで用をすませねばならないときは、パンティストッキングと下着を片手でおろし、膝にわたしをのせてバランスを取った。お腹がすくとスープの袋を歯で千切って飲んだ。モンシェリの包み紙を片手でむくコツもすぐに会得した。ベッドで寝るときも、わたしはゼルマの首に腕を回したまま、胸の前か背中にくっついていた。ゼルマは三日間、わたしを抱き続けただけでなく、花輪と同じ黒い色のブラウスを着続けた。わたしが身を離さないかぎり、着替えることも洗うことも不可能だったからだ。

二日目、ゼルマはわたしを抱いたまま家を出て、よろず屋へ行った。よろず屋もまだ黒ずくめで、閉まっている店の前にすわっていた。店のドアには「不幸のため休業」という札がかかっていた。まるで知らない者が村の中にまだいるかのように。

「ちょっとだけ店を開けてもらえない？」とゼルマは頼んだ。よろず屋は立ち上がった。わたしがゼルマの肩にへばりついて眠っているのを見ても、少しも驚かなかった。

「袋入りのドッグフードはある？」

ゼルマは思案した。

「あいにく置いてない。あるのは缶入りだけだ」

よろず屋は在庫を調べて「九つ」と答えた。「在庫はいくつあって？」

「全部もらうわ。すぐに開けてもらえるとありがたいんだけど。それからここに入れてもらえない？」そういって後ろを向いた。

よろず屋はわたしのお尻の下に回した指にひっかけてある袋を取った。そして黙ってドッグフードの缶を九つ開けて、中身を次々に袋に入れた。

「お財布を取ってもらえる？」ゼルマは顎をしゃくって黒いスカートのポケットを指した。

「代金はいらないよ」よろず屋はいった。

ゼルマは眼鏡屋の店の前を通りすぎた。ショーウィンドウに姿が映った。わたしはゼルマの背中にアウフホッカーのようにへばりついていて、その下で袋がぶらぶら揺れていた。眼鏡屋はゼルマを見なかった。見たら、すぐさま外に飛びだしてきて、荷物を持とうとしたはずだ。ゼルマの方は眼鏡屋を見た。眼鏡屋も黒ずくめのままだった。年々だぶだぶになっていく一張羅の背広を着ていた。スツールにすわって、町の目医者から買い取ったペリメーター〔視野検査用の光学機器〕の半球の中に頭を入れていた。眼鏡屋は視野を固定していた。全体が見渡せるようになっている半球の真ん中に赤い点を散りばめた明るい灰色の面があり、まっすぐそれだけを見ていた。視野の隅に小さい光点が現れる。眼鏡屋はその光点を見て取るたびにシグナルを送る。頭を半球につっこんで、そこに現れる光点を確認していると気持ちが安らぐのだ。

ゼルマはエルスベートの家を通りすぎた。エルスベートもまだ黒ずくめで、ガーデンブロワーを手に庭に立っていた。そしてリンゴの木にブロワーを向けていた。四月で葉はまだ若葉だった。

「そこで何をしているの?」ゼルマはブロワーの轟音に負けじと叫んだ。

エルスベートは振り向かずに叫び返した。「はやく時がたって欲しいもんだわ。早く秋になってほしい。次の次の次の秋に」

若葉には枝から離れる気などさらさらなく、しっかり枝についていた。そもそもエルスベートの望みなど解さなかった。脅かされているとは少しも感じず、むしろ暖かい風に吹かれていい気分でいた。

「ターボのスイッチを入れるといいわよ」とゼルマは提案した。エルスベートは聞いていなかった。

「それであんたは何をしているの?」あいかわらず背を向けたままゼルマに訊いた。

「ルイーゼを抱いているのよ」ゼルマは叫び返し、エルスベートは「それはいいことだわね」と応じた。

ゼルマはエルスベートの背中に向かってうなずき、さらにパルムの家へ向かった。

ゼルマは犬をこのまま飢え死にさせようかとしばし考えた。パルムはここ数日、犬に餌をやっておらず、マルティンが亡くなってから一歩も外に出ていなかった。葬儀にさえ顔を出さなかった。ゼルマは当日パルムを迎えにいき、墓地へ連れていこうとした。パルムがこないと見越していたのだ。家へ行ってみると、飢えた犬がいつもより甲高い声で吠えた。犬を避けて玄関まで行き、ノックをし、呼鈴を鳴らしたが、パルムはドアを開けなかった。

「パルム、こないとだめよ」しまいに台所の窓の下に立って上に向かって叫んだ。それから咳払いをして「マルティンをお墓まで連れていってやらなくちゃね」と付け加えた。ゼルマはその間、目をぎゅっとつぶっていた。こういうことは叫ぶべきじゃない、ささやくのでも声が大きすぎるくらいだと思った。「そうするしかないのよ、パルム」とゼルマはさらに叫んだ。二度までも。

それでもパルムはドアを開けなかった。目論みどおりにならずに終わった。

今またこうしてパルムの家の前に立ったものの、ゼルマは躊躇していた。エルスベートのところへもどろうか、眼鏡屋のところへもどろうか、もどって犬の餌やりを手伝ってくれと頼んでみようかと思案した。けれども面倒だという結論にいたった。

人に手伝ってもらうのは面倒だと、ゼルマは常々思っていた。手伝ってもらった後で礼をいうのが特に面倒だった。助けを頼んで後でくどくど礼を述べるより、支えのない脚立から落ちる方がまし、電気ケーブルや自動車のボンネットで感電する方がまし、重い手提げ袋のせいでぎっくり腰になる方がまし、床を踏み抜く方がましだった。

ゼルマは身をかがめ、腕を伸ばし、袋の中身を地面にぶちまけた。それから、背中からわたしがずり落ちないように気をつけながら、地面にしゃがんだ。椎間板もずれないように頑張っていた。顔を真っ赤にして、椎間板に力を入れながらもなお、人に礼をいうよりこの方が面倒がなくていいと考えていた。そしてドッグフードを低い位置から垣根越しに犬の前に投げつけた。犬は狂喜乱舞した。

ゼルマはわたしをしっかり抱きかかえて、また立ち上がり、ため息をついた。椎間板もそれにあわせてため息をついた。それから家の裏手に回った。地下室のドアは閉まっていなかった。

地下室の階段を上って台所に出、そこを通り抜けた。ヌッテラ〔ヘーゼルナッツペーストをベースにしたスプレッド〕をぬったパンの食べ残しがのった皿は見ないようにした。それから居間を通り抜けた。ソファの上に置きっ放しになっているオベリックス〔マンガ『アステリックス』に出てくる怪力男〕のイラストが描かれたパジャマは見ないようにした。そして寝室へ行った。

パルムの寝室はもう何年も空気を入れ換えていないようだった。家具セットの一部として暗い色目の巨大なタンスが置いてあり、その横にやはり暗色のダブルベッドがあった。マットレスの一方はむき出しで黄ばんでいて、くしゃくしゃのシーツが敷かれたもう一方の足元に枕があった。部屋の中は暗かった。ゼルマは灯りをつけた。

パルムは横向けに床に横たわっていた。眠っている。頭はマルティンのランドセルにのっていた。ランドセルは線路から百メートル離れたところで見つかった。右側の肩ひもが千切れているだけで、ほぼ無傷だった。

ゼルマはベッドのシーツがくしゃくしゃになっている側に腰をおろした。そしてわたしを背中からおろして肩ごしに膝にのせた。わたしの頭はゼルマの腕のくぼみにおさまった。脈の乱れをゼルマは感じた。近頃頻繁に鼓動が規則正しいリズムから外れる。眼鏡屋が内なる声に罵倒されたときのように。

ゼルマはパルムを見た。眠っている。わたしを見た。眠っている。破れた心臓（ハート）がふたつに、乱れた心臓（ハート）がひとつ。ゼルマはさらに、メルヒェンの鉄のハインリヒとハインリヒの心臓に思いをはせた。それから後ろにひっくり返った。シーツは酒と怒りのにおいがした。文句をがなりたてているにおいだ。

頭のすぐ上にペンダントライトがぶらさがっていて、その中に胸が破れた蛾の死骸があった。ゼルマは目をつぶった。

まぶたの裏に不動の残像が浮かんだ。本来明るいものは暗く、暗いものは明るく見える。ハインリヒが坂道をおりていくのが見えた。これが最後と、最後の最後と、最後の最後の最後と、何度も振り返っては別れの手を振る。ゼルマはまぶたの裏に、最後の最後の最後の動きが止まって動かない手が、静止した笑みが浮かんでいるのを見た。ハインリヒの暗い髪は明るく、明るい目はとても暗く映った。

長い間ゼルマはそうしてそこに寝転んでいた。それからわたしをまた背中に背負った。ちょっとふらついた。心臓が一歩分右に動いた。ゼルマは起き上がりながら毛布をベッドから引きはがし、パルムのお腹と足のところまで引きずっていった。そしてそこにかけたままにした。

「一度ルイーゼをおろさないといけないよ」と眼鏡屋がいい、「ぼくがためしてみる」と父がいい、「ルイーゼに何か食べさせないと」と母がいい、「もう背中が曲がってしまったわね」とマルリースがいい、「あんたも何か食べないとね」とエルスベートがいった。わたしとパルムとアラスカ以外はみんな何かしら口にした。

「ルイーゼは離れないわ」とゼルマはいい、「そのうち起きるわ」と続け、それから「ぜんぜん重くないわ」といった。最後のセリフは嘘だった。わたしは石のように重かった。

ゼルマは普段どおりに生活しようとしていた。何もしないのは危険だからだ。何もしないでいると、年金生活を送っていた元郵便配達人が亡くなってしまったように、いずれ血流がとどこおって、死ぬか、分別がつかなくなって頭がおかしくなるかしてしまう。ゼルマとしてはどちらも御免だった。

木曜日だったので、テレビをつけていつものドラマを見た。わたしはゼルマの膝の上で眠っていた。ドラマでは冒頭、まったく見たことのない男が上機嫌でビクトリア様式の邸宅の正面玄関を通っていった。その男にメリッサはマシューではないのにマシューと呼びかけた。ゼルマはテレビのブラウン管にぐっと身を寄せ、目を見開いた。その男はどう見てもマシューではなく、ほんの少し彼に似ているだけだった。マシューを演じていた俳優がやる気をなくしたか、他のシリーズ物に引き抜かれたか、亡くなったかしたのだろう。そのため急遽、似ている別の俳優がマシューを演じることになったのだろう。

ゼルマはテレビを消して放送局宛てに手紙を書いた。ゼルマはこんなことは許されないと書いた。たとえ俳優が亡くなったか、引き抜かれたかしたとしても、他の俳優に安易に代役をやらせてはならないと書いた。マシューを演じるのはつねに同じ人物でなければならず、安易な変更は許されない。領地であれ、ビクトリア様式の邸宅であれ、品位を欠くと。

ゼルマはそれを便箋三枚にびっしり書いて説明した。そうこうしているうちに眼鏡屋がやってきた。眼鏡屋は、ゼルマがキッチンテーブルに向かって手紙を書いているのを見つけた。わたしはうつむきでゼルマの膝の上で眠っていた。ゼルマは眼鏡屋を見上げ、眼鏡屋はゼルマにハンカチを渡した。

できるだけ早くいつもどおりの生活をしたかったので、ゼルマは六時半にウールヘックへ散歩に出かけた。「おいで、アラスカ」と声をかけたけれど、アラスカは嫌がった。アラスカもここ数日はただ眠っていたかったのだ。

ウールヘックへ向かうゼルマの後に、眼鏡屋がついてきた。万が一わたしが、椎間板からずり落ちてくるのに備えてのことだ。眼鏡屋はずっと下を向いて地面を見ていた。泣きはらしたのと、視野検査をやりすぎたせいで目が痛かった。それにここにはもう見るべきものはない、と思っていた。眼鏡屋がマルティンとわたしの頭に刻みこもうとした調和の取れた美は、お役御免の書き割りのように取り去られてしまっていた。

三日目の晩、ウールヘックで雨が降りはじめた。眼鏡屋は用意周到にゼルマのレインコートとレインハットを持ってきていた。レインハットは透明で白い水玉模様がついている。眼鏡屋は、背中に負ぶさっているわたしの上からレインコートをゼルマにかけた。そしてレインハットを髪が乱れないように頭にかぶせ、顎の下でていねいにひもを結んだ。それからさらに歩いたけれど、それはほんの束の間にすぎなかった。ゼルマがふいに立ちどまったからだ。予想外だったので眼鏡屋はゼルマにぶつかってしまった。ゼルマはふらつき、眼鏡屋はゼルマを支えた。眼鏡屋は体を張ってゼルマとわたしをしっかり支えようとした。狩猟やぐらの切り込みの入った柱を支えたときのように。

「正直いって、ルイーゼは少し重くなってきたわ」とゼルマはいった。

そしてきびすを返し、帰路についた。世界を創造してから初めて、ウールヘックの三十分散歩を途中で打ち切ったのだ。ゼルマが自宅のある斜面を登らず、そのままずんずんよろず屋までおりていくのを見て、眼鏡屋の足がしばし止まった。ゼルマはタバコの自動販売機の前で立ちどまった。

「小銭持ってる？」ゼルマはそう訊いて、わたしを肩から背中へ移した。頭がゼルマのおしりのすぐ上へきた。

ゼルマは以前タバコを吸っていた。ハインリヒがまだ生きていた頃の話だ。ハインリヒとゼルマが写っているたくさんの白黒の写真には、ふたりが口の端にタバコをくわえている姿が残されている。ゼルマがいうには、タバコが写っていない写真があるのは、笑ってタバコを落としてしまったからだった。父を身ごもったとき、ゼルマはタバコをやめた。それから四メートル先で誰かがタバコを吸いはじめると、両手を非難がましく振って咳をするひとりになった。

「ゼルマ、そんなのはタバコをまた吸いはじめる理由にはまったくならないよ」と眼鏡屋はいった。そういってから十五秒後には、それがここ数十年でもっとも愚かしいセリフだと悟った。しかもその愚かしいセリフをよけいな時にいってしまったと。それは「時が傷を癒す」とか、「神の御心は計り知れない」とかいう陳腐なセリフよりさらに愚かしかった。

「もっといい理由があるなら教えてちょうだい。これよりいい世界一の理由をね」ゼルマはいった。

「ごめん」と眼鏡屋はいって背広のポケットから財布を出し、ゼルマに四マルク渡した。ゼルマはそれを自動販売機に入れて、取り出し口にある銀色のポケットのひとつを引いた。けれどもポケットは開かなかった。最初は軽く、それから力いっぱい引っ張った。他のポケットも全部引っ張ってみた。ゼルマの背中でわたしの頭が左右にぐらぐら揺れた。ポケットはひとつとして開かなかった。

「いかれた自動販売機だこと」とゼルマはいった。

「ほっとけって。タバコなら持ってる」と眼鏡屋がいった。

「あんたが？　でもあんた、タバコなんて吸わないじゃないの」

「それが吸うんだよな」眼鏡屋はタバコとライターをズボンのポケットから出すと、タバコを一本抜いて火をつけ、ゼルマに渡した。ゼルマはタバコを深く吸った。お臍にまで届けとばかりに深く吸いこんだ。それからわたしがのっていない側の肩を自動販売機にもたせて目を閉じた。

「おいしいわ」

そういって目を閉じたままタバコを吸った。自動販売機に寄りかかり、透明のレインハットをかぶって。眼鏡屋はゼルマをじっと見ていた。ゼルマはあいかわらず美しかった。ゼルマがタバコを一本吸っている間に、眼鏡屋はラブレターの書きだしを一ダース思いついた。眼鏡屋は暮れかけた空を見上げた。頭上には見渡しきれない広大な空間が広がっている。まもなく光点がたくさん現れるはずだ。けれどもそれを見たというシグナルは、どうにも送りようがない。

ゼルマが目を開け、吸い終わったタバコを地面に落として踏み消した。「あんたがタバコを吸うなんてちっとも知らなかった」といいながら。

もう少しで眼鏡屋は口に出していうところだった。「きみの知らないことはいくつかあるよ、ゼルマ。いくつかね」と。けれども内なる声が「今はいうべきじゃない」と嘲るようにいったので、眼鏡屋は一瞬ためらった。このときばかりは内なる声が正しかった。

ゼルマと眼鏡屋はゼルマの家へもどった。ゼルマは、わたしを肩からお腹へ移動させて、そのままベッドに寝た。もうすっかりその動作に慣れていた。

眼鏡屋はベッドの端に腰をおろした。そこにすわるのは初めてだった。ゼルマがときどきオカピの夢を見るそのベッドは、幅が狭く、ふかふかの掛け布団の上に大柄の花模様のキルティングカバーがかかっている。

ゼルマはサイドテーブル上のナイトスタンドをつけた。ナイトスタンドの隣には、黄色のフェイクレザーでできた折りたたみ式のトラベルウォッチが置いてあり、ひどく大きな音をたてて時を刻んでいる。枕側の壁には、少年を描いた絵が金縁に入れられて飾ってある。少年はたて笛を手に、子羊に囲まれて幸せそうに寝そべっている。

その絵をじっくり見たなら、この子はまだ一度も嘲笑われたことがなさそうだ、と眼鏡屋は思ったことだろう。ゼルマとわたし以外のものに目を向けていたならば、ここにある何もかもがすてきに思えただろう。チクタクいう音がうるさすぎる下品な色のフェイクレザーの目覚ましも、大柄の花模様のキルティングも、むちむちの子羊も、真鍮と乳白ガラスでできたとんがり帽子の形をしたナイトスタンドも。眼鏡屋の秘めた愛は、これらのものすべてが崇高な美でできていると感じ取れるほど大きかった。ところが眼鏡屋は、ゼルマとわたし以外、眼中になかった。わたしたちふたりが向き合ってベッドに寝ているところしか見ていなかったのだ。わたしはゼルマの首に腕を回していた。

ゼルマは眼鏡屋を見た。眼鏡屋はうなずいた。

「ルイーゼ、もうわたしから離れなくては。潮時よ」ゼルマはささやいた。

ゼルマはわたしの両手をつかんでふりほどいた。わたしは目を開けずに仰向けになった。

「みんなまだそこにいる?」

ゼルマと眼鏡屋は顔を見合わせ、それからゼルマは再び世界を創造した。

「いいえ、もうみんなはいないわ。でもね、世界はまだ存在している。ひとりを除いて全世界がね」

わたしは横向けになって片足を引き寄せた。膝がゼルマのお腹に当たった。ゼルマはわたしの頭をなでた。

「アラスカは大きさが十分じゃないわ」

ゼルマと眼鏡屋はまた顔を見合わせ、眼鏡屋はいぶかしげにゼルマを見、ゼルマは声を出さずに口を動かした。けれども眼鏡屋にはなんといっているのか読み取れなかった。それでゼルマはもう一度口を動かした。それでも眼鏡屋が理解しなかったので、ゼルマはとうとう顔をゆがめて一言いった。

「痛み」と。その顔があんまり変だったので、眼鏡屋はもう少しで吹きだすところだった。

「そうね、アラスカは大きさがぜんぜん十分じゃないわね」とゼルマはいった。

「それに重さも十分じゃないわ。世界で一番重い動物はなあに？」わたしは訊いた。

「象だと思うわ。でも象も重さが足りないわね」とゼルマ。

「象が十頭はいる」とわたしがいったところで、眼鏡屋が咳払いをして口をはさんだ。

「悪いが、それはちがうと思うよ。世界で一番重い動物は象じゃなくて、シロナガスクジラだ。シロナガスクジラの成獣は二百トンにもなる。それより重い動物はこの世にはいない」

眼鏡屋はわたしの方に身をかがめた。眼鏡屋は理不尽が横行するなかでも説明できることがあるのを喜んだ。理不尽なことに説明がなされないのは、説明を拒んでのことではなく、不可能だからだ。

「シロナガスクジラは舌だけでも象一頭分の重さがある。全体重は舌の五十倍はある。想像してみてくれ」

ゼルマは眼鏡屋を見つめた。

「どうしてそんなことを知っているの」ゼルマはささやいた。

「わからない」眼鏡屋はささやき返した。

「でっちあげたみたいね」とゼルマはささやき、眼鏡屋は「でも本当だと思うよ」とささやき返した。

「自分の舌の五十倍の重さしかないなら軽いよ」とわたしはいった。

「シロナガスクジラなら軽くはないわよ」とゼルマ。

「シロナガスクジラが一息吹いただけで、風船を二千個ふくらませられる」と眼鏡屋。

ゼルマは眼鏡屋を見つめ、眼鏡屋は肩をすくめた。

「事実だよ」と眼鏡屋。

「風船二千個だってとっても軽いよ。それになんでそんなことする必要あるの？」わたしは訊いた。

「何を」と眼鏡屋に訊き返された。

「二千個の風船をクジラの一息でふくらませることだよ」とわたし。

「わからないな」と眼鏡屋。「たぶん飾り付けにいるんじゃないかな。お祭りをするのにね」

「なんでお祭りなんかしたいの？」

ゼルマはわたしのおでこをなでた。何度も何度も、ゼルマの小指がわたしの閉じたまぶたに触れた。

「シロナガスクジラの心臓は一分間に二回から六回しか打たない。たぶんものすごく重いからだろうな」と眼鏡屋は説明した。「シロナガスクジラの心臓も考えられないほど重い。一トン以上ある」

「マルティンなら持ち上げられるよ」

「シロナガスクジラの成獣十頭だって持ち上げられるわよ。それもいっぺんにね。積み重なった成獣十頭をいっぺんに。重い舌と心臓もいっしょによ」ゼルマがいった。

「マルティンは大人にならなかったよ」わたしはいった。

「それだと約二千トンになるな」眼鏡屋がいうと、ゼルマが「それでもマルティンなら簡単に持ち上げられるはずよ」と続けた。

「目を覚ましたくない」とわたしはいった。

その後しばらく、トラベルウォッチのチクタクいう音しか聞こえなかった。

「わかってる。でも起きることに決めてくれたら、どんなにうれしいか」としまいにゼルマがいった。

「そのとおり」と眼鏡屋はいって、何度も咳払いをした。けれども、喉に詰まっているものは取れなかった。眼鏡屋はわたしの頬を慎重にゆっくりなでた。お砂糖の袋にのっている占いの特別に難しい単語を人差し指でたどろうとでもするように。

「目を覚ますと決めてくれたら、どんなにうれしいか、きみには想像もつかないだろうよ、ルイーゼ」と眼鏡屋はいった。泣きだして先がいえなくなる前にいってしまおうとでもいうような早口で小声だった。

わたしは目を開けた。ゼルマと眼鏡屋はわたしにほほ笑みかけた。ナイトテーブルのスタンドの淡い灯りで、眼鏡屋の目に涙が浮かんでいるのが見えた。涙は眼鏡の下を通り頬をつたって流れ落ちた。あたりを見回した。ゼルマの部屋も、全世界も、シロナガスクジラの胃ほどの小ささだ。ゼルマはわたしの頬をなで続けた。何度も何度も。

さらに繰り返し何度も。

実をいうと

フレデリクは半年前に現れた。アラスカが行方不明になった日だ。ゼルマは前の晩、ドアをきっちり閉めておかなかった。翌朝ドアは全開していて、アラスカが消えていた。

アラスカは父をさがしに出かけたのだろう、と眼鏡屋は推測した。父は、ほぼひっきりなしに旅に出ていた。わたしたちが自分たちのことにかまけて、アラスカを周囲の風景くらいにしか見ていなかったせいで失踪したのだろう、とゼルマは推測した。

わたしは自分のことにかまけていた。レッダー氏のところでやる仕事があったからだ。外国に行かないまでも、しばらく都会に出るべきだ、と父が電話で助言してくれたが、わたしはレッダー氏の店で実習を始めていた。父は遠くへ行かなければ一人前の人間にはなれないといったが、わたしは遠くへは行かず、ちょっとそこまで出ただけだった。町に出てワンルームのアパートを借り、レッダー氏の書店で働きはじめたのだ。「まあな」と父は電話でいったものだ。「おまえたちは冒険に向いてないからな。おまえも、アラスカもな」と。

ゼルマは自分のことにかまけていた。リウマチを患いはじめたからだ。手足がしだいに変形してきていた。とくに左手の指が。リウマチの診断が下った後、父はどこか海辺の町から電話してきて、ゼルマが身に取りこむべきなのはリウマチではなく世界で、ドクター・マシュケにそのことで長距離電話をしたところ——ちなみにドクター・マシュケは革のジャケットを着ていて、それがこすれる音が電話の接続が悪い中でも聞き取れたらしい——人がリウマチを患うのは、離れたがっているものをつかまえて放そうとしないせいだと教示された、といった。ゼルマは変形しはじめた左手から右手に受話器を持ち替えて、いい加減に世界を云々するのはやめてくれ、と文句をいった。父は電話を切った。

わたしたちは一日中アラスカをさがしまわった。マルリースも捜索に加わっていた。エルスベートが新鮮な空気を吸うのは健康にいいと説得したのだ。

けれどもマルリースは十分できびすを返した。「犬はいなくなったのよ。それに甘んじることね」といい残して。

わたしたちは森を捜索した。木の根っこや倒れて朽ちた木を乗り越え、深く垂れさがった枝を払いのけ、何度も何度もアラスカの名を呼んだ。わたしはゼルマとエルスベートと眼鏡屋の後について歩き、ゼルマは眼鏡屋と腕を組んで歩き、エルスベートは履きつぶしたパンプスを履いてゼルマの右側を歩いていた。三人とも七十前後になっていた。先週みんなでわたしの二十二歳の誕生祝いをした。眼鏡屋はケーキに立てたロウソクの炎を指で消して訊いたものだ。「どうやったらそんなに若くいられるんだ?」と。

「わからないわ」とわたしは答えた。眼鏡屋はわたしに訊くというより、つぶやいただけだったのだけれど。

アラスカは当時すでに相当な年で、犬の寿命をはるかに越えていた。ゼルマは少し前にテレビで犬を盗んで動物実験に供する犯罪についてのドキュメンタリーを見ていた。それでひどく心配していた。

「よりによってアラスカを動物実験に使うとは思えないけど。いったい老犬を使ってなんの実験をしようっていうの?」とエルスベートが訊いた。

「どうすれば不死になるか」とゼルマがいった。

アラスカを不死の研究に使うとは思えなかった。むしろアラスカは死ぬために身を隠したのではないかとわたしは心配した。身を隠すなんて、およそアラスカらしくない。とはいえ死ぬのもアラスカらしいことではなかった。倒木や落ち葉の山に近づくたびに、アラスカがそこを死に場所に選んだのでなければいいが、と考えてびくついた。

わたしは朝早く、アラスカがいないことに気がつくと、すぐにパルムに電話をした。パルムが狩りに出かけて、アラスカを鹿と間違えて撃ち殺すことを危惧したからだ。

「そんなこと絶対にしないよ、ルイーゼ。捜索を手伝おうか?」とパルムはいった。

十二年前にマルティンが亡くなってから、パルムは一滴もお酒を口にしていない。ゼルマといっしょに酒を、栓が空いているものも未開封のものもひっくるめて片づけた。流し台の下からも、ベッドの下からも、寝室の戸棚からも、バスルームの戸棚からも酒びんが出てきた。ゼルマとパルムは都合五回、空きびん回収コンテナに足を運んだ。

パルムは信心深くなっていた。家のそこらじゅうに聖書から引用した言葉が掲げられている。そのほとんどは光に関する言葉だ。「我は世の光なり」という言葉が冷蔵庫の上に、「我は光として世界に来たり」という言葉が配膳台の上に、「我はすべてを照らす光なり」という言葉が寝室の暗目の色合いの戸棚の上にある。

エルスベートにはそれが理解できなかった。「いったいどこにどういう意味があるの? よりによって神様が最悪の面を示されたときに、どうすれば信心深くなれるっていうの？」と繰り返しいったものだ。けれどもゼルマは、四月に木の葉を吹き払おうとするよりずっと意味があると答えた。そしてパルムはそもそもずっと光に精通していたと付け加えた。

マルティンが亡くなった後しばらく、わたしはパルムがこわかった。それは以前パルムに抱いていたのとは異なる類いの恐れだった。パルムにどう近づいていいかわからなかった。動かない動物に近づくべきかどうか、近づくとしたらどう近づくべきかわからないように。痛みが、パルムから不要なものを根こそぎ奪い取ってしまった。ほとんどすべてが取り去られたといっていい。怒りも消え去った。そしてわたしには、怒っていないパルムは、怒りをぶちまけていた以前のパルム以上に薄気味悪かった。

目つきも今では少しも荒んでいない。髪ももうぼさぼさではなく、毎朝櫛でとかしてなでつけられている。それでもマルティンの場合と同じく、少しすると決まって一筋はねてしまう。それを指摘するたびにパルムはいう。「天を指し示しているんだよ」と。

マルティンが亡くなってからパルムは、エルスベートか眼鏡屋かゼルマを訪ねては、聖書の言葉について説くようになった。三人はパルムを家に招じ入れて、台所や居間や視力検査用のスツールに好きなだけすわらせた。しだいにパルムはある信念を抱くようになっていった。けれどもその信念に、ひっそりした家の中で延々と過ごすに足る堅固さがあるか、そしてもはや存在しないものを持ち上げるに足るだけ鍛え抜かれているかには、誰ひとり確信がもてなかった。

三人のところへやってきても、パルムはたいてい聖書の言葉について自問自答するばかりだった。パルムは自分の説についてめったに出ない疑問を先取りしていう。「イエスが盲人に村へもどらぬようにといったのはなぜか。それを説明しよう」そうパルムは切りだす。「イエスは足が不自由な者をどうやって歩けるようにしたのだろう。それをこれから説明しよう」そういって説明を続ける。眼鏡屋はカップの中のコーヒーをかき混ぜながら、無言でパルムの説明を聞く。エルスベートでさえ、パルムの話に耳を傾けようと努力する。けれどもいつしかソファにすわったまま口を開けて寝てしまう。それでもパルムは説明を続ける。

　実際にパルムに質問したり、パルムが聖書の言葉を解説したりする際、「ええ、パルム、なぜだか知りたいわ。説明してちょうだい」というのはゼルマだけだった。ゼルマはパルムが長々と説明できるように、たくさん質問をする。そうすればパルムはさらに時間をやり過ごすことができるからだ。肝心なのはそこだとゼルマは考えていた。ひとりで過ごさずにすむ時間を数時間捻出することが、パルムにとっては重要なのだ。パルムが訪問している間、ときどきゼルマはトイレにたつ。そしてそこでいそいでモンシェリをいっぺんに五つ口に入れる。リウマチのせいで左手が変形しはじめているので、ゼルマは包み紙を片手でむく。かつて三日にわたってわたしを抱き続けたときのように。モンシェリを食べ終わると、深呼吸をし、ユーカリのボンボンを口に入れて、説明を続けようとパルムが待ちかまえている台所にもどる。

　誰もパルムの体に触れようとはしなかった。握手をするのがせいぜいで、決して抱擁はしないし、肩をたたくことさえしない。パルムが触れられることをまったく望んでいないのを、知っているからだ。触れたりしたら、パルムは灰燼（かいじん）に帰（き）してしまうだろう。

　パルムがアラスカさがしの手伝いを買ってでた際、わたしはいった。「いいえ、それには及ばないわ」聖書の引用を聞かされ続けられてはかなわない。なんといっても聖書には、人をさがす際に引用するのにぴったりの言葉が五万とある。

「捜索に神様のご加護があらんことを」とパルムはいった。

「求めよ、さらば与えられん」とわたしは応じた。パルムを喜ばせようとしてのことで、効き目はあった。


わたしたちは日が暮れるまで捜索を続けた。「アラスカ！　アラスカ！」と叫びながら。隣のふたつの村にも行き、出会った人に片っ端から大きすぎる犬を見かけなかったかと尋ねた。エルスベートは数時間前から、片手がむずむずしないかと何度も訊いてきた。パルムの聖書の説明と同じくらい、それにはいらだった。エルスベートによると、左手がむずむずすると尋ね人が見つかるらしい。「ううん」「いいや、いまだにむずむずしない」とわたしたちは口々に答えた。

「もうこれ以上歩けないわ」と、とうとうゼルマがいった。

「捜索は打ち切ろう」と眼鏡屋がいった。「明日またさがそう。アラスカはとっくに家に帰って、玄関の前でぼくらの帰りを待っているかもしれない」

わたしは捜索を打ち切りたくなかった。さがすのをやめたら、アラスカが本当に行方不明になってしまう気がした。父と電話で話すのがこわかった。父はアラスカを愛している。めったにいっしょにいられないせいで、愛情が単純化していた。そばにいなければ不作法な振る舞いはできないからだ。父は今朝、電話をしてきたけれど、接続がひどく悪かった。わたしたちは三人ともゼルマを囲んで、アラスカの失踪のことはいわないようにと両腕を振り回して合図した。けれどもゼルマは、やけどでもしたように両腕を振り回すわたしたちを、きょとんとして見ているだけで、合図の意味を理解してくれず、アラスカがいなくなったことを話してしまった。

「なにがなんでもアラスカを見つけてくれ」接続が悪い中でゼルマの言葉をなんとか理解するや父はいった。そして夕方また電話をすると付け加えた。そこらじゅうさがしたけれどアラスカはどこにもいなかった、とゼルマが父にいっているところをわたしは思い描いた。父がどこか遠い所の電話ボックスの中にいるところを、電話の接続がひどく悪くて、「そこらじゅう」と「どこにも」以外、何も聞き取れずにいるところを。

「先に家に帰っていて。もうちょっとさがしてみるから」とわたしはいった。

わたしは村の中を通らずに森のきわにそって歩いた。だんだん暗くなってきた。ウールヘックの近く、ゼルマが夢でオカピと並んで立っていた野原まで来たときだ。ふいに木々の間から男が三人現れた。音もなく現れたので、森ではなく虚無から現れたかのようだった。

わたしは足を止めた。男たちは剃髪（ていはつ）、黒装束で、草履を履いていた。三人の僧が下生えの間から現れたのだ。オカピがふいに現れたとしても、これほど不合理ではなかっただろう。

三人とも地面にじっと目を注いでいる。しばらくしてわたしから数歩の距離まで来ると、顔をあげてこっちを見、立ちどまった。

三人の僧がわたしの前に並んで立った。テレビ番組の『事件現場』で被疑者と対峙する場面が連想された。マジックミラーの背後に一列に並ばされている者の中から、目撃者は被疑者を見つけださなければならない。「犯人は黒装束でした。そして感じの良い笑みを浮かべていました」と目撃者はこのケースではいうだろう。

「今晩は」と真ん中の僧がいった。「驚かせるつもりはなかったんですよ」

わたしは驚いてはいなかった。ところが真ん中の僧がそういったとたんに、被疑者をはっきり認識した目撃者のように驚いてしまった。めまいがして、一歩右へ出た。何かが外からぶつかったわけでも、内なる声に嘲笑されたせいでもない。真ん中の僧に「今晩は」といわれた瞬間、彼の動きひとつで今後の人生がひっくり返りかねないと予感したからだ。

そういうことは前もって予感できないと思っていたのだけれど、今ここで、それができることに気がついた。

「ここでいったい何をしているんですか？」とわたしは訊いた。それこそが、人の人生を一変させようとしている者に問うにふさわしい、と思えたからだ。

「歩きながら瞑想しています」とその僧は答えた。それから背後を指し示して「あそこの村で会議をしているところです」と続けた。おそらく森の背後のことをいっているのだろう。「考え深い名前の家で」

「〈瞑想の家〉ですね」とわたしはいった。

隣村の未亡人が何年も前に家をゲストハウスに改造し、週末にはそれをたいていセラピーグループに貸していた。わたしが子どもの頃には〈叫びセラピー〉が流行っていた。マルティンとわたしはよく隣村へ行った。〈瞑想の家〉からは甲高い叫び声がしていて、近所の家はみなシャッターをおろしていた。その叫び声がおかしくて、わたしたちは声を張りあげて叫び返した。たまりかねて飛びだしてきた近くの家の住人に、「頼むからやめてくれ！　おまえたちにまで叫ばれたんじゃたまらない」

と文句をいわれるまで。

「それであなたは？」と真ん中の僧が訊いた。

そのとき彼はまだ真ん中の僧で、名前がなかった。真ん中の僧はまだイェルンでもジグルトでもありえた。もしもそうだとしたら、今後の展開に不都合になっただろうけれど。その後の数年間に彼の名前を七万五千回いい、十八万回考えることになるのだから。

「アラスカをさがしているんです」とわたしはいった。

僧のひとりがくすくす笑った。その僧は少なくとも農夫のホイベルほどの年齢だった。

「それはメタファーですか？」と真ん中の僧が訊いた。

「いいえ」と答えてから、わたしは父とドクター・マシュケのことを思い出し、「ええ、そうでもあります」と言い直した。「メタファーでもあるんですけど、アラスカは犬なんです」

「いなくなったのはいつですか？」

「昨日の晩からだと思います」とわたしはいった。今まさに人生が一変しようとしているときには、時間がぼやけて昨晩と今晩の違いも曖昧になってしまうからだ。

真ん中の僧は年配の僧の方を見た。年配の僧がうなずいたので、真ん中の僧は「お手伝いしますよ」といった。

「犬をさがしてくれるんですか？」とわたしは訊いた。時間がぼやけると呑みこみが悪くなる。

「ええ、犬を見つけるお手伝いをします」と僧はいった。

「犬をさがすのを？」とわたしが訊くと、

「犬を見つけるのを」と僧は答えた。

「ほとんど同じことですよ」と高齢の僧がいった。

「みなさんは仏教の僧侶なんですよね」とわたしがいうと、三人の僧はそろってうなずいた。まるで高額の懸賞問題の正解が出たかのように。

「どんな犬ですか？」と高齢の僧が訊いた。

「大きくて灰色の老犬です」

「わかりました。では手分けしてさがしましょう」高齢の僧はそういうと、きびすを返してまっすぐ森へもどっていった。

二番目の僧は右手へ向かった。

今し方まで真ん中にいた僧は、わたしの肩にちょっと手を置いてにっこりした。彼の目はとても青かった。ターコイズブルーといえるほどに。「マズリアの湖面のような青」と後にゼルマはいうことになる。「午後の太陽に照らされた地中海の青」とエルスベートはいうだろう。「厳密にいえばシアンブルーだな」と眼鏡屋ならいうだろうし、マルリースなら「ただの青よ」というだろう。

「いっしょにさがしましょうか？」と彼はわたしに訊いた。「ところで僕はフレデリクといいます」

並んで歩いてアラスカをさがした。わたしは何度もフレデリクを横目で見た。ゼルマが夢の中でオカピを横目で見たように。フレデリクは背が高かった。僧衣の袖をたくしあげていて、夏の休暇からもどってきたばかりのように腕が日焼けしていた。産毛はブロンドで、剃髪でなければ髪もブロンドなのが見て取れた。

わたしたちはずっと黙っていた。何か訊こうとわたしは必死に考えた。ところが今後の人生を一変させかねない僧が隣を歩いているせいで訊きたいことがありすぎ、たくさんの問いがもつれてこんがらがってしまい、ひとつひとつを切り離して訊くことができなかった。

　フレデリクの方はわたしに訊きたいことがあるようには見えなかった。仏僧というものはそもそも疑問を抱いたりしないのでは、と考えてもみたけれど、そうではなかった。フレデリクも隣を歩きながら、もつれてこんがらがった問いをどこからどうほどいて訊こうかと考えていたのだ。ずっと後になってフレデリクはこう書いてきた。「いったいどういうことだろう？　あんなこと僕にはめったに起きない」

　フレデリクは僧衣の懐に手を入れて、チョコバーを取り出した。マース〔アメリカ合衆国の食品会社。チョコバーのスニッカーズで知られる〕だった。「ひとつどうです？」

「結構です」とわたしはいった。

「いったいアラスカというのはどんな犬なんですか？」

「父が飼っている犬なんです」

　やがてウールヘックの森を通り抜けた。フレデリクはマースを食べながら、何度もわたしをちらと見ては、また周りの風景に視線をもどした。日曜日にお客さんを迎えるときのエルスベートのようにやけに着飾った風景だった。麦の穂は黄金色で、空は雲ひとつなく晴れ渡っている。

「このあたりは美しいですね」とフレデリクがいった。

「ええ、ほんとうに。緑と青と金色のすばらしい交響曲です」とわたしは応じた。

　フレデリクの何もかもが明るかった。生えていない髪も、ターコイズブルーの目も。どうしたらこれほど美しくありえるんだろう。ちょうど眼鏡屋が、どうしたらこれほど若くありえるのだろうと誰にともなくいったのと同じ調子で。

それからわたしは立ちどまって、フレデリクの僧衣の袖をしっかりつかまえた。

「自己紹介しますと」とわたしは切りだした。「年齢は二十二歳。親友はちゃんと閉まっていない電車のドアに寄りかかっていたせいで死にました。十二年前のことです。祖母がオカピの夢を見るたびに、誰かが死にます。父は家から遠く離れないと一人前の人間になれないと考えて旅に出ています。母は花屋をやっていて、アルベルトという名のアイスクリームパーラーのオーナーと関係を持っています。あそこに見えるのは」そこまでいっておもむろに隣接する野原を指差した。「眼鏡屋が狩人を殺そうとして、柱に切り込みを入れた狩猟やぐらです。眼鏡屋はわたしの祖母を愛していますが、告白していません。わたしは書店で見習いをしています」

こういうことをいうのは初めてだった。なぜなら一部は知り合いなら誰もが知っていることだし、一部は誰にも知られてはならないことだからだ。それらをすべてフレデリクに打ち明けた。何もかも承知の上でつきあってほしかったからだ。

フレデリクは野原に目をやりながらわたしの話を聞いていた。道案内を頭に刻みこもうとでもしているかのように。

「だいたいそんなところです」といって、わたしは自己紹介を締めくくった。

フレデリクは、僧衣をしっかりつかんだままのわたしの手に自分の手を重ねた。そして遠くに目をやって「あれですか?」と訊いた。

「あれって?」

「アラスカですよ」

遠くから、ずっと向こうから、何かがこちらへ向かって駆けてくる。小さな灰色のもので、近づくにつれてだんだん大きくなり、どんどんアラスカに似てきた。すぐ近くまで来て、わたしたちのもとにたどりつくと、たしかにアラスカだった。

「近づくと現実のものにもなる」とフレデリクがいい、わたしはかがんで、息を切らしてあえいでいるアラスカに両腕を回した。アラスカの体には、小枝やら葉っぱやらがたくさんついていた。

「よかった。本当によかった。あんた、いったいどこにいってたの？」わたしは大声で訊いた。今度ばかりはアラスカが答えないのが不思議だった。

小枝や葉っぱをつまみとって、どこかに怪我はないかと調べた。アラスカはどこも悪くなかった。

「本当にかわいい犬ですね」とフレデリクがいった。彼がわたしに嘘をついたのは、後にも先にもこのときだけだった。アラスカは性格はいいけれど、かわいいとはとてもいえない。

わたしは立ち上がり、フレデリクと向かい合った。そして彼といっしょにさらに捜索を続けるために今すぐなくせるものはないだろうかと思案した。

フレデリクが剃り上げた頭をかいて、「そろそろ帰らないと」といった。「ここから〈瞑想の家〉へはどういけばいいですか？」

「アラスカといっしょに送っていきます」とわたしはちょっと大きすぎる声でいった。目前に迫っている別れを少し引き伸ばせてうれしかった。「アラスカとわたしとで〈瞑想の家〉まで送っていきます」

わたしたちはアラスカを間にはさんで森のきわに沿って歩いた。わたしは手すりにつかまるようにアラスカの背に手を置いていた。わたしたちはまっすぐ歩いていき、すぐに隣村についてしまった。

「自己紹介すると」とふいにフレデリクがいった。〈瞑想の家〉にたどりつく寸前だった。「ぼくはヘッセン州の出身なんです」

「何もないところから出てきたのかと思ってました」

「たいして変わりませんよ。二年前に大学を中退して……」

「年はいくつなんですか?」とわたしは訊いた。からみあってこんがらがっていたたくさんの問いが突然ほぐれてバラバラになったのだ。

「二十五歳です。日本のある寺で修行をするために大学を中退して……」

「どうしてですか?」

「話の腰を折らないでください。ぼくはあなたの話の腰を折ってませんよ。数週間、ある寺に滞在したことがあったんです。それからぼくも仏の道を行くことに決めました。ところで今何時ですか?」

わたしたちは〈瞑想の家〉の前に立っていた。玄関ドアには小ぶりのリースがかけてあった。この手のリースなら知っている。〈瞑想の家〉のオーナーは母の店でこのリースを買ったにちがいない。〈秋の夢〉というネーミングのリースで、情緒たっぷりの秋色の布製の葉っぱで飾られている。でもまだ夏なのに、とわたしは思った。秋の夢には早すぎる。

フレデリクは懐から腕時計を取り出した。まだ早いのに、とわたしは思った。

「だいぶ遅くなってしまった。もう行かないと」とフレデリクがいった。

アラスカが行く手を塞ごうとでもいうようにフレデリクの前にすわりこんだ。

「さがすのを手伝っていただいてありがとうございました」とわたしは小声でいった。別れをいつまでも引き伸ばすことはできない。〈叫びセラピー〉のやり過ぎで〈瞑想の家〉の壁がもろくなっていて、崩れ落ちでもしない限り。

フレデリクがわたしの顔を見ていった。「さよなら、ルイーゼ。きみと知り合えてよかったよ」

「わたしもよ」

フレデリクはわたしの肩をなでた。わたしは目を閉じた。目を開けたときには、フレデリクはもうドアを開けて家の中へ入っていた。彼の背後で今しもドアが閉まろうとしていた。このドアは別のドアとは違って難なく閉まってしまうだろう。

人が死ぬときには、その人が過ごした生涯の断片が走馬燈のように脳裏に浮かぶといわれている。それはときにものすごい速さになるに違いない。どこかから墜落したり、銃口を顎の下に突きつけられたりしたような場合には。フレデリクの背後でドアが閉まる間、わたしは人が墜落するときのスピードで、冒険には向かないと父にいわれているにも関わらず、アラスカが冒険を求めたことを考えた。冒険に向いているかどうかは、自分のことを知りすぎているとかえって判断できないのではないか、なので偶然下生えの中から現れた他人に判断を仰ぐしかないのではないか、とも考えた。ドアが閉まるのを見ている間、フレデリクがこの道を行くと決めたといったことを思い出していた。わたしはこれまでに一度も何かを決めたことがない。いつでも何かが思いがけなくふりかかってくる。何に対しても、心の底からイエスといったことがない。いつだってノーじゃないといってきただけだ。そして大げさな別れにおびえてはならず、別れを引き伸ばしてもぜんぜんかまわない、と思った。死に際しての別れでなければ、どうとでもなる。電車のドアが開いてしまうのはどうにもならない。だが時期尚早の秋の葉が飾られているドアの開閉なら、どうとでもなる。そしてドアが閉まる最後の瞬間に、[illegible]生が走馬燈のように行き過ぎる前に、飛びだして隙間に足を入れ、ドアが閉まるのを止めた。

「いたっ」とフレデリクがいった。こっちを振り向いた拍子に内開きドアに額をぶつけてしまったのだ。

「ごめんなさい。でも電話番号を教えてほしくて」

わたしはそういってフレデリクに満面の笑みを向けた。世界を取り入れたからであり、それだけで類いまれで、たとえ世界から「とっとと消え失せろ」といわれようが、ほとんど気にならなかったからだ。

フレデリクは額をこすった。「電話は面倒だよ。ぼくらはそもそも電話をしない」

「でも教えて」

フレデリクはほほ笑んで「きみは強情だね」といった。そんなことをいわれるのは生まれて初めてだ。フレデリクはペンを懐から取り出した。「紙はある？」

「ううん」といって、わたしは手を差し出した。「ここに書いて」

「手には書き切れないよ」

わたしは袖をまくりあげて腕を出した。フレデリクはわたしの手首をつかんで、腕の内側に電話番号を書きはじめた。ペンが皮膚にこすれてくすぐったかった。フレデリクは書きに書いた。電話番号は手の付け根から肘まで続いた。わたしが知っている電話番号はほとんど四桁しかなかった。

「ありがとう。もう行ってちょうだい」

「それじゃ、さよなら」そういうと、フレデリクはきびすを返してドアを閉めた。

『おいで、アラスカ』わたしはいって歩きはじめた。〈瞑想の家〉からすでにかなり離れたとき、ドアがまた開いた。

「ルイーゼ」とフレデリクが呼んだ。「オカピというのはそもそもなんなんだい？」

わたしは振り返って大声でいった。「オカピっていうのは、熱帯雨林に棲息している変な動物でね。ゼブラとバクとノロジカとネズミとキリンをごちゃ混ぜにしたような見た目をしてるのよ」

「そんな動物、聞いたことないな」とフレデリクが叫んだ。

「またね」とわたしは叫び返した。ドアが閉まり、他には観客がいないのでアラスカの前でお辞儀をした。小枝を持ち上げたときにマルティンがしたようにお辞儀をしたのだ。なんといってもドアに足をつっこんだのだから。そしてフレデリクに、それを発見したからには今後もう新種の動物は発見不可能な動物のことを教えたのだから。


アラスカとわたしは走りどおしで家へもどった。家の前の階段にすわっていた眼鏡屋とゼルマは、飛び上がってわたしたちを出迎えた。

「帰ってきたんだ」

「ああ、よかった。いったいどこへ行ってたの？」

口々に訊かれたけれど、アラスカは答えなかったし、わたしも息が切れていて答えられなかった。

身をかがめてアラスカを抱擁し終わると、ゼルマと眼鏡屋はわたしを見上げた。

「いったいぜんたいどうしたの？」ゼルマに訊かれた。アラスカを動物実験用に売り飛ばし、わたしにも危害を加えようとしていた犯罪者たちから、かろうじて逃れてきたように見えたのだろう。

「お坊さんなのよ。仏教の僧侶で日本に住んでいるの」とわたしはいった。

「誰が？」と眼鏡屋が訊いた。

「ちょっと待って」ゼルマがいった。その日は火曜日で、森のはずれの野原に鹿が現れたのが見えたからだ。ゼルマは今ではパルマにたいがいのことを許していたが、鹿のことだけは別だった。だいぶ前から鹿は別の鹿に変わっていた。けれどもテレビドラマの役者が変わったのとは違って、ゼルマはその点は問題にしなかった。ゼルマはガレージへ行って、ドアを開け、急いでまた勢いよく閉めた。鹿は姿を消し、ゼルマはもどってきて、階段の眼鏡屋の隣にすわった。ふたりとも、わたしを期待に満ちた目で見上げた。まるでわたしが詩を朗読するのを待ってでもいるように。

「いったい誰のことをいってるんだい？」眼鏡屋が訊いた。

わたしは森の下生えから現れた三人の僧のことを話した。真ん中の僧フレデリクのこと、彼がヘッセン出身で日本に住んでいること、わたしが最後の瞬間に〈瞑想の家〉のドアに足をはさんだことを話した。何もかもを、息せききって話した。まるでその場でまだ走り続けてでもいるように。

「だけど日本からきた仏僧が、こんなところで何をしているんだい？」眼鏡屋が訊いた。

「歩きながら瞑想をしているのよ」わたしはおもおもしく答えた。

そしてふたりに腕を見せた。以前父が血圧を測るとき、患者はこんなふうに腕を差し出したものだ。

「消えないうちに書き写さないと。こんなに長い電話番号、見たことある？」

「電話番号が長ければ長いほど、所在地は遠くなるのよ」ゼルマがいった。

わたしたちは家に入って台所のテーブルについた。ゼルマはアラスカが見つかってうれしくてたまらず、アラスカを膝にのせた。アラスカが大きくなってからは、誰も膝にのせていなかった。ゼルマはアラスカの陰にすっかり隠れてしまった。

わたしの隣にすわっていた眼鏡屋が胸のポケットから万年筆を取り出し、眼鏡をかけた。わたしは腕をテーブルの上に置いて眼鏡屋の前に差し出した。眼鏡屋は電話番号を紙に書き写しはじめた。時間がかかった。

「この電話番号、きっとすてきなメロディーになるよ」眼鏡屋がいった。ゼルマは最近、ダイヤル式の電話をプッシュホンに買い換えた。その電話はキーを押すとそれぞれ違う音が出る。

「そうね、たぶん結婚行進曲になるわね」アラスカの背後からゼルマがいった。

電話番号を写し終えると、眼鏡屋はインクがこすれてぼやけないよう息をふきかけて乾かした。

「ありがとう」といってわたしは立ち上がり、その紙を冷蔵庫の上のピンボードに貼りつけた。

眼鏡屋とわたしは電話番号の前に立っていた。以前眼鏡屋がマルティンとわたしに時間と時差について説明してくれたとき駅の前に立っていたのと同じように。

「わたしにはわからないわ」ゼルマがいった。ゼルマはあいかわらずアラスカの陰にすっかり隠れていた。「誰か近くの人じゃだめなの？　職業学校に感じのいい人がいたじゃない。あの人じゃだめ？」

「残念ながらだめね」とわたしはいった。

新しい電話が鳴った。わたしはかけていって受話器を取った。「もしもし、残念ながら接続が悪くてね」という声が聞こえる前から、父だとわかっていた。

「彼を見つけたわ。アラスカもね」わたしはいった。

アラスカはどうしてる?

誰かに電話したくてたまらないのに、そうするのがこわい場合、ふいにあちこちの電話が目につくようになる。一階の居間には最新式のプッシュホンがあり、二階には母の細身で優雅な電話がある。眼鏡屋の店の奥にも電話があるし、エルスベートのサイドテーブルには深緑色のビロードにくるまれた電話がある。町のわたしのアパートにも電話はあるし、レッダー氏の書店のカウンターにもある。アパートから書店までの道には黄色い電話ボックスがある。「準備万端整ってますよ。いつでもどうぞ」と、どの電話も口をそろえていっているかのようだ。

眼鏡屋も準備万端だった。フレデリクが森の下生えから現れた日の翌日には、仏教関係の本のタイトルをいくつもメモして書店に現れた。一冊も書店には置いてなかった。取次店に電話して注文をするのに、レッダー氏と眼鏡屋は日本人の名前の判読に苦労した。レッダー氏は難しい名前のスペルを受話器に向かって読み上げた。まるで取次店にモールス信号を送っているかのように。

注文した本が届くと、眼鏡屋はゼルマのキッチンテーブルに本を積み上げ、マーカーを手にしてすわった。そして読書に集中し、マーカーでたくさんアンダーラインを引いた。その間「ゼルマ、ここに書いてあることはみんなとてもすばらしいよ」と幾度となくつぶやいた。

ゼルマは眼鏡屋と向かい合ってすわっていた。靴下を繕い、口座振り込み用紙に必要事項を記入し、今は、曲がった左手の人差し指で切手をなでて封筒に貼りつけているところだ。ゼルマは何をするにもいつも、これが最初で最後であるかのようにていねいにするな、と眼鏡屋は思った。それから口を開いた。

「自我というものは存在しないって知っていた？　いわゆる自我というものは、息がそこを通って出入りするスウィングドアに他ならないんだってさ」

「スウィングドアにしちゃ、あんたの頬は赤すぎるわね」とゼルマはいった。

「息をして」と眼鏡屋はいった。

「息なら生まれてからずっとしているわ」

「ああ、だけどちゃんとしてみて」と眼鏡屋はいって深く息を吸い、それから吐いた。

「啓示は床をみがくことに始まり、それで終わる、とここに書いてある。知ってたかい？」

「知らなかったけど、そうであればいいと思うわ」

「それから、そもそも失われるものは何もないんだって。知ってた？」

ゼルマは眼鏡屋の顔をじっと見た。それから切手を貼った最後の封筒を他の封筒に重ねて席を立った。「わたしがパルムの啓示でもういっぱいいっぱいだってこと知ってる？　あんたまで、なんだかんだ言い出さないでほしいわね」

「ごめんよ」と眼鏡屋はいった。それからまた読書を続けた。

「後ひとつだけいいかい、ゼルマ」一分後に眼鏡屋はいった。「ほんのちょっとだけだよ。聞いてくれ。『何かを凝視すると、視界から消え、凝視しなければ、消えない』僕には理解できないな。きみにはわかるかい？」

「いいえ」とゼルマはいった。眼鏡屋が今消えてくれたなら、ゼルマとしてはありがたかった。そもそも自我というものがないのなら、そう難しいことではないだろう。けれども眼鏡屋はそこにすわり続け、マーカーでアンダーラインを引き続けた。

「ルイーゼに電話で彼にどういうことか訊いてもらわないとな」と眼鏡屋はつぶやいた。わたしがゼルマに電話したのはそのときだった。

「それで？　彼にもう電話したの？」とゼルマが訊いた。

「もちろんしてないわ」とわたしは答えた。

電話はまだしていなかった。通話中に固まってしまうのがこわかったからだ。重要な局面になると、緊張してあっという間に固まってしまうのがつねだ。そのせいですんでのところでアビトゥーア〔ドイツの中等教育修了試験。大学入学の資格試験でもある〕に落ちるところだった。運転免許の試験にも、一発では合格できなかった。体が固まったせいで、車のエンジンも止まってしまったのだ。書店の採用試験でも固まったが、それでも採用されたのは、ほかに受験者がいなかったからにすぎない。

「おばあちゃんに電話する方がいいと思って」とわたしは言葉を続けた。「元気にしている？」

「元気だけど、眼鏡屋はそうでもないわね。スウィングドアになったといってるくらいだから」

「ルイーゼにいってくれ。視界から消えるってのはどういうことか、電話で訊いてくれってな」眼鏡屋が大声でいっているのが聞こえた。

「禅僧に、見ようとしないと見えないっていうのはどういうことか、とかなんとかそんなふうなことを訊いてくれって眼鏡屋がいってるんだけど」とゼルマがいった。

「ルイーゼはまだ電話していないのかい？」と眼鏡屋が訊いて、ゼルマが「まだらしいわ」とささやいた。

「仏教ではまた『無為』ということも尊ばれている」と眼鏡屋がいった。

「今晩寄るわね」とわたしはいった。その晩ゼルマのところへ寄ると、眼鏡屋はあいかわらずキッチンテーブルに向かい、本を読んでいた。ゼルマはマッシャーでじゃがいもをつぶしていた。まるでちゃんと消えるものがあることを証明しようとしているかのように。

「わたし、今落ち着いて見える？」

読書中の眼鏡屋は「ああ」と、じゃがいもつぶしに忙しいゼルマは「ええ」と、上の空でいった。

「だったら今やる。今から彼に電話する」

眼鏡屋はアンダーラインがたくさん引かれた本から、ゼルマはすっかりつぶれたじゃがいもから目をあげずに「それがいい」、「いいわね」といった。

わたしは居間へ行って受話器を取り、長い電話番号を打ちこみはじめた。半分打ちこんだところで眼鏡屋が飛んできて、指で受話器の受けを押さえ、「今はだめだ」といった。わたしは彼の顔を見た。

「時差だよ」と眼鏡屋はいった。「向こうは今、午前四時だ」


その晩は居間の折りたたみソファで寝た。赤いコーデュロイでできたどでかい代物だ。わたしはしょっちゅうこの家に泊まっては、一階のゼルマのところか、二階の母のところで寝る。町とは違ってこの村の夜は、夜にふさわしく、しんと静かで暗い。

夜中の二時に起きた。ソファテーブルのスタンドをつけ、立ち上がり、眼鏡屋が赤い養生テープを貼った危険な場所を迂回して窓辺にいった。外は真っ暗闇だ。見えるものといえば、窓にぼんやり映る自分の影だけ。わたしはゼルマの寝間着を着ていた。膝丈の花模様の寝間着がぼんやり映って見える。

わたしは八時間の時差を計算した。今電話しなければ、永久に電話できないと思った。そうなったら時間は永久に先延ばしされ、二度と彼に会えなくなる。わたしは巻いてある電話のコードをフックからはずして窓辺にもどり、フレデリックの電話番号を打ちこんだ。

長いこと呼出音がしていた。まるで呼出音が日本に行き着くのに難儀しているかのようだった。ここから町まででもかなりかかる。そこからカルパチア山脈を越え、ウクライナの平原を抜け、カスピ海を渡り、ロシアとカザフスタンと中国を通り抜けなければならない。ヴェスターヴァルトから出た呼出音が日本にまで達するのはとても無理だと思った瞬間、電話線の向こうで誰かが受話器を取った。

「もしもし」と朗らかな声がした。子どもの遊びの名前のような響きだった。

「ハロー」とわたしはいった。「アイ・アム・ソーリ、アイ・ドーント・スピーク・ジャパニーズ。マイ・ネーム・イズ・ルイーゼ・アンド・アイ・アム・コーリング・フロム・ジャーマニー」

「ノー・プロブレム」と朗らかな声が返ってきた。「ハロー」

「アイ・ウッド・ライク・トゥー・スピーク・トゥー・フレデリク」と受話器に向かって、窓の前の闇に向かっていった。「トゥー・モンク・フレデリク」なんだかフレデリクにちなんで名前がつけられた山に向かってしゃべっているみたいだ。

「ノー・プロブレム」と朗らかな声がまた返ってきた。どうやら日本には問題があまりないらしい。いいことだ。

かなり長い間、受話器からは雑音しか聞こえなかった。朗らかな声の主がフレデリクをさがしている間、わたしは朗らかな最初のセリフをさがしていた。前もって考えておくべきだった。ゼルマと眼鏡屋といっしょに最上のセリフを練り上げておくべきだった。今となっては遅すぎる。今となっては窓の前の闇の中で、二級品のセリフさえ思いつけない。わたしは考えた。

「ハロー・フレデリク、仏教に関する専門的な質問があるんだけど」

「ハロー・フレデリク、空の旅は快適だった？」

「ハロー、フレデリク、ヘッセンといえば」

そこまで考えたとき、フレデリクではないまた別の僧が電話口に出た。「ハロー」とその僧はいった。「ハウ・キャン・アイ・ヘルプ・ユー？」

「ハロー」とわたしはいって、フレデリクと話したい旨を伝えた。その僧は受話器をさらにフレデリクではないまた別の僧に渡した。そういうことが何度か繰り返され、わたしは全部で六人の僧にあいさつをした。「ノー・プロブレム」と六人目の僧もいった。その後、背後で急いでやってくる足音がした。フレデリクだとわたしにはわかった。

「ヤー？」とフレデリクはいった。

わたしは受話器を両手でしっかり持ち直した。「ハロー」といったものの、後が続かない。

「ハロー、ルイーゼ」とフレデリクがいった。そしてわたしが押し黙っているので、こちらに話を切りだす術がないことにすぐに気づいた。それですぐさま、さりげなく続けた。まるで彼の方から電話をかけてきたかのように。

「ハロー、フレデリクだよ。アラスカはどうしてる？」

手の震えがおさまった。「ありがとう、元気にしているわ」

「それはよかった」

「アラスカは元気にしているわ。それであなたは？」

「ぼくはいつだって元気だよ。きみの方は？」

わたしは額を窓ガラスにつけて訊いた。「何か見える？」

「ああ。お日さまが照っている。真向かいに木造の小屋が見えている。屋根には苔が生えていて、その向こうに山が見える。滝も見えるよ」

「わたしはなんにも見えないわ。真っ暗だから。そっちは今何時？」

「午前十時だよ」

「こっちは夜中の二時よ」というと、フレデリクは笑った。「どこかで折り合いをつけないとね」

わたしは窓台にすわった。〈緊張〉がわたしの隣にすわって、まるでマルリースであるかのように、

「それがわたしよ。どうにもならないわ。甘んじるしかないわね」といった。

「何が見えないんだい？」

「居間の窓の前に生えているモミの木。その隣のクワガタウルシ。向かいの牧場の牛。リンゴの木とそこにある橋」

閉めきらずにいた居間のドアが開いて、アラスカがのそっと入ってきて、わたしの足元に丸くなった。わたしは立って、アラスカの老いた毛をなでた。それからまた窓に目を向けて外を見ようとしたけれど、窓ガラスに自分の姿がぼんやり映って見えるだけだった。それで目を閉じた。緊張を解かなければ何にもならない、そうしなければ人生は脇にそれてしまう。

「まだそこにいる？」とフレデリクに訊かれた。

物は見つめなければ消えない、とそんなようなことを眼鏡屋がいっていた。では話しかけたらどうだろう？　ひょっとして消えるだろうか？

「ええ、ごめんなさい。わたし、ちょっと固まっていたみたい。なんだかぼんやりして」

フレデリクはつぶやいた。「きみはルイーゼという名で、苗字ももちろんある。きみは二十二歳。親友はちゃんと閉まっていない電車のドアに寄りかかっていたせいで亡くなった。十二年前のことだ。きみのおばあさんがオカピの夢を見るたびに、誰かが亡くなる。お父さんは家から出ないと一人前の人間にはなれないと考えて、旅をしている。お母さんは花屋をやっていて、アルベルトという名のアイスクリームパーラーのオーナーと関係を持っている。眼鏡屋は狩人を殺そうとして野原の狩猟やぐらの柱にのこぎりで切り込みを入れた。眼鏡屋はきみのおばあさんを愛しているが告白していない。きみは書店で見習いをしている」

わたしは目を開けて、窓ガラスに向かってほほ笑んだ。

「この電話、接続がとってもいいわね」

「かなりね。雑音はほとんどしていない」

わたしは受話器を持って居間の中を歩き回った。電話のコードは後についてきたけれど、〈緊張〉はついてこなかった。

「今日はもう歩きながら瞑想をしたの？」

「いいや。だけど座禅はしたよ。早朝に九十分間」

すわってばかりいるせいで椎間板を傷めた眼鏡屋の姿が脳裏に浮かんだ。

「苦痛じゃないの？」

「苦痛だよ。かなり痛いけど、でもどうってことない」

「どうして僧侶になったの？」

「そうするのが正しいと思ったからさ。きみはどうして書店員になるの？」

「書店員の口があったからよ」

「それも悪くない。働き口があるのはね」

「いつも黒ずくめの格好をしているの？」

「ああ、ほとんどね」

「ちくちくしない？」

「しないよ。ねえ、ルイーゼ、きみと話せてよかったよ。だけどもう行かなきゃならない」

「また瞑想するの？」

「いいや、屋根にのぼって苔をむしるのさ」

わたしは赤い養生テープが貼ってある場所の前で立ちどまった。

フレデリクは会話の糸口を作ってくれたけど、締めくくりは肩代わりしてくれないから、自分でしなくてはならない。わたしはぎりぎりまで締めくくりの言葉をいわなかった。

「それじゃ、元気でね、ルイーゼ」フレデリクがいった。

わたしは赤い養生テープの上に一歩足をだした。

「また会いたいわ」

フレデリクは黙っていた。あんまり長いこと返事がないので、フレデリクが固まって、彼の名にちなんだ山になってしまったのではないかと心配になった。

「きみは最後の瞬間にドアに足を差し入れるのが得意だね」ふいにしごく真面目な口調に変わった。「よく考えてみないといけない。連絡するよ」

「でもどうやって?」

フレデリクはわたしの電話番号を知らない。だけど電話はもう切れていた。

花柄の膝丈の寝間着を着て、髪が寝ている間に乱れないようにヘアネットをかぶったゼルマが居間のドアを開けたとき、わたしはまだ片足を養生テープの貼ってある箇所に突きだしてバランスを取っていた。

「そこで何をしているの?」とゼルマは訊き、わたしの肩に手をかけて自分の方に向き直らせた。まるでわたしが夢遊病者ででもあるかのように。

「目はぱっちりしてるわ」わたしは電話の受話器を差し出した。「日本に電話してたのよ」

「この電話にとっちゃ世紀の一瞬だわね」とゼルマはいって受話器を受けとった。それからわたしの肩を押してソファのところまでいった。わたしは上機嫌でポロネーズを踊りだしたいくらいだった。

「また会おうかどうか、考えてみるって、彼いってた」そういって、ソファに腰をおろした。

「あんたももう一度よく考えてみた方がいいんじゃないの」といって、ゼルマは隣にすわった。頭にヘアネットをかぶっているせいで、額に網目があるように見えた。

「なんで?」

「離れすぎているからよ」とゼルマはいった。わたしたちふたりは、ぴったりくっついてすわっていた。ふたりとも派手な花柄の寝間着を着て。

「みんな遠くにいるわ」

「そう、そのとおり。だったらひとりくらい近くにいてもいいんじゃない。こんなことをいうのは、あんたに考えて欲しいからよ。彼とはなんにもならないかもしれないってことをね」

「なるわよ。信じてちょうだい」とわたしはいった。そして十四日後に手紙が来た。

隣村の未亡人がゼルマの家へ手紙を持ってきた。土曜日だった。

「ルイーゼ、あなた宛ての航空便がきたわよ」と未亡人はいった。ものすごい大声だった。〈叫びセラピー〉を聞きすぎた後遺症だろうかと、わたしは首をかしげた。未亡人は空色の薄い封筒をわたしに差し出した。色とりどりの花柄の切手の下にきっちりした書体でこう書いてあった。

ドイツ
郵便番号５７３２７
ヴェイヤースロート
フィヒテン通り３番地
〈瞑想の家〉気付け
(隣村の)ゼルマ様気付け
ルイーゼ様

「ずいぶん大雑把な住所ね」と未亡人は大声でいった。「この住所、中身の手紙より長いくらいだわ。彼、考えたけど、年末にまたドイツにもどるから、そのとき会えるって書いてきてるわよ。それから元気でねって、フレデリクはいってる」

「開封して中を読んだの？」とゼルマが訊いた。

「開ける必要なんてなかったわよ」と未亡人は大声でいって、封筒をひっくり返し、わたしとゼルマの頭上の天井灯の下に掲げた。封筒はものすごく薄く、中の便箋に記されている文字は黒いインクで書かれていた。それですっかり読むことができた。

賞費期限

九月、父が訪ねてきた。いつものようにふいに玄関先に立った。小麦色に日焼けし、髪はもじゃもじゃ、靴の底の溝には、いまだにアフリカの砂漠の土かモンゴル高原の草がこびりついているはずだ。リュックサックには北極の雪のせいでできた黴のしみがついている。いつものように父はドアのところで宣言した。「明日にはまた旅立たなきゃいけない」まるで家に入るのに必要な呪文を唱えでもするように。

旅に出るようになってから、父はつねに時計をふたつ手首につけている。一方には旅行先の現地時間が、もう一方には中央ヨーロッパの時間が表示される。「この時計があれば、ずっとみんなといっしょにいられる」と父はいっている。

ときどき家に寄ると、父は実際より大きく見え、場所を取る。それで手狭な住居に古い家具を再度運び入れるがごとく、物の配置をアレンジしなければならない。父が目を輝かせ、終えたばかりの冒険の話を大げさなジェスチャーをまじえてする間、わたしたちは部屋の隅に寄りそって立っていた。父はすごく大きな声で話した。数か月間、嵐の海か砂漠の風に向かってがなりたてていたかのように。

父を見るなりアラスカは有頂天になった。瞬時に若返り、父のそばを片時も離れず、周りをぐるぐる回ってしっぽを振り続けた。アラスカは図体が大きいので、コーヒーカップや雑誌がソファテーブルから振り落とされ、台所の窓台からスミレの鉢が落ちて割れた。わたしたちはアラスカの後についてカップや鉢の破片を拾い、土を掃き集め、ゼルマは「愛の力はたいしたもんね。気のせいかアラスカはこの半時あまりで、また少し大きくなったみたい」といった。

「それで、みんな、どうしていた？」

心配げな口調だったので、わたしたちの生活のことではなく、風邪の経過か、さぼって出なかった特別に退屈な村の会合のことを訊かれたような気がした。

「お坊さんとはどうなった？」

「もうすぐ訪ねてくるわ」とわたしはいった。

「ドクター・マシュケは仏教を信奉している」と父はいって、ビニール袋をひとつリュックサックから取り出した。「解脱とか。仏教について一度ゆっくり話してみるといいよ、ルイーゼ。彼、きっと喜ぶよ」

ビニール袋の中身がキッチンテーブルの上にぶちまけられた。アラビアの新聞紙に包まれたおみやげが出てきた。ゼルマは新聞紙を開けて、スパンコールを散りばめた明るい緑色のカフタンを取り出した。

「ありがとう」ゼルマはきらきら輝くカフタンを髪の毛がくしゃくしゃにならないよう気をつけながら頭からかぶり、体にそって下に引っ張り試着した。きらきらのカフタンの裾から薄茶色の整形用の靴がのぞいて見えた。

眼鏡屋はガラスびん入りのチュニジアのハチミツ、わたしはサドルバッグをもらった。

「そのバッグはラクダの革でできてるんだ」と父がいい、「それは実用的だな」と眼鏡屋がいった。

母はその場にいなかったので、母の分のおみやげは新聞紙にくるまれたままキッチンテーブルにのっていた。

夕方、わたしたちは家の前の階段にすわった。父が一番下の段に腰かけ、アラスカが足元にうずくまった。ゼルマと眼鏡屋とわたしは、父の後ろの一番上の段にすわった。父はクレテック〔タバコ草にクローブなどの香料を混ぜたものでクローブたばこともいわれる〕を吸い、空をあおいで星空を指差した。

「すごいよな。どこにいても同じ星空が見えるなんてな。信じられない。そうだろう?」

すてきな考えだったので、眼鏡屋は厳密にいえば同じではない、といわずにおいた。

ゼルマは星空ではなく父の頭を見ていた。そしてずり落ちていた眼鏡をかけ直すと、鼻先が父の髪の先に触れるほど深く身をかがめた。

「あんた、虱がついてるわよ」

「母さんたら」父はうなった。

「子ども用の虱取りがどこかに取ってあるはずだわ」そういって、ゼルマは以前マルティンとわたしの虱を捕るのに使った櫛をさがしに家に入った。

わたしは父とともに夜空を見上げた。

「日本にいったことある?」とわたしは訊いた。

「いいや、日本にはあんまり興味ないな。だけどドクター・マシュケは仏教を信奉している」

ゼルマが虱取りとヘアキャップとシャンプーを手にもどってきた。

「虱取り用のシャンプーも見つけたわ」

「まだ使えるのかい？　少なくとも十五年は経ってるよ」と眼鏡屋がいった。

父はゼルマからシャンプーのボトルを受けとり、眺め回して記載を調べた。

「消費期限はどこにも書いてないな」

ゼルマは「さあさあ」といってボトルのキャップを開けた。ゼルマにとっては、書いてないのなら消費期限はないに等しかった。

ゼルマはシャンプーを父の髪の毛につけてなでつけた。髪の毛が艶光りしてロック・ハドソンみたいになった。

「すごいな」と父がまた星空を見上げていった。

「頭をまっすぐにしててちょうだい。ヘアキャップをかぶせるわよ。一晩で効き目が出るはずだから、いいわね」そのヘアキャップはフリルがついた紫色の代物で、何年も前にエルスベートから借りっぱなしになっていた。「悪いけど、ヘアキャップはこれしかないのよ」

「いいからかぶせてくれ」

ゼルマはヘアキャップに両手を入れて広げようとした。とたんにフリルの間に小さな裂け目ができた。どこにも書いてなかったけれど、ヘアキャップは明らかに期限切れだった。

父は頭の上のフリルをさわってこっちを向いた。「どうだい？」

「とっても似合うわよ」わたしは笑っていった。

「アストリッドはどこにいる？」父が訊いた。

ゼルマと眼鏡屋とわたしは顔を見合わせた。母がアイスクリームパーラーのオーナーと関係を持っていることを、父は知っているんだろうか？

「もうすぐもどってくるはずよ。アイスクリームパーラーへ行っているから」とわたしはいった。

「そうかい」という返事だったので、父は知らないのだとわかった。

数分後、斜面を登ってきた母の車のヘッドライトがわたしたちの頭上に影を投げかけると、ゼルマは父の肩に手を置いた。

「ペーター、アストリッドも近頃は多少世界を取り入れていてね」

車から降りてきた母は、父の姿を見るなり一瞬立ちつくした。それからこっちへやってきた。包装紙で包んだトレイを手にしている。父は立ち上がった。

「やあ、アストリッド」

母はヘアキャップをかぶった父を見、それからカフタンを着たゼルマに目を移し、「ふたりともなんでも身につけられるのね」といった。

父が母の肩を抱こうとすると、母はぱっと手を差し出した。それから包み紙をはずした。丸いアイスクリームが三つずつ入った紙のカップが三つ、トレイにのっていた。アイスクリームはすでに溶けかけていた。

「おいしそうだな」と父がいった。

「三つしか持ってこなかったのよ。あなたがいるとは知らなかったから」と母はいった。

「わたしの分をあげる」とわたしは父にいった。

「だめよ」と母はいって、「二階へきてちょうだい、ペーター、話があるの」と続けた。

父は母について家へ入った。ふたりが階段を上がって二階へ行く足音が聞こえた。

「あの子もかわいそうに。ショックを受けないといいんだけど」ゼルマがいった。

わたしたちはアイスクリームの入ったカップを横に置いて溶けるにまかせた。眼鏡屋は父が置いていったつぶれたクレテックに手を伸ばし、一本に火をつけた。母の花屋にいるようなにおいが広がった。

マルティンが亡くなってすぐに、ゼルマは眼鏡屋がタバコを吸うことを知った。けれども眼鏡屋はゼルマの前では一度もタバコを吸ったことがなかった。ゼルマは大人が立ち小便をするところを初めて目にした子どものように、眼鏡屋に目を奪われていた。眼鏡屋としては、とても吸っている気になれなかった。といっても花の味がしたせいではなく、ゼルマにじっと見つめられているせいだった。

「そんなにじっと見ないでくれ」と眼鏡屋はいった。

「あんたがタバコを吸うなんて、信じられない」とゼルマはいって、眼鏡屋がタバコを吸うのを見続けた。

眼鏡屋はため息をついた。

「とても吸えたもんじゃない」そういって、タバコを踏み消した。ゼルマには隠したままにしておいた方がいいことがいくつかあるな、と眼鏡屋は思った。

二十分後、父が二階からおりてきて、また外階段にすわった。父は人差し指をヘアキャップの下に入れて髪の毛をかいた。ヘアキャップはずり落ちないようにぴったり頭にかぶせてあった。

「これでいい。これでいいとも」と父はいった。

「何がいいっていうの？」ゼルマは父の肩をなでた。

「これでみんな申し分ないってことだ。よかったよ」

父はそういってタバコに手を伸ばした。わたしは、母とアルベルトのことも一晩置いてあらためて考えてみるべきじゃないかと思った。でもそうはならなかった。父はアルベルトのことはもう口にしなかった。そしてゼルマの居間の赤いソファで寝て、翌朝虱取りシャンプーを洗いながし、洗ったはいいがまだ乾ききっていない下着をリュックサックにつめた。

「それじゃまた旅に出るよ。みんなに会えてよかった」と父はいい、アラスカはあっという間にまた実年齢にもどった。

「ああ、きみか」とレッダー氏はいって、いつものようにもじゃもじゃの眉をひそめた。「そろそろなんとかしてもらわないとな。マルリース・クランプが今日また文句をいいに来たよ。きみの推薦本はまたしても気に入らなかったってね。残念だが、ルイーゼ、こんなことが続くようじゃ……」

「これをどうぞ」といって、わたしはサドルバッグを差し出した。レッダー氏の顔は瞬く間に輝いた。

「これはすごい、ルイーゼ。なんてすてきなんだ」レッダー氏はバッグの革をなでた。「これ、本当にもらっていいのかい？」

「ええ、どうぞ。本物のラクダの革でできています」

「なんと礼をいっていいやら。そうだ、これは旅行関係の本の棚の上に飾ろう。どこで手に入れたんだい？」

「知り合いから」とわたしはいった。

旅行関係の棚の上にサドルバッグを飾ろうと、折りたたみ式の脚立にのっていると、母がふいに横に立った。わたしは棚の上にバッグを置いた。

「何しにきたの?」わたしは訊いた。母は金色の長い房飾りのついた濃い青色のショールを肩にかけていた。上から見下ろすと黒く染めた髪の根本が灰色になっているのが見て取れた。

「あの人はまったく驚かなかった」と母はいった。高価なプレゼントをしたのにまったく喜んでもらえなかったとでもいうように。

エルスベートの視点から見るキヅタ

「ルイーゼのところに今度日本からお客さんが来るのよ」と十月にゼルマはエルスベートにいい、他言しないようにと何度も念を押した。わたしがどう思うかわからなかったからだ。けれども口封じはよろず屋のところまでしかもたなかった。

エルスベートはわたしの母がこしらえたリース〈秋の夢〉をよろず屋に届けにいった。近頃よろず屋は季節に合わせて店を飾っていた。それにエルスベートはネズミ取りが入り用だった。よろず屋は目が行き届くように、カウンターの隣の棚に酒を並べているところだった。オーバードルフの双子に、すでに何度も酒を万引きされていたのだ。

「墓地の土をフライパンであぶれば、泥棒は盗品を返してよこすわよ。酒びんの間にネズミ取りを仕掛けておくのもいいかもしれないわね。ところでネズミ取りがひとついるんだけど」エルスベートはいった。

よろず屋はネズミ取りを取ってきて、「近頃調子はどうだい?」と訊いた。とたんにエルスベートの口から言葉が飛びだした。

「ルイーゼのところに今度日本からお客さんが来るのよ。仏教の僧侶よ」

「そいつはまたたいしたもんだ」といって、よろず屋はエルスベートといっしょにレジにもどった。

「ところで仏教の僧侶は生涯独身を貫かなきゃいけないのかい？」

「わからないわ」とエルスベートはいって、ネズミ取りの仕組みを調べた。罠にかかるとネズミの首の骨が折れる仕掛けになっていた。「わたしはずっと独り身だけれどね」

「ルイーゼがそのお坊さんに恋をしているなら、そこんところははっきりさせといた方がいいだろうな」

「誰が独身を貫いているの？」ちょうど店に入ってきた農夫のホイベルの孫娘が訊いた。

「わたしよ」とエルスベートがいってネズミ取りの代金を支払っている間に、よろず屋が「それからルイーゼが恋をしている日本からきたお坊さんだよ」と付け加えた。

「その僧侶はものすごくハンサムにちがいないわ」とエルスベートがいった。

「だったらきっと生涯独身にはならないわね」とホイベルの孫娘が応じた。エルスベートは憤慨し、容姿と独身とは無関係だと反論した。

「なんでハンサムだって知ってるんだい？　その坊さんに会ったのかい？　写真はあるのかい？」よろず屋が訊いた。

「あいにく会ってはいないけど、ルイーゼがゼルマにそういったのよ」

そこへ眼鏡屋がやってきて話に加わった。眼鏡屋は片手に冷凍のシーフードグラタンを持っていた。ちょうど一人分の量だ。それから背中に貼る温湿布薬も。

「ちょっと聞いてくれ」と眼鏡屋は口を切った。「何かを凝視すると、視界から消えてしまう。けれども凝視しなければ消えない。どういうことかわかる？」

「店の品物をちょろまかした言い訳としちゃ、これまでに聞いたなかで一番独創的だな」とよろず屋がいった。

エルスベートは眼鏡屋にネズミ取りを見せた。「死んだネズミが目の疾患に効くって知ってた？これでネズミをつかまえたら、お宅の店へ届けるわね」

「ありがとう。でもいらないよ」と眼鏡屋はいった。

「ルイーゼは生涯独身を貫かなくてもいい、日本に住んでいるお坊さんに恋をしていて、そのお坊さんは後三週間で訪ねてくるんですってね」とホイベルの孫娘がいった。

「それについちゃ何もいわないよ。ルイーゼのことだからね。人の問題に首をつっこむ以外にすることはないのかい？」眼鏡屋がいった。

「ないよ」

「ないわ」とよろず屋とホイベルの孫娘が同時にいい、

「あいにくね」とエルスベートが付け加えた。

眼鏡屋はため息をついた。「恋だの愛だのいうにはまだ早すぎる。ルイーゼはその僧侶のことをほとんど何も知らないんだからね」

「恋をするのにその人のことを知る必要はないわ」とエルスベートがいった。

「他になにか知っていて？」とホイベルの孫娘が訊いた。

「もちろん」と眼鏡屋は答えた。仏教の僧侶のことではなく、仏教そのものについて訊かれたと勘違いしてつぶやいた。「認識は平常心で生きることに存する」

よろず屋は湿布薬を袋に入れていった。「それってまさに独身を貫くことに聞こえるな」

眼鏡屋は村のあちこちを仏教の教えを説いて歩き、かつてフリートヘルムが歌で閉口させたように村人を悩ませた。

フレデリクが現れてからというもの、内なる声がうるさくなると、眼鏡屋は仏教の教えを引用して立ち向かった。とくに夜十時以降は。けれどもたいして効果はあがらなかった。というのも内なる声は、町のギフトショップのタバコの煙がしみついた絵葉書の文句で対抗してきたからだ。

夜十時に眼鏡屋は、ベッドサイドのラグの上でコールテンのスリッパを脱ぎ、ひとりが寝るのにちょうどいい大きさのベッドに入る。

子どもの頃、眼鏡屋は母親に繰り返しいいきかされた。心配事があっても、夜寝るときにスリッパにそれを入れておけば、朝には消えているると。けれどもうまくいった試しがなかった。というのも内なる声は自分を高く買っていて、スリッパなんぞではとうてい満足しなかったからだ。

内なる声は失敗したことや、まったくやらなかったことを指摘しては眼鏡屋を非難し続けた。これまでの人生で起きた、あれやこれやを見境なく引き合いに出しては、裸足の足の前に投げつけた。まさに内なる声が止めたせいでしなかったのに、そうした事実は完全に無視した。あろうことか、他ならぬ内なる声のせいでやらなかったことを、ことごとく持ちだしたのだ。

たとえばこんなふうに。

「おまえは六歳のとき、小川のアップフェルバッハを飛び越えなかった。他の子はみんな勇気を出して飛び越えたのにな」

「だけど、きみたちがやめろといったんじゃないか」眼鏡屋は抗議する。

「今となっちゃ、そんなことはどうでもいい」と内なる声はいう。何を問題にするか決めるのはいつだって内なる声で、眼鏡屋が決めたことは一度もなかった。

内なる声が一番好きなのは、ゼルマを引き合いに出すことだった。

「ゼルマに愛を告白するのを、いったいいつからためらってるんだい？」と内なる声は楽しそうに訊く。「よく知っているはずだ。きみたち以上によく知っている者はいない」と眼鏡屋は言い返す。

「よくいうよ」

「きみたちがいつだって止めたんじゃないか」眼鏡屋の声がおもわず大きくなる。

夜中の零時頃になると、内なる声はたいてい具体的な例を出すのに飽き飽きして、「なんでも」とか「なんにもない」とか「一度もない」とか「いつだって」とかの一語で非難をすますようになる。これが眼鏡屋には一番堪えた。「いつだって」と「一度もない」を一掃するのはもともと困難だった。それが年とともによりいっそう困難になった。

「おまえは勇気を出してやってみたことがまったくない。思い切って何かしてみたことがまったくないんだ」と内なる声がいう。

内なる声があんまりはっきり、きっぱりいうので、周りの者に、たとえばゼルマに聞こえてないとはとても信じられないと思うことがよくあった。眼鏡屋はエルスベートの死んだ夫のことを思い出した。エルスベートの夫はひどい耳鳴りに悩まされていて、とうとう父の診察台の上で泣きだしてしまったくらいだ。彼は自分の耳を、父の耳のすぐそばまで近づけて途方に暮れて訊いたものだ。「これが先生には聞こえないんですか？　先生に聞こえないなんて、そんなのありえませんよ」

「黙れ！」と眼鏡屋は試しにいって横向きになると、ベッドの横のラグの上にそろえて脱いであるスリッパをじっと見た。

「おまえは思い切って何かをしてみたことが一度もない」と内なる声がいった。

「ああ、きみたちがいつだってやめた方がいいといったからな」と眼鏡屋は大声で反論し、内なる声は、肝心なのは結果だ、と繰り返す。こうして一晩中、堂々巡りが続く。その結果、眼鏡屋は翌朝決まって寝不足で疲れ切る憂き目にあう。そして視力検査用の椅子にすわり、「いつだって」と「一度もない」のおもりを持ち上げようとして、しまいに頭をペリメーターにつっこむことになる。そこにだけは、内なる声も入ってこられないからだ。

フレデリクが現れてからは、仏教の本をナイトテーブルに置き、内なる声がゼルマを引き合いに出して「一度もない」や「いつだって」で責めはじめるや、マーカーを引いた頁を開き対抗した。

「我は川なり」と眼鏡屋はいう。それから「汝らは我が上を流れゆく木の葉だ」と続ける。

「川といえばアップフェルバッハだよな」と内なる声はいう。

「我は天なり」と眼鏡屋はいって、「汝らは我がかたわらを流れていく雲にすぎない」と続ける。

「違うよ、眼鏡屋」と内なる声は反論する。「天は誰でもない。おまえは雲だ。それもただのちぎれ雲で、ぼくらはおまえを吹き散らす風だ」


十一月初頭、計画変更があってフレデリクが翌日には現れることをまだ知らないときに、わたしはリストを手に村中を歩き回った。マルリースから始めた。最悪のケースをまずはクリアするために。

「誰もいないわよ」と閉まっているドアの向こうでマルリースがいった。

「お願いよ、マルリース、ほんのちょっとですむから」

「誰もいないんだってば。あきらめるのね」

わたしは家の裏手に回って、台所の窓から中をのぞいた。マルリースはいつものようにノルディックセーターを着て、パンツを履いてテーブルに向かっていた。もう三十半ばだが、実年齢より若く見える。何かがマルリースの若さを保っていた。

わたしは傾いている窓の隣の壁に寄りかかった。

「マルリース、もうすぐ日本からわたしのところにお客さんが来るのよ」窓の隙間越しにいった。

「そんなの興味ない。まったくね」

「わかってる。これだけいっておきたくて、えっと、もしそのお客さんに会うことがあったら、……もしも会ったらだけど、少し愛想よくしてもらえない？　感じよくね。ほんのちょっとでいいの。そうしてもらえるとありがたいんだけど」

タバコに火をつける音が聞こえ、少しして紫煙が窓の外に流れてきた。

「わたしは感じよくないの。あきらめることね」

わたしはため息をついた。「オーケー、マルリース。ところで近頃どうしている？　何も問題ない？」

「これ以上ないくらい元気よ。じゃあね、さよなら」

「元気でね」それだけいって、壁から離れ、エルスベートのところへ向かった。エルスベートは大きな胸の下で腕を組んで庭に立ち、キヅタがからんでいるリンゴの木を眺めていた。

マルティンの死後、葉をブロワーで吹き飛ばそうとしたあのリンゴの木だ。その後秋になって、リンゴの木が葉を落とすと、エルスベートは根元を蹴飛ばして涙を流しながらいったものだった。今となってはもう遅すぎるし、そのまま葉をつけていてもかまわないと。

エルスベートはキヅタを指差した。「これを刈り取りたいんだけど、でもそうしたくなくもあって」ともごもごいった。植木バサミがリンゴの木の根元に立てかけてあった。

「どうしてそうしたくないの？」

「キヅタは魔法にかけられた人間であることがよくあるのよ」とエルスベートが説明しはじめた。「それでね。からんでいる木のてっぺんにたどりつくと魔法がとけるの」

「迷信のことなんだけど」とわたしは話を切りだした。

「問題は、人間を助けるべきか、それとも木を助けるべきかなのよ」とエルスベート。

キヅタはすでにリンゴの木の幹の上部に達していた。

「わたしならリンゴの木の方を選ぶわ。もしもキヅタが人間だとしたら、すでに半分は解放されてるわけでしょ。それでもう十分なんじゃない」

エルスベートはぽっちゃりした手でわたしの頬をなでて「あんた、最近いうことがますますゼルマに似てきたわね」といい、植木バサミを手に取った。

「ねえ、エルスベート。もうすぐわたしのところに日本からお客さんが来るんだけど、頼みたいことがあるの。迷信の話をすることを少し控えてもらえない？」

「どうしてまた？」エルスベートはそういって、ためらいがちにキヅタを刈り取りはじめた。ハサミを入れるたびに、人間かもしれないキヅタにあやまりながら。

「奇妙だからよ」

「でも、わたしが迷信の話をしなくなったら、そっちの方がもっと奇妙なんじゃない？　もしかしてあなたは人間かもしれないわね、ごめんなさい」

「そんなことないわ。ほかのことを話せばいい」

「いったいなにを？」

「たとえば、村の集会所でやるクリスマス会の準備で大わらわのこととか」とわたしは提案した。

「午後やるのがいいか、それとも夕方の方がいいかとかね」

「ちっともおもしろそうじゃないけど。でも、まあいいわ。迷信の話はしないことにする」そういってから、またキヅタにあやまった。「忘れなきゃいいんだけど。あっ、ちょっと待って！」

エルスベートはわたしの手に植木バサミを押しつけて、目をつぶり、大きく二歩前に出て、それから二歩下がった。

「なんなの？」と訊くと、

「こうすると忘れないですむのよ」という答えが返ってきた。


眼鏡屋がペリメーターに頭をつっこんでいるのが見えた。ゼルマもいた。ゼルマは眼鏡屋にクッキーを持ってきて、机の端に腰かけていた。その机にはフォロプターがのっていた。それを使えば未来が見えると子どもの頃マルティンとわたしが信じこんでいた器械だ。

店のドアチャイムが鳴ると、ゼルマは「ルイーゼよ」といって、客が来たのではないことを眼鏡屋に知らせた。眼鏡屋がペリメーターに頭をつっこんだまま、小さい点が見えるたびに信号を送れるように。

「後でアラスカを連れて帰ってもらえない？　明日は一日中、医者にかからなきゃならないから」

ゼルマがいった。ゼルマは変形した手に痛み止めの軟膏をぬっていて、それが艶光りしていた。

「もちろんよ。ちょっと頼みたいことがあるんだけど」とわたしはいった。

「聞いてるよ」と眼鏡屋がいった。

「フレデリクにあんまり仏教のことを訊かないでほしいんだけど」

眼鏡屋はペリメーターから頭を出して回転椅子を回し、こっちを向いた。「どうして訊いちゃいけないんだい？」

「フレデリクは仕事で来るわけじゃないからよ」わたしは父のことを思い出しながら答えた。まだ医者だった頃、父は診療時間外にも、ひっきりなしに病気の症状のことを尋ねられていた。道端でも、アイスクリームパーラーでも、それどころかドクター・マシュケの待合室でまでも。

「その紙はなんだい？」と眼鏡屋が訊いた。わたしはリングバインダーから抜いた罫線入りの紙を見せ、それを眼鏡屋は声に出して読んだ。

マルリース	もう少し感じよく
眼鏡屋	仏教を話題にしない
エルスベート	迷信のことをあまり話さない
ゼルマ	あまり懐疑的にならない
パルム	聖書の引用を少し控える
ママ	うわの空をやめる
わたし	緊張しない、あまり驚かない、心配しすぎない、新しいズボンを買う

眼鏡屋は背中の下の方を押さえて「仏教では信頼が重んじられると思ってたんだが」といった。

「そのとおり、だけど必ずしもわたしたちの信頼のことをいっているわけじゃないわ」

「新しいズボンを買うのはいいと思うわ」とゼルマがいった。

「だけどなんで聖書の引用がだめなんだい？」とさらに眼鏡屋が訊いた。

「仏教徒だから、もしかして気に触るかもしれないと思って」とわたしは答えた。まるで仏教とキリスト教が競合するサッカーチームででもあるかのように。

「仕事で来るわけじゃないんだろ」と眼鏡屋はいい、ゼルマは「お坊さんは何をいわれても動じないのかと思っていたわ。でもたぶんもう少し懐疑的になった方がいいわね」といった。

「それはそうと、仏教では煩悩を払うことが大事だよ」眼鏡屋はそれだけいうと、またペリメーターに頭をつっこんだ。

「さあ、散歩に行きましょ。もうすぐ六時半になるわ。どうやらあんたには新鮮な空気を吸う必要がありそうね」ゼルマがわたしにいった。


わたしたちはウールヘックを歩いた。風が吹き荒れていて、森はざわめいていた。わたしたちはコートの襟を立てた。風にあおられて髪が顔に当たる。ゼルマはぬかるんだ野道の上を車椅子を操作して進んだ。

ゼルマは足が悪くなっていたが、ウールヘックを散歩する日課をやめなかった。それでわたしたちは車椅子を買ったのだ。マウンテンバイク用のような太いタイヤがついたやつを。ゼルマは車椅子を押してもらうのを嫌がった。いつもしばらく車椅子でわたしのかたわらをガタゴト進んでから、おもむろに立ち上がり、歩行器のように車椅子を押して歩く。

ゼルマは散歩しながら、自分の考えを解き放って散歩させ、その間、わたしにもそうさせようとしたけれど、なかなかうまくいかなかった。とりわけフレデリクの訪問が近づくにつれ、考えはもつれて文字を綴った飾り帯のようにわたしと森の木々の周りに巻きついた。

「どうしてそんなに心配ばかりするの？　どうしてそんなに神経質になっているの？」とゼルマが訊いた。

わたしは車椅子が難儀しながらぬかるみを進むのを見て、「ハインリヒ、車がこわれる」といった。

ゼルマはわたしを横目で見て、「わたしはそうは思わないわ」と応じた。

「わたしたちみんな、フレデリクに奇妙に思われないかと心配で」

「彼だって奇妙じゃないの。森の下生えの中から現れて、マースのチョコバーを食べるなんてね」

車椅子がぬかるみにはまって動かなくなった。ゼルマは車椅子をガタガタ揺すってぬかるみから出した。

「でもそれだけじゃないんでしょ？」ゼルマが訊いた。

「ええ、それだけじゃないわ」フレデリクの訪問が近づくにつれ、ゼルマがオカピの夢を見た後の村人たちのように、わたしは心臓に疑いを持つようになった。心臓はこれほど注目されることに慣れていなかったせいで取り乱し、やたら速く脈打つようになった。心筋梗塞が起きるときには片腕がむずむずすると聞いていたけれど、どちらの腕なのか知らなかったので、両腕がむずむずした。

「あんたは混同している」とゼルマがいった。

愛は人をふいに襲う。この間、隣村の農夫のライディヒのところに現れた執行官のように、いきなり侵入してくる。侵入してきた愛は、家財道具すべてに差し押さえの封印を貼って、「もう何もかもあなたのものではありません」というのだ。

「あんたは混同している、ルイーゼ。それは愛じゃなくて死よ」

ゼルマは片腕をわたしに回した。ぬかるみの中、わたしと車椅子の両方を押しているかのように見えた。

「それに、そのふたつには微妙な違いがある。愛の国からならもどってこられる」そういって、ゼルマはほほ笑んだ。

ゼルマとわたしがウールヘックを歩いている間に、眼鏡屋はフォロプターの無数のレンズを点検した。もちろんフォロプターを使っても、レッダー氏が明日またアラスカを罵って、〈ブルーオーシャンブリーズ〉を噴射することは予測できなかった。計画の変更があって、饒舌なこわれた留守番電話が、フレデリクがもうそこまできているというニュースに絶句することも見えなかったし、わたしがフレデリクに向かって走っていくことも、階段の踊り場で、抱き合っていいかどうか、いいとしてどうやればいいかわからず、わたしたちが途方に暮れることも見えなかった。フレデリクが笑って「そんな日で見るなよ。ぼくは悪魔じゃないよ。フレデリクだよ。ぼくたち電話で話しただろう」ということも。

もしも見えたとしても、眼鏡屋は黙っていた。

住まいのドアの前にフレデリクと立つなりわたしはいった。「早すぎるわ」再会して最初の言葉としてはこれ以上ない陳腐なセリフだ。

「わかってる、ごめんよ」とフレデリクはいった。「ひとつ延期になったことがあって。きみ、少し震えてるじゃないか」それから「いや、少しどころじゃなく震えてるよ」といった。

「これが普通よ。わたしはいつだってこうなの」

向かいの住まいのドアにかかっていた塩入の生地でできた小さいリースが落ちて粉々に割れた。フレデリクはその破片をちらと見てからわたしに視線をもどした。

「ちゃんと固定してなかったのよ」とわたしはいった。

フレデリクの親しさと注意深さをないまぜにした視線をしかと受け止めるのは難しかった。

「中へどうぞ」ドアを開けてフレデリクを促した。

狭い廊下には引っ越し用の箱がふたつ置いてあり、中に父が診察で使っていた物が入っていた。父は自分の持ち物を、あちこちに分散させて置いていた。箱のいくつかはエルスベートの家の地下室に、いくつかはわたしのところに、そして大半はゼルマのところに置いてあった。

アラスカもいたので廊下はとても窮屈で、わたしたちふたりと一匹は、戸棚に押しこめられてでもいるようだった。フレデリクはかがんでアラスカをなでようとしたけれど、もっと場所が広くないとかがむにかがめない。

「これはいったいなんだい？」フレデリクは箱の一番上にのっている透明のプラスティックケースを指差した。

「喉と鼻と耳の診察に使う器具よ」

「広めの部屋もあるの？」

「こっちへきて」わたしはフレデリクを寝室へ通した。

フレデリクには、ここはどんなふうに見えるだろうか？　折りたたみ式のソファがあって、その上にアラスカ用の毛布が敷いてある。それからわたしの子ども部屋にあった本棚。簀の子の上にマットレスを置いたベッド。隅に積み上げられた試し読み用の本。フレデリクは本棚を見て、すぐに目をそらし、壁にかかっている小さい写真のところへまっすぐ足を向けた。その写真だけは、この部屋の中で唯一、ほこりを払っていなかった。

「お客さんが来るときは、家の中を丹念に掃除するけれど、お客さんは決まって掃除し忘れたところにすぐさま足を向けるものなのよ」といつだったかゼルマがいっていた。

「マルティンよ」とわたしはいった。写真に写っているのは四歳のときのわたしとマルティンだった。カーニバルのときにゼルマが撮ったものだ。わたしはエルスベートの大きすぎるスミレ色の帽子をかぶってスミレに、マルティンはイチゴに扮していた。眼鏡屋は人工芝を肩にのせて苗床になり、マルティンを腕に抱いていた。

「本棚が傾いてるよ」とフレデリクが写真から目を離さずにいった。

「お腹すいている?」とわたしは訊いた。

「ああ、とっても」

「考えたんだけど、ここには和食の店があって、仏教徒のための精進料理というメニューもあってね。それがいいかなと……」

「正直いって、フライドポテトが食べたいな。ケチャップをつけてね」


わたしたちはアラスカを間にはさんで町を歩いた。わたしは町行く人々がフレデリクの美しさに目を見張らずにいることに驚いた。追突事故も起こらないし、フレデリクをよく見ようと首を伸ばす者もいない。街灯の柱にもぶつからないし、何やら議論しながらかたわらを通りすぎたカップルも話の接ぎ穂を見失わなかった。通行人の中には、ちらと横目でこっちを見た者もいたけれど、それはフレデリクが身につけている僧衣に目を引かれたにすぎなかった。


わたしたちは軽食屋に入った。ハイテーブルがふたつ、スロットマシーンが一台あって、片方のテーブルの上部に小さなテレビがかけてあった。スロットマシーンがちかちか点滅して、単調な音を出している。古い油のにおいがした。

「ここはすてきだね」とフレデリクがいった。それもしごくまじめに。

フレデリクはフライドポテトを四皿食べた。

「きみももっと食べる?」わたしが自分の皿の分を食べ終わると、何度もそう訊いてはプラスティックのフォークにフライドポテトを刺して差し出した。

「とってもおいしいよ」フレデリクはいった。

頭上のテレビでは、アル・バーノ〔イタリアの歌手・俳優〕とロミーナ・パワー〔イタリアの歌手・女優〕が『フェリチタ』〔一九八二年のヒット曲〕を歌っていた。

「歌を聞いて思い出したんだけど、きみのお母さんとアイスクリームパーラーのオーナーの関係はどうなってる？」それだけいうと、ケチャップの小袋をもうひとつ破ってフライドポテトにかけた。

「うまくいってるわ。でも母は父をまだ愛してると思う」

「ふーん、そうなんだ。それでお父さんの方はどうなんだい？」

「父は旅に出ている」

「それで眼鏡屋は？　もうきみのおばあさんに告白した？」

「ううん」

「ふーん、そうなんだ」とフレデリクはまたいって、フライドポテトを五ついっぺんに口に入れた。わたしはフレデリクに笑いかけた。「日本では何を食べているの？」

「御飯とおかずを少し。主にね」フレデリクは口の端についたケチャップをぬぐった。「コーラはまだある？　おいでよ、コーラを取ってくるよ」

フレデリクは立ち上がり、カウンターの隣の冷蔵庫へ向かった。スロットマシーンの脇を通ったけれど、そこにいた男はフレデリクの方を向こうともしなかった。

村へ行かなくてよかった。もし行っていたら、村人の何人かに出会って、後からフレデリクが本当にわたしといっしょにいたと証言されることになっただろう。スロットマシーンのところにいる男も軽食屋の主人も、まともな証人にはならない。彼らはどういうわけかフレデリクにはかまわず、ほかのことに専念していた。ギャンブルやら、電熱式フライ鍋でフライドポテトを揚げることやらに。

フレデリクがもどってきて、後に眼鏡屋がシアンブルーだということになる明るい目を輝かせてこっちを向いた。まるでコーラではなく隠されていた宝物を見つけたかのように。わたしは彼からコーラを受けとった。手はもう震えていなかった。

あなたがここにいてくれてすてきだわ。心の中でつぶやいた。

フレデリクは笑って頭を後ろへそらし、「ここにいられてすてきだよ」とほっとしたようにいった。まるでそれまでは自信がなかったような言い方だった。

その晩、わたしたちは片腕を伸ばせば届くくらいの距離を置いて過ごした。フレデリクは折りたたみ式ソファの上で、わたしはベッドの中で。フレデリクの僧衣が気絶した幽霊のように椅子の上にかかっていた。仏教徒はどんな下着をつけているのだろうか？　相撲取りが身につけているような代物でなければいいけど、とわたしは思った。ありがたいことにフレデリクが身につけていたのはごく普通の下着だった。

フレデリクは折りたたみ式ソファを、傾いている本棚が目に入らない位置に広げていた。ふたりして部屋の天井を見上げた。まるでもうすぐそこにドキュメンタリーの受賞作が映しだされるのを待っているかのように。「そろそろ寝た方がいいよ、ルイーゼ」とフレデリクにいわれるまで、眠っていないことが歴然としていることにわたしは気づかなかった。

「静かにしているわ」とわたしはいい、「きみが静かにしているのがここまで聞こえるよ」とフレデリクがいった。

深夜、フレデリクとわたしが天井にドキュメンタリーが映しだされるのを辛抱強く待っている間に、母がアルベルトのベッドで跳ね起きた。

午前三時だった。アルベルトは隣に寝ていなかった。彼は夜中によく起きだして、一階のアイスクリームパーラーにおりていってはアイスクリームの試作品を作る。母は隣のスペースが空いていて、掛け布団がめくられているのを見た。アルベルトの他にも欠けているものがあることに気づくのに少し時間がかかった。

父のもとを去るべきか否かという、あのしつこい問いが消えていた。問いが消え、それが二度ともどってこないことを母はふいにさとった。なぜなら跳ね起きた瞬間、母は父のもとを去っていたからだ。

母は枕にまた頭をのせて、アルベルトのベッドの上にぶらさがっている灯っていない電球をじっと見つめた。

問いを抱えたままで何年も過ごすこともできたし、問うのをやめることもできた。ところがたった一度の動きで、問いそのものが消えた。跳ね起きた瞬間に、母は父のもとを去ったのだ。父はすでにだいぶ前に母のもとを去っていたが、そもそもそれは問題にならなかった。時差があったのだ。母にしてみれば、今初めて父のもとを去ったことになる。

そしてもちろん、父はそのことに気づいた。はるか遠くのシベリアで、父はそのことに気づき、母が跳ね起きたまさにその瞬間、公衆電話から母に電話をかけた。けれども母は電話に出なかった。アルベルトのベッドに寝ていて、父のもとを去っていたからだ。そんなわけでシベリアの公衆電話ボックスの中にいた父には、疑問符しか残らなかった。一階で寝ていたゼルマは、二階の電話が鳴りやまないので、耳を枕に押しつけた。電話はいつまでもいつまでも鳴り続けた。

跳ね起きた後、母はもう眠ることができなかった。それで服を着替え、アルベルトのかたわらを無言ですり抜け、アイスクリームパーラーを出ると、しんと静まりかえっている村へ向かった。母は門が閉ざされた村の家々を眺めた。何十年にもわたって見てきて自家薬籠中のように良く知っていたその家々を、今初めて身近に感じた。通りを歩いている間に、問いが消えたおかげで生じたスペースが、母の心の中にだんだん大きく広がっていった。

覚えている限りずっと冷たかった指先が、ふいに温かくなった。母は別れるのは得意でなかったが、別れた状態でいることは大得意だった。

母は長いこと村を歩いた。そもそも村の広さに見合わないほど長く。母はわたしを起こしたくなかった。けれどもふいに手に入れたスペースがうれしくてたまらず、朝の六時が近づくと、もう待っていられなくなった。母はよろず屋の店先の公衆電話に向かった。店のドアの上の電飾文字がちょうどゆらゆらと灯ったところだった。店の前には配送業者の車が停まっていた。

電話が鳴った瞬間、フレデリクとわたしはびっくりして跳ね起きた。わたしがびっくりしたのは、こんなに朝早く電話がかかってくるのは、誰かが亡くなったという知らせか、いてもたってもいられない愛だけだとわかっていたからだ。いてもたってもいられない愛の方は、折りたたみ式のソファに寝ているので、誰かが亡くなったに違いないと思った。

「起こしてしまってごめんなさい、ルイーゼ」と母がいった。「どうしても話したいことがあって。あんたのお父さんのもとを去ったの。わたし、独り身になったのよ」母はものすごく興奮していた。

他の人なら「いい人と知り合ったの」と告げるような興奮した口調だった。

「おめでとう」とわたしはいった。

「それからあんたに一言いいたくて」母は大きく息をついた。「あんたのそばにちゃんといてあげられたことが一度もなくて、本当に悪かったわ」

わたしは片手で顔をなでてあげた。こんなふうになら、季節のことでもあやまれるだろう。

何かいわなければと思って、「そうね。確かにね」とわたしはいった。

母は配送車の方を見た。食料品を満載した、人の背丈ほどもあるカートが見えた。配送業者が灰色の防水シートでおおったそのカートを押して店に入ろうとしていた。そしてほどけた靴ひもを結び直すために、途中で足を止めた。もしもそこへふいにエルスベートが現れたなら、こういったに違いない。「アストリッド、あれを見て！　あの灰色のカート、ものすごく大きな嘆きの壁みたい。わたしたちみんな、いずれはあんな壁の前にひざまずくことになるのね」と。母はそれに応えていうだろう。

「ええ、まったくそのとおりね」と。

「いまさらどうにもならないわね。これからもこうやって生きていくしかない」母は電話の向こうでいった。

「そうね、わたしもそうやって生きてきている。けっこううまくいってるわ」

「もう少し寝るといいわ、ルイーゼ」母はいい、わたしとしても寝たくてたまらなかった。フレデリクも同じだった。これ以上、天井にドキュメンタリーが映されるのを待つ気はない。ところがベッドに身を横たえたとたん、また電話が鳴った。今回も用件は死ではなく愛だった。

「いったいどうしたの？」受話器を取って訊いた。

「父さんだよ」と父がいった。

「何かあったの？」

「いいや」

「だったらなんでこんなに朝早く電話してきたの？」

「アストリッドがつかまらなくて。それにおまえにいっておきたいことがあって」

「そばにちゃんといてあげられたことが一度もなくて悪かった」

「なんだって？　おまえはいつだって父さんのそばにいてくれたよ」

「冗談よ」

「えっ、なに？　よく聞こえない。接続が悪くてね。いいたかったのは」

「酔ってるの？」

「ああ。おまえにいっておきたいんだ。母さんのもとをあのとき去ったのは、ほかにどうしようもなかったからなんだ。別れようかどうかと迷っている者とずっといっしょにはいられない」

「ママと本当に話してないの？」

「ああ、電話したけど、つかまらなかったっていっただろ」

「わたしも今電話で話していられるような状態じゃないのよ、パパ」

「あとひとつだけ、ルイーゼ」父は食い下がった。「何人かでシベリアの森に入って、それから単独行動を取るとする。そういうときは一定間隔で名前を呼び合うものなんだ。呼ばれた者はこう応える。ああ、ここにいるよ、とな。そうすればシベリアの熊に襲われていないとわかる。それで今、アストリッドがつかまらなくて」

「お客さんがきているの」とわたしはいった。「シベリアの熊じゃなくね」

「なんてこった、ルイーゼ、ごめんよ。忘れていた。よろしくいってくれ」と父はいった。

わたしは電話を切って部屋にもどり、ベッドに身を横たえ、顎の下まで掛け布団を引き上げた。そしてフレデリクの方を見た。

「世界一疲れた人間に見えるよ」フレデリクが心配そうにいった。

「父は母に電話したけどつかまらなかったの。母が父のもとを去ったからよ。なぜかっていうと、それは父が母のもとを去ったからで、どうしてそうしたかというと、母が父のもとを去るべきか、ずっと迷っていたからでね。それからよろしくっていってたわ」

「きみのご両親はそれできみを煩わせてるのかい？」そう訊きながら、フレデリクはまたソファに横になった。「手を貸して」

わたしはベッドの端に寄って腕を差し伸べた。腕はフレデリクがわたしの手を取るのにちょうどいい長さがあった。

「あした、村へ行ってみない？」

「喜んでいくよ」

わたしたちはそうやって手をつないで横になっていた。フレデリクが眠って、彼の手がわたしの手から滑り落ちるまで。

六十五パーセント

わたしたちは車に乗っていた。雨が滝のように降っていて、ワイパーがひっきりなしに動いている。

「ほとんど何も見えないわ」

フレデリクは運転席のわたしの方に身をかがめて、上着の袖で窓ガラスを拭いた。聞いたことのない歌を歌っていた。わたしは村中を持って回ったリストを脳裏に思い浮かべた。どうかズボン以外も守られますように。新しいズボンは実際に買ってあった。わたしは雨が激しくたたきつけるフロントガラスに深くかがみこんでいた。判読困難な文字が書かれてでもいるように。アラスカは後部座席で気持ちよさそうに眠っている。

「息をして、ルイーゼ」フレデリクはそういって、窓を拭き続け、外が見える範囲を広げていった。眼鏡屋も仏教の本を読むようになってから、よくそういう。

「息なら生まれてからずっとしているわ」

「ああ、だけどここで呼吸するんだ。胸でばかりじゃなくね」フレデリクはわたしのお腹に手を当てた。

ゼルマのいったとおりだ。わたしは取り違えていたのだ。フレデリクがもたらしたのは、執行官の差し押さえでも、心筋梗塞の発作でもない。それにわたしは固くなっていない。ここなんだ。大切なのは「今」と「ここ」だと眼鏡屋がいつもいっている。ほとんど何も見えないけれど、わたしはここにいる。「もしも」と「しかし」の間にいる普段とは違って、「今ここ」にいるのだ。わたしはフレデリクの手を取った。

とそのとき、大きな音とともに何かがはじけた。たがはずれたのだ、心臓を胸に固定していたたががはじけ飛んだのだ、と思った。けれどもはじけたのはピストンだった。

降りしきる雨の中、フレデリクはゼルマの電話番号をメモした紙を手に、電話ボックスへ走った。遅くなることを伝えるのと、眼鏡屋が所有している全ドイツ自動車クラブの会員証を使って自動車修理工を呼んでもらうためだ。アラスカとわたしは車の中で待っていた。ふいに足が濡れはじめた。下を見た。クラッチとブレーキペダルとアクセルペダルが水浸しになっている。後部座席に目をやると、座席の間にも水がたまっていた。外に出て、何をどう点検していいかわからぬまま、アラスカといっしょに車を見て回った。

フレデリクがずぶ濡れになってもどってきた。上着の下につけている僧衣が脚に貼りついている。わたしは車のドアを開けて、フロアマットを指差した。フレデリクは運転席にかがみこんだ。

「いったいどこから水が入ってきたんだろう?」

「まったく見当もつかないわ。気がついたときにはこうなってたのよ。感電がこわいから外に出たの」

雨が降りしきる十一月の寒さの中、わたしたちは路肩に立っていた。眼鏡屋が、どんなときでもすてきなことを発見できるという文章を、ゼルマとわたしに読んでくれたことがあった。それを思い出してフレデリクの腕を軽くたたき、アスファルトを指差した。

「水溜まりを見て。水が七色に光ってる」

「ガソリンじゃないといいんだけど」とフレデリクがいった。

自動車修理工が上機嫌でやってきた。「もうカーニバルの季節なんですか?」と笑ってフレデリクの僧衣を指差した。

「そうらしいですね」とフレデリクは答え、鑑識官のように見える修理工の白いレインスーツを指差した。

修理工はモーターを点検し、「焼きつきですね」といった。

「ドアも窓もきっちり閉めてあったのに、フロアマットまで水浸しになってるんです」とわたしは訴えた。

修理工は眉をあげ、ザーザー降りだというのにゆっくりと車の周囲を回って、窓と屋根とドアを点検した。それから車の下にもぐった。もう少し点検をスピードアップできないかと文句をいいたいのは山々だったけれど、眼鏡屋がよく引用する仏教の教えを思い出して、いうのを控えた。

修理工が車の下から出てくるなり、「それで?」とフレデリクが訊いた。

「正直いって、水が車内に入った理由がまったくわかりません」と修理工は困ったように答えた。おそらく説明できないようなことは滅多にないのだろう。

アラスカは震えていた。わたしはアラスカよりもさらにひどく震えていた。フレデリクが肩を抱いてくれた。彼も震えていた。

最後に修理工は肩をすくめて、「水は流れる道を見つけるもんです」といった。

「そうでしょうね。それでどうなりますか?」フレデリクが訊いた。

「車を引っ張りますよ」といって、修理工はわたしの車を自分の車につないだ。フレデリクがわたしの車に乗り、わたしは道案内をするために、アラスカといっしょに修理工の車に乗りこんだ。修理工は防水シートをアラスカの下に一枚、わたしの下に一枚敷いて、車がびしょびしょにならないようにした。

「どんなにしっかり目張りをしていても、水は漏れるもんですよ」と修理工はいった。バックミラーの脇にぶらさがっているツリー型の消臭剤はグリーンアップルという名前で、レッダー氏の〈オーシャンスプレー〉と同じにおいがした。消臭剤は濡れた犬のにおいを消そうと頑張った。けれどもワイパーがひっきりなしに動いて雨に抵抗しているのと同じく、無駄骨だった。

わたしは後ろを振り返ってフレデリクに手を振った。フレデリクも手を振り返した。

「人間の体は六十五パーセント、水でできているんですよ」と修理工がいった。わたしは濡れた髪をかきあげた。そして「特に今日はそのようですね」と返答した。

やがて村の名前を記した案内板が現れた。修理工とフレデリクは家の前の斜面で車を停めた。ゼルマと眼鏡屋が傘をさして待っていた。

ふたりはこっちへやってきた。ゼルマは持っていたもう一本の傘を広げた。眼鏡屋は「こんにちは」と日本語でいって深々とお辞儀をし、フレデリクもお辞儀を返した。

フレデリクとゼルマは握手をして、長いこと互いの顔を見ていた。

「あなたはまるで日本っぽく見えませんね。むしろハリウッドっぽく見える」ゼルマがいった。

眼鏡屋とわたしは、仏教でいうところの輪廻を想起した。ふたりの様子からして、これまでに経てきた幾つもの生の少なくともひとつで出会っているように見受けられたからだ。それもちょっと袖を触れあわせただけの浅い縁ではなく、いっしょに世界の没落を防いだか、家族としていっしょに暮らしたかのように。

「あなたも想像とまるで違います」とフレデリクは応じた。「テレビに出てくる誰かに似ている気がするのですが、名前が出てきません」

その瞬間、わたしたちはついにゼルマが誰に似ているかさとった。なんてことだろう、フレデリクのいうとおりだ、と眼鏡屋もわたしも思った。これまでずっとそのことに気がつかなかったのが信じられなかった。

わたしたちふたりからまるで初めて見るようにじろじろ見られたせいで、ゼルマは眉をあげた。

「さあ、早く中へ入って」とゼルマにうながされ、わたしたちは家へ向かった。

「気をつけて、あそこには足をのせないように」眼鏡屋はフレデリクが家に入る前に、台所の赤い養生テープの貼ってある箇所を指差して注意を促した。「踏むと床板が抜ける恐れがある箇所に養生テープが貼ってあります」

フレデリクは台所のドアを通して、赤で囲ってある箇所に目を向けた。

「ずっとあのままになっていて、とっくにどうにかしておくべきだったんですが」と眼鏡屋は続けた。

「そのようですね」フレデリクは笑っていった。そして靴を脱いだので、わたしたち三人もそれにならった。

ゼルマがハンドタオルとバスローブを取ってきた。それからわたしたちは台所に入った。わたしはここに初めて入るフレデリクの目で台所を眺めようとした。黄色い絨毯。ガラス扉に灰色のフリルカーテンのついた薄茶色の食器戸棚。コーナーベンチ。古い傷だらけの木製キッチンテーブル。灰色のリノリウムの床。窓の近くには赤い養生テープで丸く囲った箇所がある。マルティンがかつて、灰色の床のその赤い部分をクジラの目のようだといった。眼瞼縁炎（がんけんえんえん）を患って目の縁が赤くなったクジラの目だ。それから流しの上のボイラー。その上には、マルティンとわたしが集めたチョコレート菓子〈ハヌータ〉のおまけのステッカーが何枚か今でも貼ってある。かじった跡のあるにやつき顔のリンゴには「きょうはひとかじり」と書いてある。はちきれんばかりのクルミには「ぱきっとひとかじり」とある。ゼルマがよろず屋のおかみさんからもらって壁に飾ってあるマクラメ織りのフクロウも、きっちり窓台まで垂れさがっているリネンの白いカーテンも、まっさらな目で見ようとした。けれども故意に何かをなくそうとしてもできないのと同じで、うまくいかなかった。

ゼルマは芽キャベツのグラタンをオーブンで焼いていた。初めて来る客に出すお決まりの一品だ。グラタンなら失敗しようがない。料理のせいで曇った窓ガラス越しに、雨がさらに激しくなっているのが見て取れた。雨は、まるで世界中の滝が、ここを選んで流れ落ちでもしているような激しさで降っていた。

キッチンテーブルの上にはモンシェリの箱と眼鏡屋の仏教の本がのっていた。眼鏡屋は本をいそいでカトラリーが入った引き出しにしまった。

「もらってもいいですか?」とフレデリクがモンシェリの箱を指差して訊いた。

「ええ、どうぞ」とゼルマが答えた。

「なんておいしいんだ」フレデリクはしごくまじめにうなずき、ゼルマもしごくまじめにうなずき返した。まるでモンシェリがきわめて特殊な学問で、世界広しといえども、数人しかその道の権威がいないかのように。

「ふたりともしずくがぽたぽたたれているわ」とゼルマがいった。

「すいません」とフレデリクはいって、片手でバスローブとハンドタオルを受けとり、もう一方の手でモンシェリをもうひとつ取った。

眼鏡屋はテーブルを片づけはじめ、ゼルマはコンロにのせた鍋の中身をかき混ぜはじめた。フレデリクがバスルームのドアを閉めるや、眼鏡屋とゼルマは振り返り、わたしのところへ飛んできた。

「だいじょうぶ？　腕がむずむずしていない？」とゼルマが訊き、「緊張の度合いは？」と眼鏡屋が訊いた。ふたりとも、まるで緊急外来の患者ででもあるかのようにわたしを見た。

わたしはルディ・キャレルの髪だとようやくさとったゼルマの髪をなでた。「だいじょうぶよ。ほとんど緊張していないわ。ほぼ平常を保ってる」

「それならいいわ」とゼルマはいった。フレデリクがバスローブを着て、びしょ濡れの僧衣を手にもどってきた。今度はわたしがゼルマのワンピースを持ってバスルームへ行く番だった。

グラタンをオーブンで焼いている間、フレデリクはゼルマのバスローブを着て、居間のラジエーターの上にすわっていた。わたしが初めてフレデリクと電話で話したときに、わたしと〈緊張〉がすわっていたまさにその場所に。

居間はいつも以上にきちんと片づいていた。まっすぐに立っている本棚にはちりひとつなく、雑誌はソファテーブルの上にきちんと積み重ねられている。赤いソファの上のクッションには、今まで誰も寄りかかってないかのように皺ひとつない。

フレデリクは、ゼルマがわたしたちの濡れた服を物干しスタンドにかけるところをじっと見ていた。「手伝わせてもらえませんか？」とゼルマに申し出たが、「まずはあなた自身がすっかり乾かないとね。びしょ濡れのお坊さん」と断られた。

ゼルマは服をものすごくていねいに物干しスタンドにかけた。まるでこの先ずっと服がそこにかかったままになり、何世代にもわたって鑑賞される栄誉を受けることになるかのように。

「あなたはすぐれた仏教徒といえますね」とフレデリクはいった。ゼルマはわたしのズボンを洗濯ばさみではさんでからフレデリクの方を振り返り、「ようやく気づいてくれる人に出会えてうれしいですよ」といった。

フレデリクが四皿、眼鏡屋とゼルマとわたしが三皿、グラタンを食べた後、眼鏡屋がカトラリーを皿の端に寄せて、咳払いをした。

「ちょっとお聞きしたいことがあるんですが、いいでしょうか?」と口火を切って、横目でわたしをちらと見た。「何かを凝視すると、視界から消え、凝視しなければ、消えないというのは、そもそも本当でしょうか?」

わたしはテーブルの下で眼鏡屋の足をつついた。

「そのことに興味があるのは仏教的な意味でではなく、純粋に職業的な意味からでして」と眼鏡屋はいそいで付け加えた。

フレデリクは口をぬぐった。そして「わたしにもわかりません。よく考えてみなければなりません」と答えた。ゼルマが窓を指差した。傘をさして斜面を登ってくる人影が三つ見えた。エルスベートとよろず屋とパルムだ。

ゼルマは玄関の扉を開けた。

「こんにちは」とエルスベートがいって、ハンドミキサーを差し出した。「これを返そうと思って。たまたま近くに用事があったんでね」

「そのとおり。それからアイスクリームを持ってきたよ」とエルスベートの後ろでよろず屋がいった。よろず屋は紙でくるんだ大きなトレイを両手で抱えていた。

ゼルマは横にどき、三人は次々に台所に入ってきた。わたしは眼鏡屋にぐっと身を寄せた。世界を取り入れるのがいいことかどうか、わからなくなっていた。わたしは眼鏡屋はわたしににっこり笑いかけた。そして「無心であることが肝要だと仏教の教えにもある」とささやいた。

エルスベートはお化粧をし、大きなスミレ色の花模様の黒いワンピースを着て、スミレ色の帽子をかぶっていた。帽子のつばには黒いメッシュのベールとスミレの花束がついている。フレデリクは立ち上がり、エルスベートは彼に手を差し出した。

「ああ、あなたなんですね。わたしたちみんな、お会いするのを心待ちにしていました」

「ありがとうございます。とってもすてきな帽子ですね」

エルスベートはフレデリクにほめられて赤面した。そして「そう思われますか?」といって、スミレの花束をさわった。「ところで、スミレの香りを嗅ぐと、そばかすができるか、頭がおかしくなるんですよ」

「エルスベート、お願い」とわたしはささやき、エルスベートはさらに顔を赤くした。

「えーと、世間ではそういわれています」といそいで付け加えて、「わたし自身はそんなことは決して、いえ、わたしはそんなことは……」エルスベートはそこで助け船を期待するようにわたしたちを見たけれど、誰ひとり、なんといっていいかわからなかった。

「ところで、わたしたちはクリスマスのお祝いの準備にてんてこまいで……村の集会所で催すお祝いの準備なんですけど、午後にするのがいいか、夕方にするのがいいか迷っているところで、つまりは……」エルスベートはそこで口ごもり、ずっと前に暗記した言葉を思い出そうとしているような顔をして、それから「ええ、本当に興味深いことで」といった。

フレデリクはかがんでスミレの花束の香りを嗅ぎ、「そばかすの方を期待してますよ」といってから「ところでその包みには何が入っているんですか?」と訊いた。

「こんにちは。わたしはよろず屋をしています」とよろず屋がいって前に進みでた。そしてトレイにかぶせてある紙を取った。トレイには傘をさしたアイスクリームのカップが七つのっていた。「アイスクリームパーラーのアイスクリームです。〈秘めた愛〉のミディアムサイズが四つ、〈熱い欲情〉がひとつ」といいながら、よろず屋はカップを次々にテーブルの上に並べていった。「それから〈炎の誘惑〉、そしてこれはアルベルトの最新作〈アストリッドのトロピカルカップ〉。アストリッドもすぐに来ることになっています」

「すてきだわ」とゼルマがいって、テーブルを広げた。みんな席についた。一番端にパルムがすわった。彼はまだ何もいっておらず、十歳の恥ずかしがり屋のようにすわっていた。髪の毛がつったっている。コーナーベンチにきつきつにすわっているので、眼鏡屋はパルムの背後の背もたれに腕をのせ、体に触れないよう、極力注意していた。

「こちらはヴェルナー・パルムさん」とゼルマがいい、フレデリクはテーブル越しに手を差し出して、「初めまして、お会いできてうれしいです」といった。パルムは何もいわず、笑みを浮かべてうなずいた。

「お寺はどんなところなのか、お聞かせください」とエルスベートがいった。

「どうしてまたお坊さんになられたんですか? 職業教育を受けて専門職に就こうとは思われなかったんですか?」とよろず屋が訊いた。

「親しくされている仏教徒の女性もおられるんですか?」とエルスベート。

「炎の誘惑と熱い欲情が不惑の平静とどう調和するか、個人的には興味がありますな。あなたは生涯、独身を貫くんですか？」とよろず屋が訊いた。

「眼鏡屋がいうには、座禅中、他の僧侶にたたかれることがあるそうですが、それは本当ですか？」とエルスベート。

「何か日本語でいってみてください」とよろず屋。

「お願いだから、みんなちょっと黙ってちょうだい」とわたしは大声でいった。みんなはわたしがとんでもない提案をしたかのような顔でこっちを見てから、ここはひとつ聞こえないふりをするのが得策だと考えたらしく、すぐにまたフレデリクに向き直った。フレデリクはスプーンを〈熱い欲情〉の脇に置いて、お寺はたいていとても静かで、仏僧は実際に専門職のひとつであり、いいえ、親しくしている仏教徒の女性はいない、というか、少なくとも生涯独身を貫く上で障害になるような女性はおらず、確かに座禅中に棒でたたかれることもあるけれども、それによって首筋の筋肉の緊張がほぐれて心地よくなると答えた。そして最後に「海に千年、山に千年」と日本語でいった。

「どういうことですか？」とエルスベートが訊き、「海辺に千年間、山間に千年間、暮らすことです」とフレデリクが答えた。

「それはすてきですね」とエルスベートはいい、テーブル越しにわたしの手を軽くたたいて、「あんたのお父さんに合いそうね」といった。

みんなはフレデリクがドキュメンタリー映画で賞を取ったかのように彼に笑いかけた。フレデリクはにやっと笑って、少し当惑気味に「みなさん、とてもいい方たちですね」といった。

「ええ、そうでしょう？」とエルスベートは応じて姿勢を正した。

フレデリクは立ち上がって「ちょっと袈裟を着てきます」といい、わたしたちはうなずいた。わたしたちはそれまでそれを僧衣だと思っていた。

フレデリクが部屋から出ていくなり、みんないっせいにわたしの方を向いた。

「いい男だな」とよろず屋がいい、「彼ってすてきだわ。あんたがいってたほど魅力的でもないけど、とっても賢いわね」とエルスベートがいった。ふたりとも、まるでわたしがフレデリクを発明したような物言いだった。パルムがうなずき、眼鏡屋が「ビオルミネセンス」ともったいぶっていった。

「何それ?」とエルスベートが訊いた。

「動物に内在する物質でね、それがあると、動物は光を発することができる」と眼鏡屋が説明した。

ゼルマは何もいわず、わたしの髪をなでた。

フレデリクとわたしはアラスカを連れてウールヘックへ向かった。フレデリクは眼鏡屋の黄色いレインコートを袈裟の上にはおり、わたしはゼルマのワンピースの上にさらにゼルマのレインコートをはおった。

「ぼくらは黄色の交響曲だね」

わたしたちはゴム長靴を履いていた。ゼルマは時代もサイズもさまざまなゴム長をとりそろえて持っていた。フレデリクがわたしたちふたりの上にさし広げているゼルマの傘の上に、雨がぱらぱら降っていた。

「ヴェルナー・パルムはあまりしゃべらないね」

わたしは、パルムは聖書の言葉を解説する以外決してしゃべらないけれど、つねにそこにいること、ひとりぼっちで家にいないでみんなといっしょにテーブルについていることが重要なんだと説明した。

「きみもあんまりしゃべらないね、ルイーゼ」

あなたがそばにいるだけで手いっぱいだとはいえなかった。つまり世界を取り入れることだけで手いっぱいだとは。あなたはあなたで世界に対峙しなければならないこともいわなかった。つまり、ゼルマと眼鏡屋とよろず屋とエルスベートとパルムの姿を取った世界と対峙しなければならないということは。ズボンのポケットに誰も守らない禁止事項のリストが入っていることもいわなかった。こういう状況ではあまり話すことはできず、ただ見つめることしかできないことも。

「ルディ・キャレル」

フレデリクが目をあげて、「どこ？」と訊いた。

「ゼルマよ。ゼルマはルディ・キャレルに似ている」

「そうだよ。たしかに彼に似ている」

雨が激しく降りしきっているせいで、ほとんど何も見えず、どこが畑でどこが道かも判別できなくなっていた。今日だけはさっさと通りすぎずに、自分が発見したかのように、フレデリクに見せようと思っていた美しい風景もかすんでしまっていた。わたしは大量の雨を受けて今にも折れそうな傘の端をしっかり押さえた。

フレデリクはひっくり返りそうになっている傘をたたんで、わたしの手を取った。時間感覚にずれが生じて、昨晩彼が初めてわたしの手を取ってからすでに何年も経過し、手を取りあうのが当たり前になってでもいるように。

わたしたちは駆けてもどった。そんなふうに駆けたのは子どもの頃、マルティンといっしょに駆けたときだけだ。あのときわたしたちは、地獄の犬か、存在しない類いの死に追われていると思いこんでいた。

アラスカもいっしょにならんで走った。アラスカには骨の折れることだった。雨に濡れそぼって、毛が普段よりずっと重くなっていたからだ。

眼鏡屋が、フレデリクとわたしを車で町にあるわたしのアパートまで送ってくれることになった。パルムは実際に何もしゃべらず、最後にみんながドアの前に立って別れの手を振る段になって、一歩前に出てフレデリクの手を取り、「神のご加護がありますように」と一言だけいった。「あなたにもご加護がありますように」フレデリクはそう応答し、パルムに深々と頭を下げた。パルムは、フレデリクがバランスをくずした場合に支えられるようにと手を伸ばしたけれど、その必要はなかった。

車が村はずれのマルリースの家の前まで来たとき、母が駆けてきた。母はセロハンで包まれた丈の長い花束を頭上にかざしていた。眼鏡屋はブレーキをかけて車を停め、窓を少しおろした。外はあいかわらずのどしゃぶりで、母は濡れそぼった頭を窓から中へ差し入れた。「なんてこと。またしても遅れてしまったわ」といい、眼鏡屋の体越しにフレデリクと握手をし、「母のアストリッドです。それからルイーゼの父親の元妻でもあります」と名乗った。

「今晩は」とフレデリクはいった。母は頭を引っこめ、「これをどうぞ」といって窓から花束を押し入れた。茎がとてつもなく長いグラジオラスだった。「おお、ありがとうございます。とてもきれいですね」とフレデリクはいい、花束をなんとか足の間に納めた。それでも花は車の天井まで届いた。母は後部座席の窓をたたいて、わたしに笑いかけた。母はうれしそうで、とても若く見えた。わたしは母にうなずいた。母の背後の、マルリースの居間の暗い窓で何かが動いていた。母は鞄を頭の上にかかげて歩き去った。もっともそんなことをしても雨はぜんぜん防げなかった。

わたしは車からおりてマルリースの家へ向かった。

「マルリース、わたしよ。ちょっと出てきてあいさつしない?」大声でいった。なんの反応もなかった。

「いいわ、出てこなくても。ばかな考えだったわ」

マルリースが窓をほんの少し開けた。「ほっといてちょうだい。あんたのお客さんなんて、わたしには関係ない」

「わかったわ。元気でいてね」

わたしはまた車に乗りこんだ。

フレデリクが振り向いた。

「まだ誰か来るのかい?」

「いいえ、もう誰もこないわ」

シロナガスクジラの重い心臓

眼鏡屋の車は一九七〇年代製のオレンジ色のパッサート・コンビだ。この車を題材に不死の研究をすることもできるだろう。冬、ひどい降雪のせいで電車が運休になると、眼鏡屋はマルティンとわたしを車で学校まで送ってくれた。マルティンの死後、わたしが電車に乗るのを嫌がると、半年もの間、毎日わたしを乗せて学校まで送ってくれた。

「どうしてわたしが立っている側のドアが開かなかったの？」マルティンの死後二か月たったある日、わたしは後部座席から眼鏡屋に訊いた。

眼鏡屋は路肩に車を寄せて停車し、ハザードランプをつけて、しばらくバックミラーでわたしをじっと見ていた。わたしはクッションを二枚重ねて、その上にすわっていた。そうしないとシートベルトが肩まで届かなかったのだ。わたしを後部座席にのせるとき、眼鏡屋は必ずきちんとシートベルトを締めてくれた。

「時計の読み方を教えてあげたのを覚えているかい？　それから時差がどういうものかも教えてあげたね」眼鏡屋がわたしの方を振り向いていった。

わたしはうなずいた。

「大文字と小文字の使い方も教えてあげたし、ドイツ語の特殊文字も、四則計算の仕方も教えてあげた。針葉樹のことも落葉樹のことも、水生動物のことも陸生動物のことも教えてあげた」

わたしはまたうなずいた。眼鏡屋はどんなにかけ離れた物事でも結びつけられる。だからきっと四則計算と電車も結びつけられるに違いない。

「きみが大きくなったら、もっとたくさんのことを教えてあげよう。眼の作りと働きについても、車の運転の仕方も、ダボで物を固定する方法もね。世界情勢も、星座も説明してあげられる。それからぼく自身が知らないことも説明してあげられる。ぼくにはまったく見当もつかないことをきみが知りたくなったら、関連する本を片っ端から読んで説明しよう。どんなことにも対処してあげるよ」眼鏡屋はそういって後ろに腕を伸ばし、わたしの頬をなでた。「この質問にもね」

それから車をおり、後部座席に乗りこむと、わたしの隣にすわった。

「ここにすわるのは初めてだ」そういって、くるっと周囲を見回し、「きみの隣にすわるのはいい気分だよ、ルイーゼ」と言葉を続けた。

それから自分の両手を見つめた。わたしの問いがそこに書いてあり、そうすることで質問を詳細に検討できるかのように。

そして「きみの質問には答えがないんだよ」といった。「このあたりのどこにもない。世界中のどこにもね」

「クアラルンプールにも？」とわたしは訊いた。そのとき父がちょうどそこにいっていたからだ。

「ああ、クアラルンプールにもない。その問いの答えをさがすのは、ワシリー・アレクセイエフが十万キロのバーベルを持ち上げようとするようなものだ」

「そんなこと誰にもできないよ」

「そのとおり。そもそも解剖学的に不可能だ。きみの問いに答えるのも解剖学的に不可能なんだ」

眼鏡屋はわたしの手の上に自分の手を重ねた。わたしの手は彼の大きな手に隠れて見えなくなった。

「一生の間には、自分は正しいことをしてきたかと自問したくなるときが何回かあるはずだ。それはしごくあたりまえのことだ。とても重い問いでもあるけどね。そうだな、百八十キロくらいかな。だがそれは答えのある問いだ。答えはたいてい晩年にならないと出ない。そのときゼルマやぼくがまだこの世にいるかどうか。だから今のうちにいっておく。もしもそういう問いが生じたら、そしてすぐに答えが出なかったら、思い出してほしい。きみがゼルマとぼくを幸せにしてくれたことをね。きみはぼくらをものすごく幸せにしてくれた。ぼくらの人生の始まりから終わりまで、それこそ全人生をすっぽり包みこめるだけの幸せをくれたんだ。年を取るにつれ、ぼくはよりいっそう確信するようになった。ぼくらはきみのためにこの世にいるんじゃないかってね。この世に存在するに足る理由があるとしたら、それはきみだよ」

わたしは眼鏡屋の肩に寄りかかった。彼は頬をわたしの頭にのせた。しばらくの間、ハザードランプが点滅する音だけが聞こえていた。

「誰かが学校へ送ってくれないとね」とわたしはいった。

眼鏡屋は笑った。「たぶんそれはぼくだろうね」そういって、わたしの頭に口づけをし、運転席にもどった。

フレデリクはしばらくの間、かさばるグラジオラスの花束をがさがささせながら、足元にうまく納めようとしていたが、とうとうあきらめて車の窓に頭をもたせかけ、花のすきまから外をのぞいた。

眼鏡屋はときどきフレデリクの方に目を向けたが、花束のせいで彼の横顔は見えなかった。

アフスカは眠っていた。後部座席をほとんど占拠して、頭をわたしの膝にのせていた。外の雨音とひっきりなしに動くワイパーの音。それからときどき花束を包んでいるセロハンがこすれる音が聞こえるだけだった。

わたしは閉まっている窓ガラスの上端に指先を置いた。雨がガラスに斜めに当たって流れ落ちていく。この車はひどく古いのに雨漏りしない。

「ちょっとお聞きしてもいいですか?」とふいに眼鏡屋が車道に目を向けたまままいった。

「もちろんです」フレデリクの声が花束の背後から返ってきた。

眼鏡屋は後部座席のわたしをちらと見てから、咳払いをした。それから話しはじめたが、終始小さい声だった。雨音で声がかき消されるといいと、ひそかに願ってでもいるように。

「さきほど棒で肩を打つ話をされましたよね」と眼鏡屋は切りだした。「座禅中に雑念が入ったときにもたたかれると本に書いてありました。わたしの場合はむしろ、考えそのものが棒の働きをしています。しかもわたしは六十五パーセント以上、考えることでなりたっているんです」

それから眼鏡屋は自分を侮辱し、よろめかせる内なる声のことを話しはじめた。その声が止めたせいでやらなかったことを引き合いに出して責め立てる内なる声のことを。絵葉書の文句や仏教の教えを引用して立ち向かおうとしたことや、自分は天であり、川であると偽って称したことを話した。フレデリクは頭を窓にもたせかけ、終始黙って聞いていた。街灯が雨にかすんで光の尾を引いていた。

「頭がどうかしていると思われるでしょうね」と眼鏡屋はいった。「きっと精神科にかかった方がいいとね」眼鏡屋は上着の袖でフロントガラスを拭いた。「医者にはすでに行きました。医者はわたしの脳波をはかりました」

　眼鏡屋はフレデリクに、そして無言のグラジオラスに目をやった。「きっと器械や器具を使わない医者へ行った方がいいと思われるでしょうね。精神分析医にね。でも精神分析医にはかかりたくないんです」そこまでいって眼鏡屋は目をしばたたかせた。もうアパートにつきかけていた。「精神分析医は患者にああだこうだいっては、広い世界へ送りだしますが、わたしはそうしたくないんです。世界へ出ていくには年を取り過ぎていますからね」

　あなたは世界と同じくらい年取ってるじゃないの、とわたしは後部座席で考えた。

「こんなことはまだ誰にもいったことがありません」と眼鏡屋はワイパーに向かって、雨に向かって、セロファンに向かって、フレデリクに向かっていった。「耳障りな話をお聞かせして煩わせてしまい、申し訳ありませんでした」

　眼鏡屋はアパートの前で車を停めた。

「つきましたか?」フレデリクがようやく口を開いて訊いた。


「どうぞごいっしょに」とフレデリクは玄関のドアの前で眼鏡屋にいった。眼鏡屋はわたしを見、わたしはうなずいた。「ではほんの少しだけ」と眼鏡屋はいった。

　中に入ると、眼鏡屋は広げてあるソファを回りこんでカーニヴァルの写真が飾ってあるところまで行き、壁から写真をはずした。「みんなよく写ってるね。ぼくも苗床としては上出来だと思うな」

　フレデリクは部屋の敷居のところで立ちどまった。「この本棚をこのままにしておくのはよくないよ」そういって、台所へ行った。

「本棚のどこがだめだっていうんだい？」と眼鏡屋がささやいた。

「傾いているからよくないんだって」

眼鏡屋は一歩下がって本棚をじっくり眺め、「そういわれりゃ、確かにそうだな」といった。

「ちょっときてもらえませんか？」フレデリクが台所から呼んだ。

フレデリクは二脚ある椅子の片方にすわって、もう一方を指差した。テーブルの上には父の耳鼻咽喉科用の診療器具がのっていた。

「いったい何をされるつもりなんです？」と眼鏡屋は訊き、フレデリクは「どうぞおすわりください」といった。

眼鏡屋はいぶかしげにわたしを見、わたしは肩をすくめた。フレデリクは額帯鏡を頭につけた。髪の毛がある父用だったので、フレデリクの頭には幅がありすぎた。それで額帯鏡を片手で押さえながら、もう片方の手で銀色の鼻鏡をつかんだ。眼鏡屋はフレデリクをじっと見ていた。

「これから声を診察します」とフレデリクは眼鏡屋にいった。

「そんな無理ですよ」

「いいえ、そんなことはありません。これは最新式の方法なんです。日本で開発されたね」

眼鏡屋はフレデリクこそ精神分析にかかる必要があるといいたげな顔になった。

「どうかまっすぐ前を見て、じっとしていてください」といってフレデリクはかがみ、鼻鏡で眼鏡屋の耳を見た。

「それは鼻を見る鏡なんだけど」とわたしは口をはさんだ。

フレデリクが目をあげて、ちらとこっちを見た。額帯鏡が眉にかろうじてかかっている。

「日本じゃ違うよ」それだけいうと、また眼鏡屋の左耳をのぞきこんだ。

アラスカが台所に入ってきて、器具の入っていたケースと残りの部品をうれしそうにくんくん嗅いだ。おそらく父のにおいがするのだろう。

「それで、どうです？」しばらくして眼鏡屋が訊いた。

「よく見えますよ」

眼鏡屋はじっとしていた。ふいに五歳のとき、隣村の医者に連れていかれたことを思い出したのだ。おたふく風邪にかかって、赤い発疹がそこらじゅうにでき、高熱が出て悪寒がした。熱にうなされて一晩中悪夢を見続けた。それで目が覚めてからもずっと泣いていた。

医者にかかるのはこわかった。「泣くんじゃない」といわれるだろうと思うと、それだけでこわかったし、冷たい聴診器を胸にあてられるのもいやだった。ところが医者はとてもやさしく「そこにすわってちょうだいな。点々ちゃん」といった。そして自分の手をこすってあたため、冷たすぎないように聴診器に息をふきかけてあたためてくれた。それから眼鏡屋に、これから出す飲み薬と軟膏の中には小さなボクシングチャンピオンがたくさん隠れているんだと説明した。ボクシングチャンピオンたちは小さすぎて目には見えないけれど、ものすごく強くておたふく風邪なんて一発ＫＯだと。それを聞いて、眼鏡屋はいっぺんに気を良くした。見えない世界チャンピオンが体の中に入ってきて、自分の味方をし、熱を下げ、悪夢を追い払ってくれるとわかったからだ。

もちろん眼鏡屋はフレデリクに内なる声が見えているとは、一瞬たりとも思わなかった。けれども眼鏡屋の中のかつての子どもは喜んでそれを信じた。

「本当ですか？　見えるんですか？」眼鏡屋は訊いた。

「はっきり見えてますよ。少なくとも三つ見えます。それにしても……なんとまあ醜いんでしょう」

「そうでしょう？」眼鏡屋はそういってフレデリクににっこり笑いかけた。

「動かないでください」とフレデリクはいい、眼鏡屋はすぐさま前に向き直った。

「かなり醜いですね。それにどうやら、もうだいぶ前からこいつらに悩まされているようですね」

「ええ、ええ、そのとおりです」

フレデリクは額帯鏡をしっかりつかむと、鼻鏡を歯の間にはさんで、あいている方の手で椅子の脚をつかみ、眼鏡屋の反対側へ回った。

「今度は右耳を見てみます。ああ、声の後ろ側が見えます」

眼鏡屋は流し台の上のタイルをまっすぐ見つめた。

「自分の内なる声に名前をつけている者もいます。でもそんなことをしても、わたしには役に立ちませんでした」

眼鏡屋は振り向いて、フレデリクの顔を見つめた。「あなたも内なる声に煩わされているんですか？」

「ええ、そうです。もう一度前を向いてもらえませんか？」

「なんとか対処する方法はありませんか？」眼鏡屋はじっとしたまま訊いた。

「正直いって、ありません。ほぼ間違いなく、内なる声はこのままここに居すわり続けるでしょう」

フレデリクはそういって、鼻鏡で眼鏡屋の耳を軽くたたいた。「いったいどこへいけばいいっていうんです？　彼らにはあなたしかいないんですよ。それにあなたを悩ませることしか知らない」

頭からずり落ちた額帯鏡を、フレデリクは後頭部に押し上げた。「彼らに名言を読んで聞かせるのはやめることです。絵葉書の文句も仏教の教えもです。彼らはとても年取っていて、すでになんでも知っていますからね」

フレデリクは鼻鏡をテーブルの上に置いて、眼鏡屋の顔を見た。眼鏡屋は鼻鏡を手に取って、長いことそれを見つめていた。

「たいしたもんだ。最新の技術はなんでもできるんですね」といって、眼鏡屋はほほ笑んだ。

眼鏡屋は車で家に帰った。寝室に入るなりベッドにうつぶせに寝た。ひとりで寝るのにちょうどいい大きさのベッドに。眼鏡屋は自分がシロナガスクジラの心臓ほどの重さだと感じた。解剖学的に持ち上げるのが不可能な重さだ。ゼルマにそういわないとな、と寝入る前に思った。人はそれほど堅牢で重くあり得るが、まだそのことを知らないだけなのだと。

内なる声は無論、誰かが目に見えると偽証したくらいで黙りはしなかった。目に見えて軽くもならなかったが、それでもしだいに重さが減ってきた。

眼鏡屋は内なる声に名言を読んで聞かせるのをやめた。自分は川だとか、天だとかいって対抗することもやめた。そもそもそんなことをいったところで、たやすく論破されてしまう。もう何一つ主張しなかった。そもそも何も言い返さなかった。そうこうしているうちに、内なる声のささやきは弱くなっていき、強い訴えが弱々しい嘆きに変わった。眼鏡屋が内なる声を失うことはなかったが、内なる声の方はしだいに眼鏡屋を失っていった。内なる声が何かいうときは——あいからわず始終、何かしらいってはいたのだが――だんだんと虚無に向かっていっているような感じになってきた。こわれた留守番電話に向かっていっていっているのと同じような感じに。

「こんなにたくさん話したのは久しぶりだよ」とフレデリクがいった。わたしたちは窓台に腰かけて、昨晩寝ずに過ごしたソファとベッドを見つめていた。クルミを入れた深皿が間に置いてある。フレデリクはすでに一皿たいらげて、さらにクルミをよそっていた。

「もっといたいのは山々だけど、明日には帰らないとならない」

わたしはフレデリクを見つめた。がっかりだと顔に書いてあったに違いない。

「まずいかい?」と訊かれた。

仏教では「真正」が肝要だとされている。わたしはそれをみんなに禁じた。けれども「真正」は我が道を行き、だからといってまずいことにはならなかった。「真正」。しっかりしなさい、ルイーゼ、さあ、いいなさい、一、二、三。

「ううん」とわたしはいい、何してるの、と自分を叱責し、「ううん、まずくはないわ」と付け加えた。

別の本に斜めに立てかけてあった本棚の本が床に落ちた。『精神分析概要』。父がプレゼントしてくれた本だ。

「きみのところじゃ、よく物が落ちるね」

横目でちらとフレデリクを見た。そんなつもりはなかったのに愛しすぎてしまった人を見るような目で。彼は疲れて見えた。まだぜんぜん眠くなかったけれど、今にもあくびが出そうな顔をしてみせた。

「もうだいぶ遅いわね。歯をみがいてくるわ」

「ああ、そうするといい」

わたしは歯をみがきにいった。それからもどってきて、また彼の隣にすわった。

「それじゃぼくも歯をみがいてくるよ」

「ええ、そうして」

フレデリクは歯をみがきにいき、もどってくるとまた隣にすわった。

「アラスカに薬を飲ませないと」

「そうするといい」

台所へ行った。アラスカはすでにテーブルの下にもぐって毛布の上で丸くなっていた。薬をレバーペーストの塊に混ぜてアラスカの前に置き、居間にもどってまたフレデリクの隣にすわった。

「そもそもアラスカはどこが悪いんだい?」

「甲状腺機能低下と骨粗鬆症」

他にすることはないだろうか?

「おばあちゃんにちょっと電話してくる。あっちもまだ雨がひどいかどうか訊いてみる」

「そうするといい」

彼、なんてハンサムなんだろう、とわたしは思った。仏教ではつねに「無為」が尊ばれているという。

「それはそうとさっきからずっと、どうすればあなたにキスしないでいられるかってことしか考えてない」といって、ぱっと立ち上がり、電話をかけにいこうとした。と、フレデリクに手首をつかまれた。

「もうこれ以上我慢できない。限界だ」フレデリクが首筋に手を当ててわたしをぐっと引き寄せた。そして顔を近づけてきた。フレデリクはわたしにキスをし、わたしはキスを返した。ふたりともそうするために生まれてきたかのように一心不乱に。

フレデリクはやたら丈の長いセーターを脱ぐように、袈裟を首から脱いだ。それからゼルマのワンピースのボタンに取りかかった。

フレデリクはボタンはずしに没頭した。まるでどうやってボタンをはずすかが、この先何代にも渡って影響する一大事でもあるかのように。時間がひどくかかった。ボタンがドイツと日本の間にかかっていて、延々とそれをはずしているかのようだった。その間〈緊張〉は窓台にわたしたちと並んですわってくつろいでいた。〈緊張〉のせいでわたしはあれこれ考えた。フレデリクがボタンをすっかりはずし終えたら、彼の前に裸で立つことになる。そんなふうに自分をさらしたことはこれまで一度もなかった。裸が光にさらされないようにつねにこころがけ、毛布の下に隠してきた。けれどもありがたいことに、口にすれば物は消えうることに思いいたった。

「わたしはあなたの半分もきれいじゃない」

最後のボタンがはずされた。ゼルマのワンピースの一番下のボタンだ。フレデリクは立ち上がり、ワンピースをわたしの肩からはずした。それから「きみはぼくの三倍きれいだよ」といってわたしを抱き上げ、ベッドに横たえた。〈緊張〉は窓台にそのまま残った。

フレデリクのすることは何もかも確実だった。わたしの体の地図にすでに何年も取り組んできたかのように。日本の彼の部屋の壁に地図がかかっていて、長年その前に立って、書かれている道を丹念に頭に刻みこんできたかのように。

わたしの方はフレデリクの体の地図を持っていなかった。どこから何をどう始めたらいいか、まるでわからなかった。震える両手でただ彼の胸やお腹をなでた。

「何もしなくていいんだよ」フレデリクがわたしの両手をつかんでいった。そして肩を押さえて背中をマットレスに押しつけた。

「フレデリク?」わたしはささやいた。彼はずっと下の方にいて、口と両手を動かしていた。道をさがす必要はないらしい。

「なんだい?」フレデリクはつぶやいた。画期的なものを発見した瞬間に、折悪しく部屋のドアがノックされたかのように。

「あなた、あなたって、ものすごく精確なのね」

フレデリクはわたしを見上げた。「電気カミソリのことでもいってるみたいな言い方だね」そういってほほ笑んだ。

彼の目は今ではシアンブルーでもターコイズブルーでもなく、ほぼ真っ黒だった。子どもの頃、眼鏡屋が、瞳孔は暗くなったりうれしかったりすると開く、と説明してくれたのを思い出した。

フレデリクはわたしの顔のところまでもどってきて、頭をわたしの首に、片手をわたしの胸にのせた。わたしの心臓は胸の奥で早鐘を打っていた。外にいて部屋の中への立ち入りを拒まれた者の心臓のように。それこそシロナガスクジラの心臓とは比べものにならない速さで。

「どうしてそんなに落ち着いているの？」と訊くと、フレデリクはわたしにキスをして、「きみがあんまり神経質になっているんで、ぼくは落ち着いているのさ」と答えた。

フレデリクは手の甲でわたしの首をなでた。そして「きみは何もしなくていいっていっただろ」とささやいた。

「でもわたし、何もしていない」

「いや、している。さっきからずっと考えている」

わたしは首を彼の方に向けた。わたしの口は彼の額の上にあった。

「それじゃあなたは、何も考えていないの？」

「考えてないよ」フレデリクはわたしの首のところでいって、片手をわたしの肋骨と骨盤の間のくぼみにのせた。

「今はね。だけどたぶん明日になったら考えると思う」そういって、手のひらをわたしのお臍の下に当てた。

何もしないでいるのはそろそろやめないと。そう考えて両腕をフレデリクの背中に回した。

「それどころかいろいろ考えるだろうな」とフレデリクはささやき、自分の足でわたしの両足を押し広げた。「でも今は考えていないよ、ルイーゼ」フレデリクはそうささやいたけれど、わたしはもう聞いていなかった。

夜中の三時頃、ふと目がさめた。フレデリクは隣で、組んだ両手を頭の下に入れ、顔をこちらに向けてうつぶせで寝ていた。しばらくその顔をながめ、人差し指でむき出しの肘をなでた。「何もかもしっかり覚えておきなさい」と小声でいった。自分自身と、それからずっと離れた窓台にいる〈緊張〉に向かって。

身を起こし、ベッドの端に腰かけた。部屋の真ん中が濡れているように見える。夜中に雨が吹きこんだのだろうか？　だがよく見ると、水溜まりに見えたのは袈裟だった。

毛布は床に落ちていた。ずっと前に落ちてしまったのだろう。網を拾う高齢の猟師のようにそれを拾いあげた。時間がかかった。わたしの腕は九十パーセント水でできていて、恋のせいで弱っていた。

わたしが毛布を拾いあげた頃、自分を重く感じている眼鏡屋はベッドにうつぶせに寝て、一晩中一度も寝返りを打たなかった。その頃エルスベートは居間のソファで、パルムは椅子にすわったまま眠っていた。最初に寝たのはエルスベートで、それからちょっとの間また目を覚ました。

「ごめんなさい、パルム。でもあなたの話を聞いていると眠くなってしまって。聖書の言葉やら解説やらを聞いているとね」とエルスベートはいった。

パルムはエルスベートにほほ笑んで、「ぜんぜんかまわない。気にせんでくれ、エルスベート」と答えた。それでエルスベートはまた眠りこみ、パルムは自分も眠りこむまでそのまま説明を続けた。

その頃、マルリースは寝ずに窓辺に立って、缶詰のエンドウ豆を食べていた。窓辺にのうのうと立っていられるのは夜だけだ。夜なら招かれざる客がやってくることもない。マルリースはエンドウ豆をいやいやお腹につめこんでいた。今日は一日何も食べていないと体がおずおずと訴えたからだ。エンドウ豆の汁が顎にたれ、マルリースは口をぬぐった。

その頃、父はモスクワで公衆電話の前に立っていた。両腕にはめたふたつの腕時計の片方を見て中央ヨーロッパの時間を確かめ、受話器をまた置いた。

その頃、母はアイスクリームパーラーの上の居間で、アルベルトの隣に寝てしゃっくりをしていた。数時間前にアルベルトは母に、いっしょに住まないかと持ちかけ、母はそれが世界一おもしろい冗談ででもあるかのように大笑いした。そんな大笑いをするのは久しくないことだった。当然アルベルトは気を悪くして、「わかった。もういいよ」といった。「ごめんなさい。あなたのせいじゃないのよ」と母はあやまった。頬を涙がつたい落ちた。「ただものすごくおかしくて。自分でもどうしてだかわからないんだけど」母は寝ようとしたけれど、しゃっくりが止まらず眠れなかった。「いっしょに住む」と考えただけで吹きだしてしまい、アルベルトは「もううんざりだ。おれはソファで寝る」といった。

その頃、ゼルマはベッドの中で花柄のキルティングの掛け布団を掛けて寝ていて、もう少しのところでオカピの夢を見そうになった。だがありがたいことに薄明かりの中、ウールヘックにいるゼルマの隣に立ったのは、四肢が異常に曲がったただの牛だった。

動物の感知能力

お昼近くまで寝ていて、玄関の呼鈴が鳴ったせいで目を覚ました。フレデリクはおらず、袈裟と鞄だけが残されていた。わたしは寝ぼけたまま玄関まで行き、インターホンに出た。

「下へきて荷物を運ぶのを手伝ってくれ」フレデリクの声がした。

バスローブがないので、袈裟をはおって階段をおりた。

エントランスドアの前にフレデリクが六つの箱に囲まれて立っていた。

「人型の焦げたレープクーヘン〔ハチミツ入りのスパイスの効いたお菓子。クリスマスの定番〕みたいだな」フレデリクがわたしを見ていった。

「あなたの方はやけに普通に見える」フレデリクはジーンズとセーターという、いたって普通のいでたちをしていた。

「いったい何が入っているの？」わたしは箱を指差した。

「あの本棚をそのままにしてはおけない。新しいのを買ってきたよ」

ふたりして箱を中に運び入れ、階段を上がった。わたしが先に立ち、フレデリクが後に続いた。

「どうやって運んできたの？」

フレデリクは立ちどまった。

「人生の賜をひとつずつ家へ運び入れる者は、悟りを得ん」

わたしは振り返って、彼の顔を見た。

「冗談だよ。運んでもらったんだ」

上にたどりつくとフレデリクは腕時計を見た。

「もう行かないとな。これはきみひとりで組み立ててくれ」

その後九年間、箱が放置されるままになることを、わたしたちはまだ知る由もなかった。

空港には、最後の瞬間に日の目を見ようとしているたくさんの真実が注意深く詰めこまれていた。あっちでもこっちでも、最後の抱擁が交わされている。真実のひとつが日の目を見たところ、予想していたほどおぞましくも恐ろしくもなかった、それで抱擁しているのだといいな、とわたしは思った。でも強く抱き合っているのは、隠してきた真実が日の目を見るのを、悪臭や騒音をまき散らすのを防ぐためかもしれない。

わたしたちは案内板の前に立っていた。フレデリクは荷物を下に置き、わたしをじっと見つめた。

「後で返すよ。送るよ」

タクシー代百二十一マルクのことをいっているのだ。

車がないことを忘れていたせいで、わたしたちは空港まで行くのにタクシーを使うしかなかった。「このでかくておそろしいやつも乗せないといけないんですか？」とタクシーの運転手に文句をいわれた。「ええ、そうしないといけないんです。このでかくておそろしいやつが、つねにいっしょでないとね」とフレデリクが答え、わたしたちはタクシーの後部座席に乗りこんだ。間に入ったアラスカが座席と床の半分を占めた。

昨晩フレデリクは、明日になったら考えるといった。そして一夜明けて今、彼は確かに考えているようだった。わたしはその様子を見ていた。

空港までタクシーで行く間、わたしたちは黙っていた。空港へ着く少し前になって、フレデリクはようやくわたしの肩に腕を回した。といっても間にアラスカがいたので、ほとんどアラスカを抱いているようなものだった。

「どうしてそんなに落ち着いているんだい？」とフレデリクに訊かれた。

「わたしが落ち着いているのは、あなたがあんまり神経質になっているからよ」とわたしは答えた。そのとおり、その時点ではわたしはまだ落ち着いていて、今ここにきて、出発ロビーに着いて初めて気が高ぶってきた。

「ううん、お金は返してもらわなくていい。だって本棚を買ってくれたじゃない」とわたしはいった。

巨大な案内板の表示が変わる音がした。わたしたちは上を見た。文字ががちゃがちゃ音を立てて入り混じり、黒白にかすんでいく。わたしたちも、周りにいる者たちもみんな、文字が新たに組み合わされるのを息を詰めて待った。人生の先行きを示してくれるのを期待するかのように案内板を見上げて。文字が定着し、案内板は実際にその後の人生を教示してくれた。といっても直後の五分間分を簡潔に示しただけだったが。

「ゲート5Ｂ」フレデリクが文字を読み上げた。

ホールを歩いてゲートへ向かう途中、アラスカがふいにリードを強く引いたので、バランスを崩して転びそうになった。

こっちへ駆け寄ってくる男性の方へ、アラスカはリードを引っ張っていく。わたしは目をしばたたかせた。その男性を見るのは初めてだったが、誰なのかはすぐにわかった。

「いきなり話しかけて申し訳ありません」とその男性はフレデリクにいった。「ドクター・マシュケと申します。精神分析医です。あなたは仏僧ですよね？」それからフレデリクに手を差し伸べた。着ている革のジャケットがこすれる音がした。

「ええ、わたしは仏僧です」とフレデリクはいい、わたしをちらと見て、「少なくともそう思っています」と付け加えた。

「わたしは仏教に非常に関心がありまして。あなたは座禅をなさいますか？」

フレデリクはうなずき、ドクター・マシュケは、レッダー氏がサドルバッグを見たときのような目つきでフレデリクを見つめた。

わたしはドクター・マシュケを観察した。赤毛で、短めの髭も赤い。ニッケル縁の眼鏡をかけていて、父とだいたい同じくらいの年に見える。

「マシュケです」といって、わたしに手を差し出し軽く握手した。そしてすぐさまフレデリクに向き直りかけたが、ふいにわたしの顔に目を留めた。

「あなたは誰かに似ています」

「父でしょう」

「なんてこった！　ペーターのお嬢さんですね。お父さんにそっくりだ。お目にかかれてうれしいです」

アラスカは大喜びしている。おそらく、もともとドクター・マシュケのアイデアだったからだろう。

「アラスカはドクター・マシュケのアイデアなのよ。父の世界旅行もね」

「いいえ、逆ですよ」とドクター・マシュケはいった。「わたしは当時、何度もペーターを思いとどまらせようとしたんです。あなたがたのところに留まるように、一生懸命に忠告しました。それはそうと」そこまでいって、フレデリクに向き直った。「唯識派（ゆいしきは）の仏教についてお尋ねしたいことがあります」

「そんなはずはありません。何もかもあなたのアイデアのはずです」とわたしは憤慨して反論した。同時にドクター・マシュケが父を世界旅行に送りだした証拠は何もないことに気づいた。ゼルマとわたしとふたりしてそう推測していただけで、まったく正反対のこともありうる。

「ではどうぞ訊いてください」とフレデリクはいった。

ドクター・マシュケは咳払いした。「厳密にいうと、八識（はっしき）についてお訊きしたいんです」

「いったいアラスカはどうしちゃったのかしら？」わたしは口をはさんだ。アラスカがあいかわらず興奮してドクター・マシュケにまとわりついていたからだ。

「わたしたちは前に一度すてきな一日を過ごしたんです」とドクター・マシュケはいって、（革のジャケットをきしませながら）アラスカの頭をなでた。「厳密にいうと、阿頼耶識（あらやしき）のことです」

「蔵識（ぞうしき）のことですね」とフレデリクがいった。

「そのとおりです」ドクター・マシュケは顔を輝かせた。

「すてきな一日を過ごしたというのはどういうことです？」わたしはまた口をはさんだ。

「夏にアラスカがわたしを訪ねてきたんですよ。一日中いっしょに過ごしました」

アラスカが行方不明になって、フレデリクが現れた日のことを思い出した。「アラスカはあなたのところにいたんですか？」

フレデリクがわたしを見た。「それがアラスカの冒険だったわけだ」といってから「顔が青いけど、だいじょうぶ？」と訊いてきた。

ふいに事情が逆転すると人は青くなるものだ。「アラスカが、よりによってあなたのところへ行ったのは、どうしたわけでしょう？」

「ペーターが恋しかったからでしょうね。わたしはあなたのお父さんととても近しい関係にありましたから。動物はそういうことを察知するものですよ」

「わたしも父とはとても近しい関係にあります」

「ええ、でも精神分析はまた違った結びつけをするんですよ」

フレデリクがわたしの背中にそっと手を当てた。いいかげん、あっちへ行ってくれ、とわたしはドクター・マシュケの方を向いて思った。心の底からそう念じた。

「もう行かないと」とフレデリクがドクター・マシュケにいった。

「でも阿頼耶識のことが……。飛行機の出発時間はいつですか？　わたしの方はまだ三十分あります」

わたしはそっとフレデリクの脇をつついた。彼はわたしを見た。

「出発前にルイーゼにいっておかなければならないことがあるんです。気高き真実についてです。

おわかりいただけますか？」

もちろんドクター・マシュケは理解した。「あなたのようなその道の専門の方とお知り合いになれて光栄です。仏の道を進まれることを選ばれたのはすばらしいことです」

「さあ、もう落ち着いて」とわたしはアラスカにいいきかせるふりをしていった。アラスカはあいかわらずドクター・マシュケのそばを離れようとせず、ドクターが歩きだすと、そっちの方向へリードを引っ張った。

わたしたちはドクターの後ろ姿を見送った。「事情は逆だったなんて、信じられない」とわたしはつぶやいた。

わたしたちはセキュリティチェックに向かった。中へはフレデリクしか入れない。ドクター・マシュケと蔵識が時間を取り過ぎたせいで、もうわずかしか時間が残っていなかった。

「いいかい、もしも事情が逆だとしたら、それは他のことにもあてはまるんじゃないかな」とフレデリクがいった。

「たとえば？」

「もしかしたらきみは七つの海を股にかけるようにできているかもしれない」

「本棚をありがとう。もう一度お礼をいうわ」

「息を吸って、ルイーゼ」

「どこで吸うの？」

「お腹でさ」

「お腹といえば」そういって、鞄から袋を出した。クルミをたくさん袋に詰めておいたのだ。

「ありがとう」フレデリクは髪の毛がないのを忘れたかのように手を頭にもっていった。

「お互い訊きたいことがたくさん残っているのはわかってるよ、ルイーゼ」

フレデリクが口にしていない問いは、わたしには見えなかった。わたしの問いはといえば、危険性を示すために赤い養生テープを貼ってある丸い箇所のように足元にあった。たとえば「これからどうなるの？」という問い。それから「いったい今何をしているの？」という問い。

「今は何ひとつ答えられない。きみの問いが唯識派の仏教についてなら別だけどね」

フレデリクはそれだけいうと、わたしの顔を両手で包んだ。

「またぼやけているよ、ルイーゼ」

どんなに多くの事情が逆であったとしても、わたしは七つの海を股にかけるようにはできていない、といいたかった。そうではなく、まさしくあなたのためにできているのだと。けれどもそれも危険を示す赤い養生テープで囲まれていて口にできなかった。

「もう行かないといけないわね」

「ああ」

「いいから、行ってちょうだい」

「だったら手を放してくれないと」

わたしは手を放した。

「さあ、もう行けるわよ」わたしはいい、フレデリクはガラス扉を通っていった。彼の背後で扉が閉まった。わたしは足をはさまなかった。九十九パーセント水でできている者には、そんなことは不可能だから。

フレデリクは駆けだした。わたしはアラスカのリードをしっかり握った。アラスカがまたしても強く引っ張ったからだ。フレデリクが振り返って手を振った。ふいに彼の目に驚きが浮かんだ。まるでわたしの頭の上に暗雲が立ちこめでもしているように。振り返ると、目の前にドクター・マシュケが立っていた。

「彼はまた来ますよ」ドクター・マシュケはいった。

受賞歴のある学者が世界も驚くセンセーションを開陳するような口ぶりだった。あまりにもったいぶった言い方なので、フレデリクのことではなく、純粋に解剖学的に来ることのできない祖父かマルティンのことをいったのでは、と一瞬思いかけたくらいだ。

「もうあっちへ行ってください」わたしはいった。そんなことはまだ誰にもいったことがなかった。

マルリースは一日中それしかいわないけれども。

ドクター・マシュケはなだめるようにわたしにほほ笑みかけた。

「存分に怒るといいですよ。怒ったことがない者は自分を現実化できませんからね」

「いいかげんにあっちへ行ってください。それから革のジャケットをかささかさせるのはやめてください」わたしはいった。そのセリフは効き目があった。

タクシーでアラスカと町にもどり、書店へ直行した。わたしはタクシードライバーに百二十四マルク支払った。これまでで一番出費した一日だった。農夫のライディヒのところへやってきた執行官のことが脳裏に浮かんだ。執行官はライディヒの全財産を差し押さえていったものだ。「みんなもう、あなたのものではなくなったんですよ」と。

前述

周到に準備されたクリスマス会は、村の集会所で午後に催され、大禍なく終わった。聖書の言葉が多数引用されたにもかかわらず、その間、パルムはほとんど黙っていた。その日の午後、彼が口にしたのは一言だけ、すなわち「マルティンに献杯」といっただけだった。

集会所でクリスマス会を開くたびに、眼鏡屋は最後に「マルティンに献杯」といってグラスをあげる。「マルティンに献杯」と村中が唱和し、天井の鏡板を見上げる。天井のさらに上、はるか上空の雲の上、主のお膝元の声が届くところに、マルティンはすわって手を振っているという。ワインではなくカシスジュースで乾杯したパルムが、前にそう説明してくれた。

クリスマス会の後、眼鏡屋とパルムとエルスベートもいっしょに家にもどってきた。母が家中を花輪と枝で飾り付けていて、森の中にいるようなにおいに包まれた。できる限りのことをしたけれど、クリスマスツリーはどうしてもしっかり立ってくれなかった。それでクリスマスキャロルを歌っている間ずっと、眼鏡屋がガーデニング用の手袋をはめてツリーを押さえていた。腕をのばしてツリーのてっぺんのすぐ下を支えているせいで、つかまりそうになって逃げようとしている泥棒のように見えた。

わたしたちは『いざ歌え、いざ祝え』を歌った。パルムのリクエストだった。パルムは低い大きな声で滅び行く世界のことを歌った。父とは電話でつながっていた。バングラデシュから電話をしてきた父は、ソファテーブルの上に置いてある受話器を通してわたしたちといっしょに歌った。

歌が終わり、ロウソクの灯が消され、クリスマスツリーが壁に立てかけられると、眼鏡屋がふいにいった。「きみたちにいっておきたいことがある。これ以上黙ってはいられない」

ゼルマはちょうど両手にクリスマスのグリル料理を持っているところで、エルスベートはお皿を六枚運んできたところ、母とわたしはパルムと並んでソファにすわり、ゼルマのアドヴォカート〔ブランデーをベースに、卵黄、砂糖、香料を加えたリキュール〕で乾杯しようとしているところだった。その瞬間みな、魔法にかけられたように動きを止めた。とうとう決定的な瞬間がやってきた、誰もがとっくの昔から知っていることを、今まさに眼鏡屋が告白すると思ったのだ。

ゼルマはグリル料理を手にしたまま、根が生えたようにその場に立ちつくしていた。赤い養生テープで囲ってある箇所に足をのせて床の真ん中を踏み抜き、床下に沈まなかったことを悔いているような風情で。

眼鏡屋はまっすぐパルムの元へ向かった。パルムは大きく目を見開いて眼鏡屋を見上げた。

「おれかい？」

「ああ、そうだ」

パルムは立ち上がった。どうやらまた体を動かせるようになったらしい。

「ヴェルナー・パルム」眼鏡屋は両手を震わせながらいった。「ぼくは狩猟やぐらにのこぎりで切り込みを入れた。きみを殺そうとしたんだ。本当に申し訳なく思っている」

ゼルマは大きく息をついた。細い体全体から、ふっと力が抜けた。

「でも何も起きなかったわ」エルスベートがすぐさま口をはさんだ。まだお皿を六枚手にしたままだった。「それにもう十二年も前のことよ」

「それでもだ」眼鏡屋はパルムの顔をじっと見ていった。「どうか許してほしい」体全体が震えていた。眼鏡屋がそのことをそれほど苦にしているとは、誰も思ってもいなかった。

パルムは眼鏡屋を見上げ、謎を解読しようとでもしているように目をすがめた。「もういい。それにそうしたくなったのも無理ない、とおれは思う」

それを聞いて今度は眼鏡屋がほっと一息ついた。ひょろ長い体全体が大きく揺れた。パルムの体には触れてはならないのが暗黙の了解になっていたが、眼鏡屋はすんでのところで彼を抱きしめるところだった。「おれもきみたちに話さなきゃならないことがある」パルムが両手をあげていった。

ゼルマはグリル料理を窓台に置いた。

「**きみ**にいわなきゃならないことがあるんだ、ゼルマ」パルムは両手を背中で組んだ。愛が話題になっているとばかり思いこんでいたわたしたちは、思いがけない側からゼルマに愛の告白があるのかと一瞬思った。パルムは密かにゼルマを愛していて、それが今明かされるのだろうか？　もしもパルムに愛を告白されたら、ゼルマはどう反応するだろう？　マルティンの死後、ゼルマは鹿のこと以外、何一つパルムのすることを拒んでいなかった。

「おれはきみを殺そうと思っていたんだ、ゼルマ」とパルムは小声でいった。そして履いているよそ行きの靴に目を落とした。「マルティンが亡くなる前のことだ」そこでちょっとの間、天井を見上げた。「きみの夢のせいでね。きみが死ねば、もう誰も死なずにすむと思ったんだ」

みんなゼルマの顔をじっと見た。ゼルマがパルムを許すか、それともこれからは彼のことをいっさい拒絶するようになるか、計りかねて。ゼルマはこれまでどおりパルムに好意を寄せて聖書の話を聞いてやるだろうか？　パルムが拒絶を覚悟しているのが、その顔から見て取れた。

ゼルマはパルムを許した。「でもあんたはあたしを殺さなかった」といってパルムに近づき、肩を抱けないので、かわりに数センチ上の空気をなでた。「撃ち殺さないでくれて助かったわ」

「おれはなんてばかだったんだろう」パルムはしゃくりあげた。「不死は主の御許にしかないというのに」

「グリルが冷めてしまうわ。他にも殺人未遂はある？　それとも食事にする？」ゼルマがいった。

「ともかく食事にしましょう」母がいった。「それにまだペーターと電話がつながってるわ」

「あらま」といってゼルマは受話器を取った。

「なんにもわからなかった。接続がひどくてね。もう歌は終わったのかい？」父が訊いた。

「ええ、歌い終わったわ」とゼルマは答えた。

その晩遅く、クリスマスのグリル料理をアルミホイルに包み、アラスカを連れてマルリースのところへ持っていった。以前はマルリースも祭日には顔を見せていたが、最近はそれも拒んでいた。ひどく冷え込んだ夜だった。

「周りを見てごらん、ここはなんてきれいなのかしら。澄んだ空気と寒さと暗さの交響曲よ」アラスカに向かって大声でいった。

フリートヘルムが踊るように歩きながらやってきた。『毎年必ず』〔ドイツのクリスマスソング〕を歌っていた。彼は帽子を取ってわたしにあいさつし、わたしはうなずいた。十二年前に父がパニックを抑える注射を打ったのが、いまだに効いているんだろうか？　十年以上も幸福と満足を分泌し続けているんだろうか？　わたしは首をかしげた。

どっちみちマルリースは玄関の扉を開けてくれないだろうから、直接裏手に回り、台所のかしいでいる窓の下に立った。

「クリスマス、おめでとう、マルリース。グリル料理のおすそわけを、ここに置いておくわね。とってもおいしいわよ」

「いらないわ。どっかへ行ってちょうだい」

わたしは窓の隣の壁に寄りかかった。

「おもしろい話を聞きのがしたわよ。パルムはゼルマを、眼鏡屋はパルムを、もう少しで殺すところだったのよ」

即座に椅子を引く音が聞こえた。

「なんですって？」

「今日の話じゃなくて、当時の話よ」

マルリースは無言だった。

「わたしのところに日本からお客さんがきたのを覚えてる？　数週間前にここへきたんだけど、それっきりなんの連絡もないのよ」

マルリースは無言だった。

「甘んじるしかないわね。ところでね、試用期間が終わって正式に採用されたわ。あんたに苦情をいわれてばっかりだったけどね」

「あんたに薦められた本はみんなはずれだった」

「たぶん彼もそのせいで連絡をよこさないのかも」

わたしはグリル料理を窓台にのせた。月光が深鉢に反射するようにアルミホイルが光っていた。


一月、眼鏡屋とゼルマとわたしは町の医者へ行った。ゼルマの関節の変形は止まらず、進むばかりだった。誰もが見てわかることを立証するために、両手、両足、膝のレントゲンを順番に撮ることになった。その間ゼルマはじっとしていなければならなかった。ゼルマは目をつぶった。途中、係の者がやってきて、次のレントゲンを撮るために体の位置を変えても、目を開けなかった。ゼルマはそこにすわって、まぶたの裏に映る白黒の残像を見ていた。ハインリヒが最後の最後の最後に振り返った姿を、ハインリヒの止まった笑顔を見ていた。その間にレントゲンの検査装置はゼルマの止まった体の薄い灰色の写真を撮っていた。ゼルマはハインリヒを見つめながら、検査装置が写真を撮る間、体をぴくりとも動かさないようにしていた。

眼鏡屋とわたしはレントゲン室の前ですわって待っていた。

「地球の反対側からの手紙は届くのに時間がかかるもんだよ。彼はそのうち連絡をよこすよ」と眼鏡屋はいった。ちょうどそのとき、ゼルマが靴べらとフォークをミックスしたような代物を手に、レントゲン室から出てきた。

「こんなものをもらったのよ。ちょっと見てちょうだい」ゼルマはうれしそうにいった。近頃ゼルマは腕を頭の高さまであげるのが難しくなっていた。ゼルマが手にしていたのはヘアフォークだった。

「それはそうと、**あんた**の方から連絡を取ることもできるんじゃないの」眼鏡屋の車に乗ってからゼルマがいった。

翌日わたしはレッダー氏にいった。「少し片づけてきます」レッダー氏はうなずき、わたしは奥の物置部屋のドアを押し開けて、がらくたの山を乗り越え、折りたたみの机に向かった。それから顧客のひとりにもらったヘーゼルナッツリキュールのびんを開け、景気づけにコーヒーカップに半分ほど入れて飲み干し、フレデリクに手紙を書きはじめた。

あなたが書いたに違いない手紙は、あいにくまだ届いていない、とまず書いた。それから、厳密にいえばそうした手紙が運ばれる際には、あちこちにしかけられている罠にさらされるし、人の手による不始末もしょっちゅう起こる。そうしたことを考慮すると、日本からの手紙がそもそもヴェスターヴァルトまでたどりつくことは不可能で、とくどくどと書き綴った。そして、あなたが夏によこした手紙は、きっと日本からここまでたどりついた唯一のものに違いないと続けた。

それからカップに半分入れたヘーゼルナッツリキュールをさらに三杯飲んだ後、「決して」と「つねに」を使って文を綴った。わたしはフレデリクに、彼がわたしの全人生をひっくり返したこと、彼に一日惚れしたこと、この愛は「つねに」そこにあり、何かがそこに割りこむことは「決して」ないだろうと書いた。それから、仏教は十分に練り上げられてはいないとも書いた。なぜなら、凝視しなくても物が消えることがあるのは明らかで、それはすでに数週間前からあなたを凝視していないにも関わらず、あなたが完全に消えてしまったことによって証明されると。ヘーゼルナッツリキュールのせいで、とりわけその文は明晰に思えた。「ゼルマとエルスベートと眼鏡屋からもよろしくとのことです」と書き添えることも忘れなかった。それから眼鏡屋が昨日再び、ゼルマの居間の床板が薄い箇所をパルムとともに修繕すると決心したことを書いた。数十年来そのままだったのだが、眼鏡屋が「このままにしてはおけない」といったことも。さらにあなたが連絡をよこさないことも、そのままにしてはおけない、と書いた。そしてもしかしたら事実は逆で、あなたはすでに七通手紙を書いたのに、先に述べたような事情で、あいにく届いていないのかもしれないと続けた。

わたしはリキュールのびんに栓をして机の下に置き、スミレトローチを口に入れた。レッダー氏はそこらじゅうにスミレトローチを少量ずつストックしていた。お払い箱にしたコーヒーメーカーのポットの中にまでも。

それから物置部屋のドアを力尽くで開け、新着の本を出しているレッダー氏のいるところを回りこんでカウンターへ行った。そして切手のシートをさがしだした。日本まで送るには切手がどれだけいるかわからなかった。それで念のため、封筒に貼れるだけ切手を貼った。

とそのとき、眼鏡屋が店に入ってきた。眼鏡屋はわたしを迎えにきただけなのだが、日曜大工の本を高くかかげていた。わたしが推薦して眼鏡屋の人生を変えたことになっている本を。

「もういいって」と後ろでレッダー氏が声をあげた。

「頭がどうかしちまったのかい？　まさか酔っぱらってるんじゃないだろうな？　そのにおいは、なんだろう、スミレのリキュール？」車に乗るなり眼鏡屋に訊かれた。

「郵便ポストのところで停まって」とわたしは村へ入るなりいった。「フレデリクに手紙を書いたの」

「今？　その状態で？」

「そうよ、そのとおり」

「一晩寝て、よく考えた方がいいんじゃないかい？　それともゼルマに見せるか」

わたしたちは重要な手紙を出す前には、必ずゼルマに見せていた。眼鏡屋が顧客に支払いの督促状を出すときには、ゼルマに見せて「不躾すぎないかな？」と訊いたものだ。ゼルマはたいていの場合「ていねいすぎるくらいよ」と答えた。

「ばかばかしい。今すぐ出すわ。いつも用心ばかりしていてなんになるの」

わたしはいばりくさった自動車教習所の指導員のように、片腕を眼鏡屋の肩に回した。

「肝心なのは何より自発性と真正よ」とわたしは続けた。ヘーゼルナッツリキュールを飲んでいても難なくいえる別の言葉を二つ選んだ方がよかっただろう。

それから車をおり、手紙を投函した。

翌朝七時、わたしは再び郵便ポストの前に立っていた。郵便配達人はポストを開けて郵便物を郵便袋に入れた。

「手紙を返してちょうだい」とわたしは頼んだ。

以前の郵便配達人は一年前に退職して、オーバードルフの双子の片割れが新しい郵便配達人になっていた。

「やだよ」と彼はいった。

三一分も郵便ポストの横に立って待っていたせいで、体が冷えて頭が痛くなっていた。パルムの猟銃を携えていたならどんなに良かっただろうに。

「いいから手紙を返しな、小僧」といって銃口を向ける。「いうとおりにするんだよ」そうできたらどんなに良かったか。

「お願い」とわたしはいった。

郵便配達人はにやりとした。口から白い息がもれた。「返してやったら何をくれる?」

「持っているもの全部」

「というと?」

ポケットから財布を出して「十マルクあるわ」といった。

郵便配達人は、わたしの手から十マルク紙幣を引き抜くと、ズボンのポケットに突っこみ、郵便袋を開けて腹の前に突きだした。「取りな」

郵便袋にかがみこんだ。郵便物がほんの少ししか入っていないわりに袋は大きすぎるし、深すぎる。指を曲げて袋の中をまさぐった。

「新年おめでとう、ルイーゼ」郵便配達人がいった。

翌朝、郵便受けにフレデリクからの手紙が入っていた。空色の航空便だった。上にあげて廊下の照明にすかしてみた。今回は紙が厚くて、中身は判読できなかった。空港の案内板が変更された際の文字のように、単語がぼやけていた。

親愛なるルイーゼ

連絡が遅れてすまない。やることがたくさんあったんだ。(想像しにくいかもしれないけど、でも本当なんだ) この時期には訪問客がひっきりなしにやってくる。ぼくはその世話をしなければならない。何もかも説明しなけりゃならないんだ。寺では何を食べるか、どういうふうに座り、どう歩くか、いつ黙るか、何時間眠るか。寺に入ると、何もかもあらたに学ばなければならない。重大事故の後のようにね。

きみのことをずっと考えていた。きみのところはすてきだった。大変でもあったけどね。あんなに長く、あんなに大勢といっしょにいることには慣れてないんだ。世界の反対側のここでは、みんなあんまりしゃべらない。

それに察しがついていると思うけど、人と親しくなることにも慣れていない。きみは例外だ。でも親しくなったとはいえ、きみはぼくにとってはあいかわらず謎だよ、ルイーゼ。ときどきやけに思い切ったことをする。ぼくがドアを閉めようとしているときに、足をはさんだりする。かと思うとひどくぼんやりしている。そんなときには、きみが曇りガラスの向こうにいるように思える。そこに何が隠れているかは推測することしかできない。

きみのところに、きみたちのところにいたとき、ぼくは繰り返しきみに恋をした。少なくともきみの見える部分にね。(前述の曇りガラス参照)

だけどこうした恋愛感情は変えなければならない。なぜなら、ルイーゼ、ぼくらは結ばれるようにはできていないからだ。ぼくは日本での生活を選んだ。決断するまでは長い道のりだった。決死の覚悟で決めたことなんだ。

ロマンティックとはほど遠く聞こえるかもしれないけれど、ぼくはすべてを混乱させたくない。ぼくにとってはすべてが所を得ていることが重要なんだ。

そしてぼくのいるべき場所はここで、きみはいない。

きみがこうしたことについて、ぼくらについて、どう考えているかはわからない。ぼくらが結ばれるようにはできていないことに同意してはもらえないだろうか？

フレデリク

わたしが手にしていたのは手紙だけだった。けれども玄関のドアを開けてゆっくり書店へ向かおうとしたとき、それは荷物をたくさん抱えているのと同じくらい重く感じられた。

曇りガラスの背後にいるような気がした。畑、牧場。頭のおかしいハッセルの農場。野原、森。森。一番目の狩猟やぐら。畑。森。野原。牧場、牧場。

わたしは一日中、手紙を携えていた。手紙を持って書店を出て、眼鏡屋と待ち合わせをしているギフトショップのある表通りへ向かった。フレデリクの言葉しか頭になかったせいで、歩道の真ん中にドクター・マシュケがふいに現れた瞬間、そのままぶつかってしまった。

「おっと」ドクター・マシュケはいった。「またお目にかかれてうれしいです」そして両手を腰に当てて、わたしの顔をじっくり眺めた。まるで自分が今わたしを作りだしたかのように。「信じられませんね。あなたはお父さんと瓜二つだ」

通りの向こうのギフトショップに目をやる。眼鏡屋はすでに来て、わたしを待っていた。絵葉書スタンドの背後から、タバコの煙が立ちのぼっている。

ドクター・マシュケは、フレデリクにぶつけたかった質問をわたしに向けた。無為について、滅諦（めったい）〔執着を断つことが悟りにつながるという仏教の教え〕について、無我、無二無三について。まさに「無」だらけだ。彼のいうことはろくすっぽ耳に入らなかった。まるで曇りガラスの背後にいるかのようで、彼とぶつかったとき、ガラスが音を立てなかったのが不思議なくらいだ。

もう行かないと、と何度も繰り返しいったが、ドクター・マシュケは話し続けた。彼は話しに話した。とふいに、マルリースが角を曲がって現れた。

「こんなところで何をしているの？　また何かに文句をつけにきたの？」わたしは訊いた。

それほど寒くもないのに、マルリースは帽子を目深にかぶり、若さを保ったままの顔をマフラーで半分おおっていた。

若さが保たれているのはなぜだろう？　マルリースの毎日はまったく変わり映えしないので、顔に刻印を押す必要を時が感じないのかもしれない。それで年を取らないのかもしれない。

マルリースは手にしている細長い包みを武器のようにドクターに向けた。

「錠前を買ったのよ」

「でも同じようなのをすでに持っているじゃない」わたしはいった。

マルリースはすでに玄関のドアに錠前を四つもつけている。そもそも一つのドアに、そんなにたくさん錠前をつけられるものだろうか？　フレデリクの手紙なら、いくつも安全錠をかけたドアでもこわしかねない。そんな悲しいことを考えたら、泣きそうになった。

「錠前は多ければ多いほどいいものよ。これから家へ帰るところなの」マルリースがいった。

ドクター・マシュケは包みを持ったマルリースを、ベールをかぶった美女を見るかのようにうっとりと見つめている。

「どうぞそうしてください。パスカルはかつてこういいました。人間の不幸はすべからく部屋にじっとしていられないことに存するとね」

マルリースは包みを腕に抱え直して、ほほ笑んだ。マルリースがほほ笑むのを、わたしは初めて目にした。そもそもそんなことが解剖学的に可能だとは思ってもいなかった。

「そのとおり」とマルリースはいった。マルリースが人の意見に賛成するのも初めてだ。

「それじゃわたしも、そろそろ行かないと」わたしはいったが、ドクター・マシュケに袖をしっかりつかまれた。革のジャケットがこすれる音がした。

「ところで家に留まるといえば」と彼は切りだした。「そもそも、お父さんがどうして旅をずっと続けているのか、御存知ですか？」

わたしは通りの向こうの絵葉書スタンドに目をやった。その背後で眼鏡屋は、もう一本タバコに火をつけ、吸いはじめていた。

「そもそも患者のことを、知らない人にしゃべってもいいんですか？　禁じられているんじゃないんですか？」

「あなたのお父さんのことは、患者というより友だちだと思っています。とはいえ無論、わたしの見解を押しつけるつもりはありません」といいつつ、彼はためらうことなく先を続けた。「わたしが思うに」といってニッケル縁の眼鏡を押し上げ「ペーターが旅を続けているのは、お父さんをさがしているからです」

「えっ？」とマルリースが声をあげた。「でもとっくに死んでいるわよ」

「それが好都合な点でしてね」とドクター・マシュケはいった。「だから、どこでもさがせる」

彼は、かつてマルティンが重量挙げの世界チャンピオンの真似をして拍手喝采を期待したときのような日をして、わたしたちを見つめた。

道路の向こう側に目を向けると、絵葉書スタンドの背後から、もう煙は上がっていなかった。タバコを踏み消す眼鏡屋の足が、ちらとのぞいて見えた。

「もう行かないと。いっしょに車で帰る、マルリース？」

「そこまでしてもらうつもりはないわ」マルリースは包みを背負って歩きだした。

「お友だちのお坊さんの住所を教えてもらえませんか？」とドクター・マシュケがいった。

「そこまでは」といって、わたしは手紙を手に道路を渡り、眼鏡屋に駆け寄り、彼の胸に飛びこんだ。

その晩遅く、ゼルマとエルスベートと眼鏡屋とわたしは、家の前の階段に、ゼルマのソファカバーを広げてすわっていた。眼鏡屋が、今晩は流れ星をたくさん見ることができる、とどこかで読んできていた。

ゼルマとエルスベートと眼鏡屋は、それぞれ眼鏡をかけ、頭を寄せ合い、難しい暗号を解こうとでもするように、長いことフレデリクの手紙の上にかがみこんでいた。

「わたしは同意できない。そもそも、こんなひどい考えってある？　それに何もかも変えることなんて、できやしない。いったい彼、何を考えているんだか？」とわたしはいった。

眼鏡屋は立ち上がり、仏教の本を台所から取ってきた。同意できない場合に役に立つ教えが、どこかに載っていないか、さがそうと考えたのだ。

眼鏡屋は眼鏡をかけ直して本の頁をめくった。それから「人生においてとりわけ重要なことは」と読みはじめた。「世界と近しい関係を築くことだ。世界との和合」眼鏡屋はその文句を繰り返した。「すてきだね」そういって、すでにアンダーラインが引いてある箇所に、さらにもう一本アンダーラインを引いた。

エルスベートはモンシェリをひとつ口に入れた。そして「愛を強要できないか試してみましょう」といった。愛を変えられないのなら、フレデリクを変えるしかないと考えたのだ。「方法ならたくさんあるわ。たとえば指の爪の切れ端をグラスワインに入れてかき混ぜる。それを飲んだ者は、激しい恋に落ちる。雄鶏の舌をこっそり食事に混ぜても同じ効果が得られる。それか、フクロウの骨で作った鎖を首にかけてもいい」エルスベートはさらに考えをめぐらした。「もしかしたらカナリアの骨で代用できるかもしれない。ピープジも本望というものよ」ピープジというのはエルスベートが飼っていたカナリアで、今日の昼前に死んでいた。

「それとも」といって、エルスベートはモンシェリをもうひとつ口に入れた。「フレデリクに、見つけたパンを食べさせるのもいいかも。そうすると彼は記憶をなくす。そうなったら、すべてを混乱させたくないと考えたことも忘れるわ」

わたしは、レバーペーストの塊に薬を混ぜこんでアラスカに食べさせるように、フレデリクに愛を強要することを考えてみた。

「銀のスプーンで掘り起こしたクマツヅラを肌身離さず身につけているのも有効よ。そうすると誰からも愛されるようになる。つまり特別な人からもね」

エルスベートは、紫がかったバラ色の包み紙が、くしゃくしゃになって膝の上に散らばっているのを眺めた。

「問題は、どの方法も彼がここにいないとできないことね。だけどそれもどうにかなる。箒を三本、暖炉に入れるとお客さんが来る。つまり特別な人もね」

「流れ星がひとつ」とゼルマがいい、わたしたちは空を見上げた。

「でも流れ星に願うっていうのはナンセンス。ぜんぜん効かないわ」とエルスベートがいった。

「できることはひとつだけだと思うわ。同意する気がないのなら、別れるしかないわね」ゼルマがいった。

眼鏡屋が咳払いをしてから、つぶやいた。「だけど、これはまだ最後通牒じゃないと思うな」

「でもわたしたちみんな、彼にぞっこんじゃない」とエルスベートがいった。

「そのとおり。でもそれでもよ」とゼルマがいった。

「ねえ、知ってた？　ぼくらはみんな、時間の中で一時的に展開しているにすぎないんだってさ」

眼鏡屋が本を見ながらいった。

「それがどうしたっていうの？」エルスベートはモンシェリの包み紙を空の植木鉢の中に捨てた。

その後は、もう誰も何もいわなかった。黙ったまま、首をあげて空を見つめていた。さらに五つ、役立たずの星が流れた。

エルスベートだけは上を見ず、わたしを見ていた。そしてわたしが、忌まわしい同意要請のせいで、気持ちを変えることなど考えられないせいで、泣きそうになっているのを見て取った。

わたしたちは愛を様々に扱うことができる。多少なりともうまく隠すこともできれば、引きずって歩くことも、高く掲げることもできる。愛を携えて世界中をめぐることも、花輪に織りこむこともできる。土に埋めることも、天に送ることもできる。愛はそうしたことすべてを許容する。愛は本質的に寛容でしなやかだ。けれども、変えることだけはできない。

エルスベートはわたしの額にかかった髪をそっとなであげた。そして肩に腕を回してささやいた。

「コウモリの心臓を食べれば、痛みはもう感じなくなるわ」

それから立ち上がっていった。「さてと、もう帰るわね。明日は朝早く町へ出なけりゃならないから。モリッツヒ&シックで一掃バーゲンが始まるのよ」

「また明日」とわたしたちはいい、時間の一時的な展開にすぎないエルスベートは、すり減ったパンプスを履いて後ろを向き、帰っていった。「雄鶏の舌が手に入るといいんだけど」とぶつぶついう声がまだ聞こえていた。

ゼルマがわたしの背中をなでた。「早く心を決めないとね、ルイーゼ」ゼルマはいった。

わたしの頭越しにゼルマと眼鏡屋は見つめあった。ふたりとも、変えることのできない愛のことなら、周知していた。

詳しいことはまだ何も

一晩中、わたしは同意するなんて不可能だと考え、どうすれば早く心を決められるだろうかと自問していた。翌朝書店でも、顧客のリクエスト本をアルファベット順に分類棚に整理しながら考え続けていた。レッダー氏が肩を軽くたたいて「いつからFがAの前に来るようになったんだ?」と訊いた。とそのとき、店のエントランスドアがさっと開いて、眼鏡屋が飛びこんできた。

「エルスベートが事故に遭った」

眼鏡屋がそういった瞬間、時が止まり、それから疾駆しはじめた。ゼルマと眼鏡屋とわたしが車で病院に駆けつける間、時は車と並んで疾駆した。それからブレーキがかかり、わたしたちが病院の廊下にすわって待つ間は、ひどく緩慢に進んだ。自動販売機でコーヒーを買ったが、わたしたちは三人ともベージュ色の紙コップをまともに持っていることさえできなかった。

何人もの医者が足早に脇を通りすぎていった。足音がリノリウムの床に子どものしゃっくりのように響いた。そのたびに、わたしたち三人はぱっと立ち上がったが、毎回、詳しいことはまだ何も申しあげられない、といわれた。

「きのうの晩、夢はまったく見なかったわ」とゼルマがいった。それで眼鏡屋とわたしがこの数時間尋ねずにいた問いの答えが得られた。それなら大事にはいたらないだろう、とわたしは思い、そう信じようとした。けれどもそうたやすくは信じられなかった。エルスベートは路線バスの前に飛びだしていた。どうしてそれが大事にいたらずにすむだろう。

バスの運転手は憔悴しきって、エルスベートがどこからともなくいきなり飛びだしてきたと証言したという。全速で走るバスの前にだ。目撃者は、エルスベートが手にしている紙に没頭していて、左右を見ることもなく、そのまま道路に出たと証言した。通行人のひとりがその紙を拾っていた。紙はエルスベートの手を離れてひらひら飛び、離れたところのアスファルトの上に舞い落ちていた。それはやることリストで、震える字でこうしたためられていた。

ワイン
ホイベルのところで雄鶏の舌があるか訊く
ピープジの骨を煮る
クマツヅラ
コウモリの心臓
ホウキ

夕暮れになっても、詳しいことは何もわからないままだった。と、眼鏡屋がぱっと立ち上がった。

「パルムに電話してくる」とふいにきっぱりといった。まるでパルムが受賞歴のある卓越した医学者であるとたった今わかったかのように。

ゼルマがけげんな顔をして眼鏡屋を見た。

「エルスベートのために祈ってもらおうとでも?」

「いいや。あいつは動物に詳しいからだよ」


眼鏡屋から電話を受けるなり、パルムはすぐさま車に飛び乗った。そして遠方の大きなさびれた城へ向かった。そこへは以前、珍しく酔っぱらっていないときに、マルティンと何度か行ったことがあった。

そしてゼルマとわたしが紙コップを握りしめ、眼鏡屋が病院の入口の前でタバコを次から次へとふかしている間に、パルムは車を停め、トランクから懐中電灯を取り出してベルトにはさんだ。パルムは性能のいい懐中電灯を持っていた。光には精通していたのだ。

施錠されていない扉をさがしたが見つからなかった。塔の背面の低い位置にある扉は風化しているように見えたが、南京錠は頑丈だった。パルムは扉を揺すった。

マルティンの死後、怒りは潰えていた。怒りとともに力も潰えていた。怒りと力は強く結びついているからだ。パルムはあたりを見回してつぶやいた。

「開けゴマ!」そういってから再び揺すったが、風化しているように見える扉は思いのほか頑丈で、ちっとやそっとでは開きそうもない。「そんな古くさい手に誰が乗るもんか。もっとましなことがいえないのか? 非力な狩人め!」といわれているような気がした。さらに力をこめて扉を揺すった。それからもっともっと強く。テレビドラマ『事件現場』の刑事が、誘拐した被害者をどこに隠したか明かそうとしない犯人の肩を怒り狂って揺するように、激しく扉を揺すった。

「いいかげんに観念しろ、くそったれ」ふいにかっとなって叫んだ。大声を出すことはついぞなくなっていたので声が割れた。

「さっさと開け！　くそったれの扉めが」再び叫んだ。

「さもなきゃ撃つぞ！」

南京錠はもったが、扉が音を立てて二つに割れた。

パルムは大きく息をついて、上着の袖で額の汗をぬぐった。それから懐中電灯をつけて塔に入り、階段をたどって上へのぼっていった。ズボンのポケットに手を入れて、小型の鋭いナイフがそこに入っていることを確かめた。


あいかわらず廊下で待っていると、パルムが病院の廊下をこちらへ向かって駆けてきた。医者も反対側からやってきた。医者は急いでいなかった。時間が瞬時に止まってしまう前に少しでもかせごうと、ゆっくり歩いていた。

息せききって駆けてきたパルムと、ゆっくり歩いてきた医者が、同時にわたしたちのところにたどりついた。ゼルマと眼鏡屋とわたしは立ち上がった。というのも、目に見えない誰かに「どうぞお立ちください」といわれたからだ。

「残念ですが、持ちこたえられませんでした」と医者はいった。

ゼルマは片手で口を押さえ、眼鏡屋は椅子にくずおれ、顔を両手に埋めた。パルムは握っていた拳を開けた。見ると血で濡れていた。

パルムの手から肉片がひとつ、リノリウムの床に落ちた。医者の白い靴の真横だった。医者は驚いて奇声をあげた。それから「いったいなんですか、これは？」と訊いた。医者がわからなかったのも無理はない。一目でそれがコウモリの心臓だと、いったい誰にわかるだろう？

エルスベートの葬儀の日は雨が降っていた。フレデリクがわたしを訪ねてきた日と同じくらい激しく。参列者はみな、黒い傘をさして墓の周りに立った。はるか上空から眺めたら、インクの巨大なしみのように見えたことだろう。

ゼルマはわたしと手をつないで、肩を震わせて泣いていた。

「エルスベートが前にいっていたことがあるわ。棺の上に雨が降るのは、死者にとっていいことだってね」とわたしはゼルマの耳元でささやいた。

「でもこんなに激しい雨じゃないでしょ」とゼルマはわたしの顔を見ていった。ゼルマの顔ははれぼったく、涙で濡れていた。

雨が棺の蓋の装飾の上に当たって音をたてていた。ゼルマは贅沢な飾りのある棺に固執した。生前エルスベートは、つねに贅沢に着飾っていたからだ。葬儀屋が棺の値段をいうと、眼鏡屋は少し安くしてもらえないかと尋ねた。葬儀屋は、棺を買うときは値切るもんじゃない、そんなことをしたら死者の気が休まらない、と勝ち誇ったようにいった。そして「エルスベートからそう聞いた」と付け加えた。

エルスベートの家は、厳密にいえばすでにかなり前から彼女の家ではなく、町の銀行の所有に帰していた。そしてエルスベートが亡くなった今、家をできるだけ早く空けなければならなかった。

父も家の片づけを手伝ってくれた。ちょうどどこかの荒野からもどってきたところで、次の荒野へ旅だつ直前だった。アラスカが木箱を積んでいる父に飛びかかっては、片づけの邪魔をしていた。

遺品を整理していて、エルスベートの写真帳を見つけた。その中には、エルスベートとハインリヒとゼルマの若い頃の白黒の写真もあった。どの写真にも見覚えがあった。エルスベートがしょっちょうマルティンとわたしに見せてくれていたからだ。ゼルマとハインリヒが、後に我が家が建つことになるまっさらな土地を指差している一枚がある。マルティンとわたしは、そうした写真を見るたびに、エルスベートとゼルマにまだとても若いときがあったこと、祖父がかつて実際にこの世に存在していたこと、そして我が家がまだ建っていないときがあったことを不思議に思った。

母も片づけを手伝ってくれた。父と母は、どちらがたくさん運べるか競争してでもいるように、せっせと木箱を運んだ。父が木箱を二ついっぺんに運んでいるのを見た母は、木箱を三つ手にした。母が三つ持っているのを目にした父は、四つ持ち上げようとした。最後に母が五ついっぺんに運ぼうとしたとき、一番上に積んだ木箱が庭に落ちて蓋が開いた。ひまわりの黄色の日記帳が何冊も芝生の上に転がって、頁が開いた。

よろず屋がエルスベートのアイロンを脇に置いて、日記帳を拾いあげた。

「レナーテとのセックスにメロメロ」よろず屋は日記帳を読み上げた。「なんだこりゃ?」

眼鏡屋がよろず屋から日記帳をもぎ取って、それを閉じた。そして「なんでもない。これはなんでもないんだ」といった。

眼鏡屋は日記帳を積み上げ、その上に枯れ葉をのせ、上着のポケットからライターを出して火をつけた。火がひまわりの色の表紙に移り、中の紙が燃えはじめると、空を仰いでいった。「ごらんよ、エルスベート、これでレナーテももうすぐ灰になる」

ゼルマがエルスベートの家から出てきた。ゼルマは一日中できる範囲で片づけの手伝いをしていた。無表情でたんたんと遺品を箱に詰めていたが、電話台の横にいつもどおりそろえてあった室内履きをビニール袋に入れようとした瞬間、初めて肩を震わせた。

ゼルマは車椅子にガラスのキャニスターを積んで、押しながら出てきた。中身がなんなのかは、皆目見当がつかなかった。ゼルマはしばらく考えてから、キャニスターの中身を眼鏡屋の足元の火にくべた。恋患いに効く薬も、便秘に効く薬も、死後も死のうとしない人間を封じるまじないに使う材料も、歯の痛みや脂足や破産や胆石に効く薬も、さらには安産や安眠に効くハーブや媚薬も、何もかも一切が火に投じられた。

「エルスベートがいないんじゃ、どれもこれも役に立たないものね」とゼルマはいった。

写真帳と、エルスベートが車を運転するときにお腹とハンドルの間にはさんでいた絨毯の切れ端と、室内履きが形見として残された。ゼルマは室内履きを居間のソファの下にしまった。エルスベートの葬儀を終えた晩、わたしはそのソファに身を横たえたが、なかなか寝つけなかった。

スタンドの灯りをつけ、室内履きの片方を手に取った。元がどんな色だったかは、もうわからなくなっていた。エルスベートが何年も履き続けてできた皺やらたるみやらを、わたしはじっくり眺めた。履きつぶして皺が寄ったゴム底。変形した足の指のせいで出っ張っている中敷き。かかとが当たっていた部分は黒光りしている。

わたしは急がなかった。室内履きをソファの下にもどし、もう片方と並べてそろえた。そして紙を出して書いた。「わたしは、わたしたちがいっしょになるようにできていないことに同意します」と。

婚姻届けに署名するように、重々しくそうしたためた。

第三部

父は始終旅に出るようになってから、毎年ゼルマの誕生日に、滞在中の国の写真集を贈るようになった。ゼルマはそうした写真集を、以前のようにただ書棚に並べておくだけではなく、詳細に眺めてすべてを胸に刻みこんだ。息子が見ているものを、自分も想像できるようにしたかったのだ。

誕生祝いの客が帰ると、ゼルマはもらった最新の写真集を手に安楽椅子にすわった。眼鏡屋は向かい側の赤いソファに腰をおろした。写真集のテキストは、たいてい英語で書かれている。眼鏡屋はマルティンとわたしのために英語の歌詞を翻訳して以来、その道の専門家になっていた。眼鏡屋は、写真集に見入っているゼルマか、窓の外のモミの老木を眺める。つねに風があるので、モミの枝は揺れている。眼鏡屋は待つ。ゼルマが目をあげてハーフムーングラス越しに眼鏡屋を見て、意味のわからない単語を口にするのを。ゼルマのことなら、彼にはよくわかっていた。

七十二歳の誕生日。ゼルマはニュージーランドの写真集を膝に置いて安楽椅子にすわっていた。この前写真集をもらって包みから取り出したのは、ほんの数日前としか思えなかった。

年を取るにしたがって時間の経つのが速くなるというのは、どうやら本当らしい。それに適応できるようでなくては賢明とはいえないと思った。年とともに時間感覚も鈍ってくれればいいのにと願ったが、実際は逆だった。ゼルマの時間感覚は競走馬のように振る舞った。

「ニュージーランドはamazing faunal biodiversityというのはどういうこと？」とゼルマは訊いた。

「驚くべきほど、動物の種類が豊富だってことだよ」と眼鏡屋は答えた。そして下の村では、よろず屋が超高温加熱処理牛乳を棚の一番奥の右側から左側に並べかえていた。父が訪ねてきて、ジェノヴァ産の絹のショールを持ってきた。わたしはフレデリクはわたしに手紙を書いた。豚が一頭、村長の家から逃げだし、眼鏡屋がその豚をつかまえた。

そうこうするうちに、ウールヘックの広葉樹は葉の色を失い、やがて落葉した。それからしばらくして、よろず屋の倉庫の屋根が雪の重みで崩れた。深雪は、ゼルマの時間感覚では瞬く間に溶け、ウールヘックの木々は、これまたあっという間に新しい葉をつけ、すぐさま七十三歳の誕生日を迎え、膝の上にアルゼンチンの写真集がのった。

「untamed Natureって何？」とゼルマは訊き、眼鏡屋は「手つかずの自然っていうことだよ」と答えた。

わたしはフレデリクに手紙を書き、フレデリクはわたしに手紙を書いた。わたしたちは合意が成立したのに、いやむしろ合意したからこそ、手紙を書き続けた。わたしたちの手紙は地球を半周しなければならなかったし、技術的にも人為的にも途中で紛失する危険にさらされていたのに、確実に互いの元に届いた。時差はあったけれど。「オーバードルフの双子の郵便配達人になった方が、生まれたばかりの猫を袋に入れてアップフェルバッハ川で溺死させた」とわたしはフレデリクに書いた。二週間後、フレデリクから「猫を溺死させると、ひどい業を招くことになる」という返事がきた。「せめて電話できない?」と手紙で訊いたけれど、予想どおり、「電話はものすごく面倒だ」という返事がきた。

解剖学的に不可能ながらも、わたしは愛を変えようと試みた。せめて一目でわかる、手に取ることのできる愛に。それも面倒だったけれど、フレデリクの顔を見ることも、声を聞くことも一度もなかったので、そのうちにそれが一目でわかる、手に取ることのできる愛だと思いこめるようになった。いったいフレデリクとはどうなっているのか、と何度も眼鏡屋に訊かれた。「手紙を書いているわ」とわたしは答えたが、眼鏡屋はその答えでは納得しなかった。

「だけど彼を愛しているんだろう」と眼鏡屋はいった。わたしは視力検査用のスツールにすわっていた。小さい字を読もうとすると決まって目が痛くなるので検査してもらっていたのだ。

「ううん、もう愛してない」

眼鏡屋の背後の壁にかかっていた視力検査表が落ちた。眼鏡屋は奥の部屋へ行って、新しい検査表を持ってきた。

「これはきみのために特別に作ったんだ」と眼鏡屋はいった。そこにはこう記されていた。

どんな冒険をするか
自分でつねに
選べるとは
かぎら
ない

わたしは身を乗りだした。そして「眼鏡がいるわ」といった。

レッダー氏はアラスカに消臭剤の〈ブルーオーシャンブリーズ〉を噴霧し、マルリースはよろず屋に冷凍野菜のことで文句をいい、父はわたしたちを訪ねてきた。父は祖父のハインリヒにますます似てきた。だんだんと顔の造作が土塊のように動いて、祖父の顔に近づいていった。「なんて奇妙なんだろう」と父は自分の鼻にさわりながらいった。「父さんの死んだ年より、ずっと年取ったっていうのにな」そしてわたしの二十五歳の誕生日には、バースデーケーキにロウソクを所狭しと並べて眼鏡屋がいった。

「おめでとう。ケーキにまだロウソクを全部立てられるんだから喜んでいい。ぼくの年になると、ケーキ屋に並んでいるケーキの半分は必要になる」

「ちょっと目をつぶってちょうだい」とゼルマがいった。そして青い石でできたネックレスをわたしの首にかけてくれた。

「ところでこのネックレスの石はシアンブルーだよ」と眼鏡屋がいった。

「誕生日おめでとう、ルイーゼ」とフレデリクが手紙に書いてよこした。「なんだかぼくらのためを思った誰かに、同じテーブルの両端にすわらせられたような気がする。九千キロの長さのテーブルにね。この長さだと、祝宴用の長大なテーブルといえそうだね。顔は見えないけど、反対側の端にきみがついていることはわかっている」

眼鏡屋がわたしの顔を見た。そして「このネックレスの石はシアンブルーだよ」と繰り返した。

「もうわかったからいいって」とわたしはいった。

「impressive Greenland ice deposits っていうのはどういう意味？」翌年の誕生日にゼルマが訊いた。

「グリーンランドの荘厳な氷床っていう意味だよ」と眼鏡屋は答えた。

パルムは聖書の言葉を引用し、眼鏡屋は、小石と理髪とか、オレンジジュースとアラスカとか、本来結びつきのない物事を関連づけた。そしてマルリースは玄関のドアの曇りガラスに包装紙を貼った。わたしはフレデリクが四年前に買ってくれた梱包されたままの本棚を、部屋の隅から別の隅に移した。村長の娘と農夫のホイベルのひ孫は六人目の子を、わたしは眼鏡を手に入れた。それから皆既日蝕がやってきた。

眼鏡屋にこれほどたくさん客が来たのは、かつてないことだった。町や近隣の村では日蝕観察用眼鏡がすぐに売り切れてしまったので、そこからも客がつめかけた。わたしは眼鏡屋の手伝いをした。彼は客の応対にてんてこまいで、顔は上気し、息せききっていた。郵便配達人でない方のオーバードルフの双子は、自分が買った眼鏡を八十マルクで転売しようとした。しかし誰も話に乗らなかった。わたしたちはウールヘックから日蝕を観察した。村中の者たちが集まった。村長は集合写真を撮った。太陽が完全に隠れると、パルムは眼鏡を外し、直接黒くなった太陽を見た。

「何しているの？」とゼルマは驚いて叫んで手を伸ばし、パルムの目をおおった。

「眼鏡が光を通さないから」とパルムは答えた。

「そのために眼鏡をかけてるんじゃないの」とゼルマはいった。けれどもゼルマの指は曲がっているので、パルムは隙間から太陽を見ることができた。それから前の世紀から次の世紀へと時が移った。

「生きているうちにこんな体験ができるとはね」とゼルマがいった。「それにしても時がこうも速く進むようじゃ、次の世紀の変わり目も体験できそうな気がしてくるわね」

「世紀の変わり目には重力が失われるんじゃないかと心配だ」とフレデリクが手紙に書いてよこした。わたしたちは村の集会所で世紀の変わり目を祝った。眼鏡屋とよろず屋はひっきりなしに花火を打ち上げた。はるか上空から眺めたら、我が村は救難信号発信中の船に見えたことだろう。その間、酔っぱらったわたしは、集会所の裏のトイレのそばで、オーバードルフの双子の郵便配達人の方とキスをした。彼も酔っぱらっていた。業が深いにもかかわらずキスをしたのだ。お酒を飲んだせいで周囲がぐるぐる回っていた。けれども「ルイーゼ、おまえ、花火みたいに抜群の体をしているな」といわれたとたん、体を離した。

重力は失われず、何も変わらなかった。ただゼルマのひいきのテレビドラマの配役が変わった。長年メリッサを演じていた女優が、急に変わったのだ。ゼルマは怒って荒い鼻息をたてた。それからわたしの顔をじっと見て、「どうにかしないと」といった。

「何を?」

「感じのいい人がいたじゃないの。あの人と出かけなさい。ほら、あの職業学校でいっしょだった人よ。なんていったっけ?」

「アンドレアス」とわたしはいった。

ゼルマは眼鏡屋に enormous population density とはどういう意味かと訊いた。眼鏡屋は「人口密度が非常に高いってことだよ」と答えた。ニューヨークのことだった。眼鏡屋は背中に貼る温熱湿布剤を購入し、配送業者は灰色のシートでおおわれたカートをよろず屋の店先に押していった。父が訪ねてきて、偃月刀をおみやげに持ってきた。わたしはそれをレッダー氏にあげた。オーバードルフの双子の郵便配達人でない方が、頭のおかしいハッセルの農場に放火したけれど、検挙されなかった。そしてゼルマとわたしは、アップフェルバッハ川の岸辺に立っている木のかたわらに長いこと立ち、エルスベートがいったことは正しかったのだろうか、幹のてっぺん近くに巻きついているキヅタは救済される途中の人間だろうかと考えた。そしてもしもそうなら、それは誰だろうかと。眼鏡屋は切手に興味を持っている者が身近にいないのを残念がった。使用済みのすてきな切手がたくさんたまっていたからだ。父が写真集を送ってよこしたときの小包の切手と、日本からフレデリクが送ってよこした手紙の切手だ。

わたしはゼルマの家の前の階段にすわって、ホイベルのひ孫の子どものひとりに靴ひもの結び方を教えた。フリートヘルムは〈瞑想の家〉のオーナーである未亡人と結婚した。彼のたっての希望で、わたしたちは戸籍役場の前で『おお美しきヴェスターヴァルト』を歌った。祝宴中に、郵便配達人である方の双子に、シングル同士、またキスをしようと誘われた。冬にパルムが発明をした。家の前の斜面に雪が積もるとゼルマはそこをおりるのに難儀するようになっていた。わたしの腕につかまっていても何度も足を滑らせそうになった。聖書の言葉を携えてゼルマの家へ向かう途中、パルムはそれを目にして考えこみ、家へもどった。夕方、パルムはおろし金をふたつ持ってやってきた。そしてそれを花輪用の針金でゼルマの冬用の靴の底に結わえつけた。

「すごい、天才的だわ」とわたしたちはいった。「天才的だ」と二週間後にフレデリクが書いてよこした。わたしたちはパルムの肩をたたいてほめたかったが、あいにくそれはできない相談だった。

ゼルマがオーストラリアの写真集を手に安楽椅子にすわり、vastnessとはどういう意味かと尋ねると、眼鏡屋は「無限の彼方」と答えた。

ゼルマは車椅子を押してウールヘックを歩き、マルリースは推薦本のことで文句をいい、パルムは聖書の言葉を引用し、眼鏡屋は、聖書をもうすっかり通読したのではないか、とおそるおそるパルムに尋ねた。「とっくに」とパルムは答え、「しかしどの言葉も何千通りにも解釈できる」といった。そしてある晩、双子の郵便配達人でない方が書店に泥棒に入った。

彼はレッダー氏がまだいるとは思っていなかった。レジ台の下にもぐりこんでモデムをつなごうとしていたレッダー氏は、そのまま旅行関連の本の棚まで這っていき、父のおみやげの偃月刀を泥棒に突きつけ、警察の到着を待った。それ以来レッダー氏は角が取れて丸くなり、もじゃもじゃだった眉毛も落ち着いてきた。怒ることが減り、書棚の間をのそのそ歩くこともなくなった。すごいことをやり遂げたという自負の念から、さっそうと歩くようになったのだ。

「きみのところでは、いつも何かしら起きるね」とフレデリクが書いてよこした。わたしは、Eメールのアカウントを取るつもりはないか、と訊いてみた。Eメールならすぐに連絡を取り合えるから、いつまでも話を引きずらずにすむ、と書いた。フレデリクは、もちろんEメールのアカウントなんて取る気はない、と返事をよこし、「それはそうと、ぼくは今でも重力があることを喜んでいる。それからぼくらがこうして手紙を書き続けていることもね」と書いてきた。

母は詩を書きはじめ、町の新聞の抒情詩コンテストで二位になった。パルムの狩猟用のやぐらが倒壊した。そのときパルムはやぐらに登っておらず、驚くべきことに折れたのは、のこぎりの切れ込みが入っていない柱だった。切れ込みが入っている方の柱は、眼鏡屋とエルスベートが補強したおかげで、ずっと持ちこたえていた。

眼鏡屋はホイベルのひ孫の三人目の子どもに切手帳をプレゼントした。そして村長が亡くなった。ちょうど五月柱（メイポール）に花輪をくくりつけようとしていたときに心臓が止まり、はしごから落ちて亡くなった。「オカピの夢を見たとはいわないでちょうだい」と村長夫人はゼルマにいった。そしてゼルマはそうはいわなかった。

「enchanting oasis townsっていうのはどういう意味？」とゼルマはエジプトの写真集を膝にのせて眼鏡屋に訊き、眼鏡屋は「魅惑的なオアシスの町ってことだよ」と答えた。

フリートヘルムは歌いながら村中を歩き回り、人に会うたびに帽子を取ってあいさつした。眼鏡屋はペリメーターに頭をつっこみ、光点を確認するたびに信号を送った。父が訪ねてきて、ベネツィアのゴンドラが写っている、てかてかに光るポスターをおみやげにくれた。ひどい代物で、ベネツィアではなく、町のギフトショップで買ったのではないかといぶかしく思ったほどだ。レッダー氏はアイスクリームパーラーで町の新聞のインタビューを受け、〈炎の誘惑〉を食べながら武勇伝を語った。わたしはとうとう折れて、ゼルマの気がすむように、職業学校で知り合ったアンドレアスと町のイタリア料理店に行った。食事の後アンドレアスは、わたしのアパートまでついてきた。想定外だったので片づけをしておらず、椅子の上にもソファの上にも、服や新聞が山積みだった。アンドレアスは梱包を解いていない本棚の上にすわろうとした。

「待って、そこにはすわらないで」とわたしはいった。

「それならどこにすわったらいい?」と訊かれ、答えに窮した。

アラスカは腰の手術をする必要があったが、おそらく手術には耐えられないだろう、と獣医にいわれた。理論的にいえば、アラスカはすでに生きているはずがないというのがその理由だった。手術の前の晩に、わたしはフレデリクに「万事うまくいったわ。アラスカは手術に見事に耐えて、すでにもう元気いっぱいよ」と書いた。手術の当日、父は半時間ごとに経過はどうかと電話で訊いてきた。それもよりによってアラスカから。獣医からの電話を取れるように回線を空けておかなければと伝えて初めて、父は電話をかけてこなくなった。

アラスカは死ななかった。途中で死ぬことなく、そのまま無数の生を生き続けた。そしてクリスマス、マルリースに焼き肉のおすそわけを持っていき玄関のドアの前に置いて帰ろうとしていると、錠前が五つはずされる音がして、ドアがほんの少し開いた。

「人はみなずっと家にいた方がいいといった人はなんて名だったっけ?」とマルリースが訊いた。

「パスカル」

「ううん、もう一人の方」

「あ、そう。ドクター・マシュケよ」とわたしは答えた。

よろず屋はコーヒーの自動販売機を店に置いて、「持ち帰り用コーヒー」と書いた紙を店の扉に貼った。けれどもまもなく、またそれをはがした。誰もコーヒーを買おうとしなかったからだ。「カップコーヒーを持って、いったいどこへ行けばいいっていうの?」と村長の未亡人が訊いた。

ゼルマがひいきにしているテレビドラマでは、メリッサが異父兄弟のブラッドと浮気をしてマシューを裏切った。ゼルマは決してメリッサを許さないだろう。そしてわたしは、アンドレアスにどこにすわってもらえばいいかわからなかったにもかかわらず、彼とつきあいはじめた。成り行きでそうなったのだ。アンドレアスと初めてキスをした後、フレデリクに、いい人と知り合って、たぶんその人と結婚することになると思う、と手紙を書いた。フレデリクはいつもなら手紙の内容にすぐさま言及するのに、次の手紙でアンドレアスのことにまったく触れなかった。わたしは腹を立てた。フレデリクは屋根に生えている苔のこと、畑仕事のこと、瞑想のこと、寺を訪れた客のことを書いて、最後に便箋の一番下の隅に、とってつけたように「追伸　そうか、それはよかった。おめでとう」と書いてよこした。

　アンドレアスはとてもいい人だった。誰もがそれを認めた。わたしたちは関心のありかも一致していた。そのことも誰もが認めた。というのもアンドレアスも書店員だったからだ。誰かにフレデリクとはどうなったかと訊かれると、なんともならなかったと答えた。

「どんな冒険をするか自分でつねに選べるとはかぎらないから」とわたしはいった。

「あれは、そんなつもりでいったんじゃないよ」と眼鏡屋はいった。

　あるとき、父が訪ねてきた後で、レッダー氏は旅行関連の本のコーナーを長いことひとしきり眺めていた。そこの壁には、浮き彫り細工の仏像、グリーンランドの鎖、リマの絨毯、ニューヨークの住居番号表示板、額縁入りの〈Hard Rock Cafe Beijing〉のロゴ入りTシャツ、偃月刀、ケルトの十字架、サドルバック、チリの雨乞い用の道具、ベネツィアのゴンドラのポスター、ディジュリドゥ〔オーストラリア大陸先住民アボリジニの木管楽器〕が飾ってあった。

「旅行の関連本より、飾りの方が多くなったな」とレッダー氏はいって、自分が引退したら、いずれ書店を引き継ぐ気があるかどうか、とわたしに尋ねた。

「でもまだ当分現役じゃないですか」とわたしはいった。

二週間後にフレデリクが「すてきな提案だね。でも本当にやる気があるのかい？　きみは本来七つの海を股にかけるようにできているとぼくは思うよ」と書いてよこした。

わたしは書店への道すがら、その手紙を読んだ。そしてアパートにもどって、フレデリクに返事を書いた。人生で誰が何をするか、あなたにどうこういう資格はない、なにしろあなたは「現実の人生」から隠遁して苔の生えた寺の屋根の上で暮らしているのだからと。そこからなら、なんとでもきれい事がいえるだろうと。それからフレデリクがその前の手紙で、またわたしがぼやけていると書いてきていたので、そこにいない者に、見える・見えないなど判断できやしないと続けた。そう書いているうちに、九千キロメートル離れていながら、フレデリクとわたしには相手がよく見えていること、それも近くで見る以上によく見えることが、どれほどおかしなことかに気づいた。

「親愛なるルイーゼ、『現実の人生』というものは、いったいどんなものなのだときみが考えているのか、ぼくはとても知りたい」とフレデリクは返事をよこした。


「scenic and craggy っていうのはどういう意味？」ゼルマがアイルランドの写真集を膝に置いて訊いた。

「絵画的で深い皺が刻まれているってことだよ。ぼくの顔のようにね」と眼鏡屋が答えた。眼鏡屋は薄暗がりの中、ゼルマの居間の窓の前に立っていて、ぼんやり姿が見えるだけだった。

ゼルマは洗濯物を干した。次世代のためにしているかのように慎重に。マルリースは夜、誰にも見られていないと確信すると、窓辺に立ってエンドウ豆を缶からじかに食べた。そして村人のひとりは、これからはささいなことでも感謝しよう、生きているだけでもありがたいと思おう、と繰り返し心に決めた。水道管が破れるか、追加費用が加算されるまでは。

夏、非常に暑かったせいで、アップフェルバッハ川が干上がった。眼鏡屋は午後中ずっと、ホイベルのひ孫の子どもたちと干上がった川を飛び越えて遊んだ。そしてわたしの三十歳の誕生日に、アンドレアスが、海への旅行用にトラベラーズチェックをプレゼントしてくれた。彼は、将来いっしょに書店を引き継ごう、それからいっしょに暮らすこともできる、といった。わたしのベッドで彼がそう提案したとき、電話が鳴った。廊下へ駆けていって受話器を取った。世界の反対側からの電話だったが、少しも雑音はしなかった。接続はとても良かった。

「ぼくだよ」とフレデリクがいった。「誕生日おめでとう」

彼の声を聞くのは八年ぶりだった。わたしは目をつぶった。まぶたの裏に、ウールヘックにいたときのフレデリクの姿が白黒で映った。白黒の別のふたりの僧の間に立っている姿が。本来明るい彼の目は、まぶたの裏にとても暗く映った。彼はそこに立ってこういった。「ところでぼくはフレデリクといいます」と。

彼から電話が来るとは思ってもいなかった。けれども〈緊張〉の方は別だった。八年もの長きにわたって、しっかり準備していた。

「ありがとう。でも間が悪かったわ」とわたしはいった。

フレデリクは一瞬、沈黙した。

「ここから電話するのがどんなに面倒なことか、きみには想像もつかないだろうな。せめて元気かどうかだけでもきかせてくれないか」

「元気よ」とわたしはいった。それからフレデリクがまた口を開くまで沈黙が続いた。

「ありがとう。ぼくも元気だよ。四六時中、お腹がすいているけどね」

「それはよかった」

それからアレクサンダーとはどうなっているか、と訊かれた。

「アンドレアスよ」

もう本当に電話を切らなければ。

「ルイーゼ、そうぷんぷんしなくてもいいだろ。ちょっと訊きたかっただけなんだ」

「わかったわ」とわたしはいい、〈緊張〉の方は「よくわかったわ」といった。それからわたしは電話を切り、アンドレアスの隣に身を横たえたけれど、フレデリクがただちょっと訊きたかっただけといって電話をかけてきたせいで、一晩中眠れなかった。二週間後、フレデリクは書いてきた。「電話が面倒なのは、ぼくの方だけじゃないみたいだね」と。

ゼルマは眼鏡屋に、そろそろ引退を考えてもいい頃ではないかといった。眼鏡屋の顔は実際、皺だらけになっていた。ゼルマとほぼ同い年、つまり七十七歳になろうとしている。椎間板が傷んでいるせいか、背中の下部の筋肉がこるが、眼鏡屋には他に悪いところはまったくなく、そのくらいのことは苦にしていなかった。

「ぼくは死ぬまで働くよ。そうしたいんだ。いまにわかるさ、ゼルマ。ぼくはペリメーターに頭をつっこんで死ぬ」

まさにそうなるだろう。ずっと先だが。ただし、ゼルマがそれを知ることはないだろう。

「merciless droughtってどういう意味？」とゼルマが訊いて、ナミビアの写真集を開いて掲げた。

「容赦なく乾ききった土地という意味だよ。見てのとおりね」と眼鏡屋が答えた。

眼鏡屋の頭には、見なければ消えないという例の文句がいまだにこびりついていた。誰もまだその意味を説明できないでいる。フレデリクは「悪いが、その文句はぼくにも理解できないと眼鏡屋に伝えてほしい」と書いてよこした。フレデリクとはどうなっているのかとよろず屋に訊かれた。眼鏡屋は、ゼルマの居間の床板が薄い箇所をちゃんと直さなけりゃいけないともう一度思った。何十年もの間そのままにしていたが、これ以上放置してはおけないと考えたのだ。ところがそのことをまた忘れてしまった。〈瞑想の家〉を運営している未亡人は、また未亡人にもどりたいと思ってフリートヘルムのもとを去った。村長の未亡人は町に住む娘のもとへ移った。それからホイベルのひ孫の三人目の子どもがいなくなった。

村人総出で子どもをさがした。家という家、家畜小屋、納屋を見て回り、ウールヘックの森も捜索した。その子はマルティンの名をもらっていて、十歳だった。

ゼルマは、昨晩オカピの夢を見なかったかと訊かれて、「いいえ、見なかったわ。絶対に確かよ」といった。

わたしたちが恐れていたのは、ありきたりの危険ではなく、まったく思いがけない危険だった。わたしたちはどこかのドアが開いて、ホイベルのひ孫の子どもが命を落とすことを恐れていた。けれどもホイベルのひ孫の子どもは、三時間後に無傷で家に帰ってきた。その子は亡くなった村長の家の牛舎に隠れていたのだ。お払い箱になった搾乳機のそばのずっと奥まったところに。わたしたちは何度もその子の名を呼んで、近くを通りすぎた。当の子どもの方は、その間、奥に隠れて縮こまっていた。わたしたちが必死になって自分の名を呼び、ひどく心配していることを感じ取り、怖じ気づいて出てこられなくなっていたのだ。

ある朝のこと、仕事に出かける前に、アンドレアスはわたしの額にキスをした。ゼルマがひいきにしているテレビドラマの中で、ほぼ完全に配役が変わってしまった登場人物たちが交わすような軽いキスだった。わたしは彼に別れなければならないと告げた。アンドレアスはリュックサックを置いて、わたしの顔をじっと見つめた。少しも驚いた様子は見せなかった。だいぶ前から予期していたかのようだった。「どうして?」と訊かれ、他にいい答えが思いつかなかったので、「七つの海を股にかけるようにできているから」と答えた。

アンドレアスは、プレゼントのトラベラーズチェックをわたしの机から取った。わたしはまだそれを使っていなかった。

「きみは七つどころか、ひとつも海を渡っていないじゃないか」と彼はいった。そして去っていった。彼がドアを閉めたとき、わたしは足を差しはさまなかった。めまいがした。わたしは起こったことにめったに逆らわない。

さてこれからどうしようかと考えながら、朝食に使ったナイフを手に、九年間梱包を解かないでいた本棚の前に立った。それから包みを開けた。組み立て説明書は二十六項目からなり、ひどくわかりにくかった。それでも説明書を頼りに本棚の組み立てに取りかかった。作業中ずっと、フレデリクの手紙のことを考えていた。フレデリクはわたしが「現実の人生」をどういうものだと考えているのか、と手紙で訊いてきていた。わたしはマルティンと電車の窓をよぎる風景のことを考えた。マルティンは目をつぶって意識を集中していた。そしてとかしてもとかしてもはねあがるマルティンの髪の一房のことを考えた。エルスベートのアジサイのように見える水泳キャップのこと、スミレトローチのにおいがするレッダー氏の口臭のこと、樹皮のように見えるゼルマの肌のこと、それからアルベルトのアイスクリームパーラーのテーブルのことを考えた。わたしはそこで、お砂糖の袋にのっている星占いの文言を初めてすらすら読んで、ご褒美に〈秘めた恋〉のミディアムサイズをもらったのだった。わたしはアラスカのことを考えた。わたしが部屋を出ようとすると頭をあげ、立ち上がっていっしょに行く価値があるかどうか、とアラスカが考える様を。アラスカはたいがいその価値があると判断した。わたしは眼鏡屋のことを考えた。眼鏡屋はいつでも、なんにでも対処してくれた。わたしはパルムのことを考えた。かつてのすさんだ目つきを、そして現在、うなずいては沈黙する様を。

わたしは駅の大時計のことを考えた。その大時計の下で眼鏡屋は、わたしとマルティンに時間と時差のことを教えてくれた。わたしは世界中の時間のことを、わたしが考慮しなければならないあらゆるタイムゾーンのことを考えた。父の両腕にはめられている時計のことを。それこそが「現実の人生」だと思った。そして十七番目の項目を終えたところで、説明書をくしゃくしゃに丸め、あとは何も見ずに組み立て作業を続けた。そして最後に、ほぼ真っ直ぐな本棚が完成した。

書店への道すがら、わたしはアイスクリームパーラーに寄った。「何にしますか？」とアルベルトに訊かれ、「〈秘めていない恋〉のラージをひとつ」といった。

ゼルマの八十歳の誕生日の写真集はアイスランドのものだった。そしてゼルマは眼鏡屋に何も尋ねなかった。

眼鏡屋はアイスランドの写真集を歓迎した。ゼルマが気に入るとわかっていたからだ。アイスランドは住み心地がよく、そこの住民は不合理な事柄を信じている。エルスベートがいれば、やはり気に入るだろう。

「何も訊かないんだね」と眼鏡屋はいった。

「ぜんぜん読んでないのよ」とゼルマはいって、眼鏡屋ににっこり笑いかけた。「あんまり興奮しているせいでね」

ゼルマは口紅をぬり、アイシャドウを入れていた。頬はバラ色で信じられないくらい若く見えた。

それから下の通りに客の第一陣が現れた。八十歳の誕生祝いに村人が全員やってくることになっていた。ゼルマは写真集を閉じた。

「それで？　よく考えてくれたかい？」書店の奥の物置部屋へふたりしてなんとか入るなり、レッダー氏に訊かれた。

「いいえ、だってまだまだ現役じゃありませんか」

レッダー氏はつま先立ちして体を上下に揺すった。「ああ、確かに」そういって、真顔でわたしを見た。「木にのこぎりで切り込みを入れるとする。木が傾く。だがまだ倒れたとはいえない。地面に横倒しになって初めて木は倒れたことになる。すでに倒れかけているがね」

「どこか具合が悪いんですか？」

「もうすぐ六十五歳になる。幹にひびが入っていてもおかしくないさ」レッダー氏はつぶやいた。

彼のいうとおりだ。でも六十五歳を過ぎても元気でいるかもしれない。それどころか百一歳までぴんぴんしているかもしれない。しかも健脚のままで。そうなったら町の新聞が取材にきて、どうしたらそんなに元気でいられるのか、その秘訣を訊くことになるだろう。レッダー氏は答えていうだろう。「おそらくスミレトローチのおかげだと思います」と。

「あのう、数日お休みをいただけませんか？」

「日本からお客さんが来るのかい？」

「いいえ、祖母の具合がよくないんです」

「ああ、それだったらもちろん休んでかまわない。お目にかかったことはないが、わたしからよろしくと伝えてくれ」

数週間前のことだ。ゼルマは車椅子にすわって、よろず屋の前でわたしを待っていた。入口のスロープが洗剤の配送車の重みで割れてしまったせいで、車椅子では店に入れなかったからだ。ゼルマの隣にはベンチがあり、その上にパンの入った袋が置いてあった。その袋が新しい村長夫人のものであることを、ゼルマは知らなかった。村長夫人はコンタクトレンズ使用の是非について眼鏡屋と夢中で話していて、袋のことをすっかり忘れていた。ゼルマはお腹がすいていた。買い物は長引いていた。ゼルマは袋を開けた。レーズン入りのパンを出して少しちぎり、袋をすばやくベンチにもどした。

それからしばらくして、人の名前をよく忘れるようになった。たとえば「メリッサとマシューの息子の名前はなんだったかしら？　ほらあの薬中になった子よ」とゼルマは訊く。誰かが答えをいおうとすると、「いわないで！」とあわてて叫ぶ。自分でなんとか思い出したいからだ。あるいは近くにいる者が名前を承知していれば十分だと考えているのかもしれない。

誕生日を忘れたり、医者の診察予約をすっぽかすことも多くなった。

「ひょっとして最近、パンを見つけて食べた？」とわたしは訊いた。

「ううん」とゼルマは答えた。食べたことをすでに忘れているのだ。

ゼルマはエルスベートが七十歳の誕生日にくれたイヤリングの片方をなくした。少し大きすぎるフェイクパールのイヤリングだった。イヤリングがなくなったことに気づくと泣きだし、三十分泣き続けた。初めのうちわたしは、ゼルマが泣いているのはイヤリングのせいではなく、自分の力が衰えたことや、エルスベートのことや、死別した親しい人たちを思い出したからだと思っていた。けれどもゼルマはメタファーを解さない。単純にイヤリングをなくしたせいで泣いていたのだ。

ゼルマは奇妙なことを口にするようになった。眼鏡屋とわたしが、ゼルマを車椅子にのせてウールヘックを押して歩いていると、「森がわたしの中に入ってくる」といった。「ねえ、あんたたち知ってる？　わたしの考えは森の考えなのよ」

眼鏡屋とわたしは聞かなかったふりをした。ゼルマが何かいったのではなく、森がとりわけ大きくざわめいたかのように。

ゼルマは近頃、「一度も」とか「いつも」とかよくいうようになった。しかも人生の終盤を迎えて、来し方を振り返り、「いつも」これこれしかじかで、「一度も」これこれしかじかではなかったと言明するような言い方をした。ウールヘックから家にもどってくると、「わたしはここから一度も出たことがなかった」といって家の壁をなでた。「ブラックベリーのジャムがいつも好きだった」と、毎朝、パンにブラックベリーのジャムをぬりながらいった。

「驚くべきことだと思わない？」とゼルマは、誕生日と命日を古いカレンダーから新しいカレンダーに書き写しながらいった。「生涯ずっと自分の命日を知らずに過ごすなんてね。何十回も過ごした六月二十四日や九月八日や二月三日がわたしの命日になるかもしれないのよ。はっきりさせておくべきだと思わない？」

「うん、まあ」とわたしたちは曖昧に返事をした。

「ねえ、死ぬときには五感のうち、どの感覚が最初に失われると思う？　あんたたちもたびたびそれを考えない？」ゼルマが訊いた。ゼルマは、細い糸一本でかろうじてついている眼鏡屋の上着のボタンをしっかり縫いつけようとしていたが、手が変形しているせいでうまくできないでいた。「触覚かしら？　それとも視覚？　もしかしてにおいが最初にわからなくなるのかもね。あるいはふいに五感がすべて失われる」

「ううん、そんなこと考えたことないわ」「いや、ないよ」とわたしたちはいった。

就業時間後、眼鏡屋がわたしを書店に迎えにきて、車で村にもどる途中、ゼルマが後部座席からふいにこう尋ねた。

「ねえ、死ぬときには脳裏に一生が走馬燈のように映しだされるっていうけど、それって本当だと思う？」と。

わたしはぎくっとした。ゼルマが後部座席にすわっていることに気づいていなかったからだ。

「死神がスライドショーを作成するようなものかしらね。だって全人生を映しだすなんてできない相談でしょ。どうしたって選択する必要がある。どういう規準で選択するのかしら？　人生で最重要の場面ってなんだと思う？　死神の視点からするとってことだけど」

「選択肢がありすぎるんじゃない」とわたしはいい、眼鏡屋は「もうやめてくれよ、ゼルマ」といった。

ゼルマは死について話したがったが、わたしたちは応じなかった。死が品行の悪い遠い親戚で、そのために無視を決めこんでいるかのように。

わたしはバックミラーでゼルマを見た。ゼルマはほほ笑んでいた。

「あんたたちは自分が目をつぶっていれば、誰にも自分の姿は見えないと信じている子どもみたいね」とゼルマはいった。

夜、わたしは居間のソファで眠り、三時半に目が覚めた。ゼルマの寝室に行ってみると、ベッドは空で掛け布団が床に落ちていた。

ゼルマは台所にいた。花柄の寝間着姿でキッチンテーブルについていた。足元には包み紙がむかれていないモンシェリが七個落ちていて、八個目を手にしていた。「もう包み紙がむけない。手がかたくこわばってしまって」ゼルマはいった。

わたしはゼルマに駆け寄り、腕に抱いた。といっても、ゼルマは椅子にすわっていたので、なんともぎこちない抱擁だった。わたしは後ろからゼルマの細い体にそっと腕を回した。こっそり抱擁するかのように。

「ルイーゼ、たぶんもう長くはないと思う」とゼルマがいった。わたしは目を閉じた。耳も閉じられればいいのに。閉じることのできる耳たぶがあればいい。ゼルマは振り向いて、両手をわたしの肩に置き、顔がよく見えるように体を少し離した。

「いい子だから、そのときがきたら、これで終わりにしていいっていってちょうだい。いいわね?」

偃月刀を胃に突き刺されたら、こんな感じがするにちがいない。

ゼルマはわたしの顔をなでた。少しの間わたしはフレデリクのことを思った。

「なんでみんな変なことばかりいうの? そんなばからしいことに、どうして同意しなけりゃならないの?」わたしの声は、夜しんとしずまりかえった台所には大きすぎた。

「そもそも訊かれただけましだと思ってちょうだい。こういうことはたいてい同意なしなんだから」

わたしはゼルマの目をのぞきこんだ。まぶたの裏に何やら不吉なものが映っていることにようやく気がついた。

「オカピの夢を見たのね」

ゼルマはほほ笑んで、片手をわたしの額に当てた。熱があるかどうか確かめようとしているかのように。

「いいえ」とゼルマはいった。

「嘘をついてるでしょ。どうして嘘をつくの？　わたしになら、なんでも平気でいえるはずよ」とわたしは平気とはとてもいえない口調でいった。

「じっくり考えてみたけれど、人生でやり残したことはもう何も思いつかなくて」とゼルマはいって、わたしの膝をなでた。「たぶんあれを除いてね」ゼルマは窓の横の、赤い養生テープを貼った場所を指し示した。「でも、ルイーゼ、あんたの人生をきちんとする手助けならしたいわね」

「わたしの人生は問題ないわ」というと、よろず屋のおかみさんがゼルマにくれたマクラメ編みのフクロウの飾り物が、壁から落ちて足元に転がった。

ゼルマはフクロウをちらと見てから、またわたしに視線をもどした。

「何か気がついた？」

「ううん」わたしは答えた。嘘ではなかった。

ゼルマはわたしにモンシェリを差し出した。「むいてちょうだい」

ゼルマがベッドにもどったちょうどそのとき、呼鈴が鳴った。四時半だった。玄関の前には眼鏡屋が立っていた。掛け布団を肩にかつぎ、丸めたエアマットを抱えている。「なんだか嫌な予感がして」と眼鏡屋はいった。

眼鏡屋はソファの隣にエアマットを敷いて横になった。わたしたちは三人とも眠りについた。わたしたちが眠っている間に、フレデリクが手紙にこう書いた。「ルイーゼ、何かあったら知らせてくれ。なんだか嫌な予感がするんだ」と。けれども、それをわたしが読んだのは二週間後だった。


翌朝、ゼルマは少し熱を出した。目が充血していた。わたしは眼鏡屋を寝室のドアの前に引っぱり出した。

「お医者さんを呼ぶべきじゃない?」わたしはいった。

「絶対だめよ」とゼルマが寝室から大声でいった。「医者を呼んだりしたら、あんたたちとは二度と口をきかないから、いいわね」

眼鏡屋とわたしは顔を見合わせた。

「一生よ」とゼルマは付け加えて、咳込んだ。

電話が鳴った。父だといいと思って出たら、当たっていた。「帰ってきて。ゼルマの具合が悪いの」とわたしはいった。自分でそういいながら、間違って聞こえた。ゼルマの具合はたいして悪くない。とはいえ調子は悪くないけれど、死にかけている、とはさすがにいえなかった。

「次の便に乗るよ。今、キンシャサにいるんだ」と父はいった。

居間で父と電話で話している間に、町のわたしのアパートの電話が鳴った。「ルイーゼ、どうか連絡してくれ」とフレデリクが留守番電話にいい、留守番電話はすぐさま録音を中断した。フレデリクはいった。「電話はとても面倒だ。それにこの留守番電話は面倒を」そこで留守番電話はまた録音を中断した。「心配なんで電話している」とフレデリクは言葉を続け、留守番電話は録音を中断して、機械的な女性の声で「通話中です。通話中です」と繰り返した。フレデリクはとうとう我慢できなくなった。留守番電話は「通話終了、通話終了、通話終了」と繰り返した。

お昼に母が、ゼルマの好きなチキンスープを作った。いつも喜んで飲むのに、もう飲もうとしなかった。よろず屋がモンシェリをたくさん詰めた袋を持ってきた。包み紙はすべてむいてあった。けれどもそれも、ゼルマは丁重に断った。

夕方、わたしはガレージへ行った。火曜日だったので、鹿を追い払う必要があった。森との境になっている上の野原には、案の定、いつもの鹿がいた。といっても何度も代替わりをしていて、最初の鹿ではなかった。ガレージのドアを開け、勢いよくまた閉める。それを何回も繰り返した。鹿がとっくにいなくなってからも、それを続けた。ふいに背後にパルムが立った。

「もう鹿の心配をする必要はないよ」とパルムはいった。

わたしは最後にもう一度ドアを閉めて、パルムの顔をじっと見た。パルムは聖書を胸に抱えて立っていた。

「ゼルマの具合はどうだい?」

「いいわ。でももう長くないと思う。いっしょに来る?」

パルムはわたしの後について家の前まできて、外階段のところで立ちどまった。わたしは振り返って「来て！」といった。

けれどもパルムはそこに立ったまま動かなかった。足を踏み抜く危険があるのに、まだ誰も気づいていない箇所が床にあるのを恐れているかのように。何時間も、彼はそうしてそこに立っていた。家に入らずにいるパルムは、この世の誰よりも寄る辺なく見えた。

「暑いわ」とゼルマがいった。寝室の内開き窓は建て付けが悪かった。わたしは窓を開けて、それ以上は窓が開かないように写真集を立てかけた。風がとても強かった。

眼鏡屋はベッドの端にすわっていた。マルティンが亡くなった後、わたしたちにシロナガスクジラの話をしてから、彼は一度もそこにすわっていなかった。

あれ以来、寝室は何も変わっていなかった。薄汚い黄色のフェイクレザーの目覚まし時計も、チクタクうるさいその音も、大きな花柄のキルティングも、絵の中の丸々太った子羊やのんきな羊飼いの少年も、とんがり帽子の形をした乳白ガラスと真鍮でできたナイトスタンドも。何もかも当時のまま、そこにあった。そしてあのときと同じく、眼鏡屋はそのどれにも目をくれなかった。ゼルマしか眼中にないのでなければ、そのひとつひとつをつぶさに眺めて、それぞれ独自の美しさがあることに気づいただろうに。

「何か読みたいわ」とゼルマがいった。

本と写真集を片っ端から持ってきて見せたけれど、そのどれもゼルマは気に入らなかった。

「いったい何が読みたいの？」

「わからない」

眼鏡屋がふいに立ち上がった。「ちょっと出てくる」

わたしは眼鏡屋について玄関まで行った。パルムの様子を見ようと思ったのだ。けれどもパルムはいなかった。わたしは眼鏡屋が斜面を一目散に下っていくのを見ていた。眼鏡屋はコウモリの心臓を持ってもどってくるのだろうか？　ゼルマにはどこも痛いところはないのに。


眼鏡屋は大きなトランクをふたつ持ってもどってきた。玄関のドアを開けると、眼鏡屋は無言でトランクを引きずってわたしの脇を通り、廊下を抜け、居間を抜け、ゼルマのベッドにたどりついた。ゼルマの家まで来る間、内なる声は久しくなかったほど騒ぎたてた。内なる声はがなりたてた。「おまえさん、頭がどうかしちまったのか？」内なる声が叫ぶ中、風が眼鏡屋の髪を乱し、重いトランクが脛に当たった。何事も控え目が肝心、と内なる声はわめいた。不安はよき助言者なり。長年新鮮な風に当てずにおいた愛をいまさら打ち明けても、ひどく忌まわしい結果をもたらすだけだぞと。「やめろ！」内なる声はパニックに陥り、眼鏡屋がトランクをゼルマのベッドサイドに置いて蓋を開けてもなお、叫んでいた。

トランクはふたつとも、縁までいっぱいに紙がつまっていた。「これで全部だよ」といって、眼鏡屋はゼルマにほほ笑みかけた。


親愛なるゼルマ、インゲとディーターが結婚するにあたり、ぼくはついに親愛なるゼルマ、ルイーゼが読み方を覚えるスピードは驚嘆に値する。さっきぼくたちがアイスクリームパーラーにすわって、〈秘めたる愛〉のミディアムサイズを

親愛なるゼルマ、そもそもマルリースは頭がおかしいんだろうか？　頭のおかしいハッセルと同じようにね。なにをいいたいかというと、マルリースが精神を患っているかどうかってことだ。ぼくは今日、またそのことを考えた。ところで頭がおかしいといえば、ぼくも頭がおかしいんだろうか？　きみはどう思う？　もしもぼくが今

親愛なるゼルマ、あれから今日で一年になる。きみのいうとおりだ。パルムがまっとうな人生を歩めるようになんとかしてやらなければね。人生を歩むといえば、ぼくの人生は

親愛なるゼルマ、今日の日蝕はすごかったね。太陽が完全に闇に包まれた。闇といえば、きみはぼくにとって、その正反対

親愛なるゼルマ、今日の昼、話し合ったように、ぼくも、ルイーゼはアンドレアスを心底愛してはいないと思う。愛といえば

便箋を一枚一枚、ゼルマはトランクから取り出した。それを読んでいる間、ゼルマは目を便箋の文面からあげずに眼鏡屋の手を握っていた。眼鏡屋はゼルマのかたわらにすわっていた。ゼルマが写真

集を見ていて、わからない言葉を見つけて訊くのを待っているかのように。

「絶対にっていうのはどういうこと？」ゼルマが訊いた。

眼鏡屋は笑った。「絶対は絶対だよ」

「人生がわたしの脇を通りすぎていく」とゼルマが文面を読みながらつぶやき、わたしたちはぎょっとした。いよいよそのときがきたのかと思ったのだ。けれどもゼルマは続けていった。

「いいえ、いいえ、そういうことじゃなくて、わたしがいっているのは、この手紙の中でってことよ。この手紙の中で、人生が走馬燈のように通りすぎていくってこと」

ゼルマは疲れて続かなくなるまで、手紙を読み続けた。それから頭を枕にのせて、眼鏡屋を見ていった。「読んでちょうだい」


真夜中を過ぎても、眼鏡屋は手紙を読み続けた。だんだん声がかすれてきた。

「少し休憩しないと」と眼鏡屋はいった。

ゼルマは目を赤くして眼鏡屋の顔を見つめた。それから眼鏡屋をぐっと引き寄せて、耳元に口を寄せた。

「ありがとう。最後にたくさんの始まりをもたらしてくれて」ゼルマはささやいた。「それにずっと黙っていてくれてありがとう。さもなければ、いっしょに過ごせなかったかもしれない。考えてもみて」

「そんなこと、考えたくないよ、ゼルマ」と眼鏡屋はいった。彼の目も赤くなっていた。熱もあった。体温計では測れない熱が。

「わたしも考えたくないわ」とゼルマがいった。「何があってもね」

写真集はもう窓を押さえていられなかった。窓が開き、風が流れこんできた。風はカーテンを翻し、トランクの隣に重ねてあった手紙の束に当たった。風が始まりをことごとく吹き飛ばした。


「新鮮な空気に当たってくるよ」一時間後、ゼルマが眠りにつくなり、眼鏡屋はいった。外に出る前に眼鏡屋は台所へ行った。

冷蔵庫が置いてある壁の上部には、今でもフレデリクの電話番号を書いた紙が貼ってあった。眼鏡屋はそれを見つめた。そこに書かれている数字が電話番号ではなく、何か別のものを意味しているかのように。眼鏡屋はメモをはずし、たたんで胸ポケットにしまった。


自宅への帰路は、ゼルマの家への往路よりずっと楽だった。往路は紙の詰まったトランクふたつとパニックに陥った内なる声を道連れにしていた。今手にしているのは紙一枚だけだ。それに眼鏡屋の髪を乱した風もおさまっていた。

家に着くと、眼鏡屋は電話と紙を手に、ひとりが寝るのにぎりぎり足りる大きさのベッドにすわった。そして八時間の時差を計算した。それから長ったらしい電話番号を打ちこんだ。最初の僧が受話器を取るまでに相当時間がかかった。そして六人の僧が取り次いで、ようやくお目当ての僧が受話器を取った。

「もしもし」とフレデリクがいった。

「こんにちは、フレデリク。こちらはディートリヒ・ハーンベルクです」

電話線の向こうでしばらく間があいた。それから「どなたですか？」と、とうとうフレデリクが訊いた。

「眼鏡屋です」

「ああ、あなたですか。申し訳ない。突然だったんで。お元気ですか？」

「こちらへ来られませんか？」と眼鏡屋は訊いた。フレデリクがいるのが世界の反対側ではなく、隣村であるかのように。

「もちろん」とフレデリクはいった。


わたしはゼルマの寝室の窓台にすわっていた。そしてたて笛を手にしているのんきな羊飼いの少年の絵を眺めながら考えていた。昨晩何時にゼルマはオカピの夢を見たのだろう？　後どのくらい時間が残っているのだろう？

ゼルマは短い間、目を覚まし、わたしの顔をじっと見つめた。ゼルマは仰向けに寝ていて、布団を顎のところまでしっかりかけていた。目つきは前より熱っぽかったけれど、快活だった。

「これまでのところ、すべてとどこおりなくいっているわ」とゼルマはいった。まるで五月祭の準備について話しているかのように。

世界との和合

眼鏡屋はゼルマのところへもどった。夜中の一時半だった。わたしたちの家に着く少し前に、視野の隅の薄暗がりに動くものを認めた。眼鏡屋はアップフェルバッハ川が流れている左手の野原を見た。向こうの小さい橋に人影が見える。垣根を乗り越え、その人影に寄っていった。

パルムだった。眼鏡屋は橋に登ってパルムの前に立った。パルムの目は澄んでいた。両手をたらして立ち、片手に聖書、もう一方の手に半分空いた酒びんを持っていた。

パルムは長らく酒を飲まずにきていた。酒を飲むとパルムが大きく見えることを、眼鏡屋は完全に忘れていた。酔っぱらうとパルムの図体は大きくなる。肩も、両手も、顔も。

眼鏡屋はおそるおそる片手を伸ばした。パルムははっと飛び退いた。聖書が手からすべり、橋の上に落ちた。橋のきわに。眼鏡屋は片足を伸ばして、聖書を橋の真ん中に押しやった。

小川はいつもはさらさら流れている。それが眼鏡屋の耳には、どっどっと流れているように聞こえた。今夜のアップフェルバッハ川は、せせらぎではなく激流だ。川のたてる轟音のせいで、パルムの泣き声は聞こえなかった。だが目で見てわかった。涙がつたい落ちている。以前のように荒んでいかつくなった赤ら顔の上を。

眼鏡屋は大きく息を吸った。それから一歩前に出て、パルムの脇の下に両腕を差し入れた。パルムはよろめいて後退した。眼鏡屋は全力で彼を引き寄せた。触ったら灰燼に帰すかもしれないなどと考えて躊躇している場合ではなかった。今ここしかない。急流のアップフェルバッハ川の橋の上で、眼鏡屋はリスクを冒すしかなかった。

パルムは灰燼には帰さなかった。眼鏡屋はパルムを抱え上げ、重い頭を自分の肩にのせた。パルムは酒のにおいをぷんぷんさせていたし、汗くさかった。それに泣きじゃくっていた。上半身が震えている。眼鏡屋の体も、パルムを支えるのに難儀して震えていた。眼鏡屋の左右にたれさがっていたパルムの両腕があがり、眼鏡屋の体に回された。酒びんがパルムの手から橋の上に滑り落ちた。パルムの汗だくの髪が眼鏡屋の首にかかり、肩が眼鏡屋の鼻を押し、眼鏡を額に押し上げた。

およそ一分間、眼鏡屋はパルムを抱き上げていられた。しかしそれ以上は無理だった。眼鏡屋はパルムを下におろしたが、体は放さなかった。パルムも眼鏡屋を放さなかった。パルムを腕に抱いたまま、眼鏡屋は膝をつき、それから腰をおろした。

長い間ふたりは、そこにそうしてすわっていた。眼鏡屋は両脚を伸ばして橋の欄干に寄りかかり、パルムは上半身を眼鏡屋の胸に斜めにもたせかけて。パルムは目を閉じていて、動かなかった。眼鏡屋は体を斜めにしてすわっていた。聖書の上に半ばすわる形で。椎間板に負担がかかってきついが、眼鏡屋には、パルムを驚かせずにすわり直す選択肢はなかった。

眼鏡屋はパルムの髪をなでた。酒びんが足元に転がっている。ラベルは難なく読める。月が出ていて、ものすごく明るかった。パルムは以前、月の軌道に精通していた。

それからはもはや、とどこおりなくとはいかなくなった。ゼルマは落ち着きがなくなり、ベッドの中で寝返りを繰り返した。わたしは湿布をし、濡れタオルをゼルマの下腿に巻こうとしたが、ゼルマは嫌がってはねつけた。ベッドの上にまだ置いてあった手紙の書き出しが濡れてしまった。

アラスカはベッドの足元にすわって、わたしがせわしなく行ったり来たりするのを見ていた。わたしがベッドの隅にすわってはまた立ち上がって動き回る様を。まるで重要な問いがあるのに、訊けないことを憂えているかのようだった。

眼鏡屋がもどってきた。ゼルマしか眼中になかったせいで、わたしは彼がくたびれ果てていることに気がつかなかった。わたしたちはベッドの隅にすわっていた。何もすることはなかったのに、ぱっと立ち上がっては何かしら用事をした。時間感覚はもうなくなっていた。真夜中の二時だったかもしれない。時間が進んだり後退したりしていたのかもしれない。それすらもわからなかった。

ゼルマの目は潤んでいた。ひょっとして最初に失われるのは目の色なのかもしれない。ゼルマは眠り、それからまた目を覚ました。両手でベッドの両脇をぐっとつかんでいた。まるでそこにならしっかりつかまっていられるかのように。それから、わたしたちが誰だかわからないかのように、きょとんとして見て、いった。「息子と話がしたいんです。お願いします」と。

わたしは片手で口を押さえて泣きだした。控え室に待機している受付係になって、即座に父に取り次ぐことができたなら、なんでもしただろう。

夜が明けるまでの四時間、ゼルマは寝返りを繰り返した。その間ずっと、わたしたちが誰かわからずにいた。それからまたわたしたちに気づき、その瞬間わたしの手を取った。わたしは以前よくしたように、ゼルマの手首に指を当てて脈をはかった。脈は速かった。世界は止まる寸前、猛スピードで動くものらしい。

ゼルマはわたしの首に手を当て、頭を自分の胸に引き寄せた。濡れた寝間着の上に。そして髪をなでた。

「おばあちゃんが世界を創造したのよ」とわたしはささやいた。

「いいえ」とゼルマはいった。「それはあんたよ」それがゼルマの最後の言葉だった。

ハインリヒ、車がこわれる

ゼルマはウールヘックに立っていた。いつもの膝丈の花柄の寝間着を着て、自分の年老いた足が草の中からのぞいているのを見ていた。夢の中でオカピといっしょにいるときと同じように、そこに立っていた。いつもなら、そういう夢は身近の誰かの命がまもなく尽きることを意味する。だがそこにオカピはいなかった。見渡す限りどこにもいない。そこには木々と野原しかなく、いつものように風が吹いていた。

オカピがいないのに、なぜ自分はここに立っているのだろう、とゼルマが不思議に思ったちょうどそのとき、木々の間から人影が現れた。物音ひとつ立てず、下生えの中から姿を現し、近づいてきた。それが誰かわかるや、ゼルマは駆け寄った。できる限りの速さで。とても速かった。若いときのようにとても速く走れることに、ゼルマは少しも驚かなかった。

それからふいに立ちどまった。もう五十年以上経っている。そのまま胸に飛びこむわけにはいかないのではないかと思ったのだ。たとえどんなにそうしたくても。そんなことをしたら、彼は灰燼に帰してしまうかもしれない。

「きみなんだね」ハインリヒがいった。「随分時間が経ったね」

この数十年、ゼルマのまぶたの裏にはハインリヒの髪がつねに明るく映っていた。その髪が今は実際と同じく黒い。そして目はまた明るくなった。

「あなた、白黒じゃなくてカラーなのね」とゼルマはいった。それから一瞬沈黙し、「それにとっても若い」と付け加えた。

「残念ながら、その点はどうにもならない」

ゼルマは足下に目を落とした。「わたしは年取ったわ」

「ありがたいことにね」そういって、ハインリヒはほほ笑んだ。

ハインリヒは、最後の最後の最後に振り向いてゼルマに手を振ったあの日と同じようにほほ笑んだ。あの日、彼はいった。心配しないで、ぼくらはまたすぐに会える、わかってるんだ、ぼくにはよくわかってるんだよ、ゼルマ、と。

「思っていたより少しばかり長くかかったけれどね」とハインリヒはいった。

ゼルマはウールヘックの空を見上げた。光はいくらか銀色がかっていた。日蝕のときのように。

ゼルマはハインリヒに近づいた。「手を貸してくれる?」とこれまで助けを求めたことがなかったゼルマが尋ねた。「ここから出ていくのに手を貸してくれる?」

コートを脱ぐのに手を貸してほしいと頼むような口調だった。

ハインリヒは両腕を広げ、ゼルマは彼の胸に飛びこんだ。ゼルマはハインリヒの若いままの体を抱いた。ハインリヒは八十を越えたゼルマの体を抱いた。以前と同じようにしっかりと。ゼルマはハインリヒに接している部分しか自分の体を感じとれなかった。たとえば右肩はもう感覚がなかった。マルティンの死後、わたしを抱き続けて感覚がなくなった肩のように。だがそのときとは違った感覚だ。今感じているのは痺れではない。肩がもうそこにはないような、そんな奇妙な感じがした。

「肩が感じられない」ゼルマはハインリヒの首に口をつけていった。彼の首は以前と同じにおいがした。ミントにフィルターなしのキャメルのにおいがほんの少し混じっている。

「それでいいんだよ」とハインリヒがいった。彼の口はゼルマの首のところにあった。「それでいいのさ、まさにね、ゼルマ」ハインリヒは両手でゼルマの肩をなでた。それから髪を、両腕を。ゼルマは身震いした。どこと場所を特定できない震えだった。体のどこが震えているのか、ゼルマにはわからなかった。ただただ震えている。

それからハインリヒは、ゼルマがかつてわたしにいったセリフを口にした。五歳のときわたしはウールヘックの木の高いところまで登っておりられなくなった。ゼルマにはその木がよく見えていた。わたしはどうやっておりたらいいのかわからなかった。ゼルマはつま先立ちで、両腕を上に伸ばし、わたしをしっかりつかまえてくれたが、それでもまだわたしは木の枝にしがみついていた。

「枝を放しなさい。しっかりつかまえているからだいじょうぶよ」とゼルマはあのときいった。

オカピア・ジョンストーニ

「親愛なるフレデリク、ゼルマが亡くなりました」とわたしは書こうとした。ゼルマが亡くなってすぐ、午前中に。けれども「親愛なるフレデリク」と書いた後、ペンを置いた。父がまだ知らないうちに、それを書き記して文書に残すことはできない。

父にそれを知らせる適任者は自分ではない、母がすべきだと思っていた。「もちろん」と母はいった。ところがゼルマが亡くなった日の午後、父が電話をかけてきたとき、母は不在だった。ゼルマの葬儀の手配をしていたのだ。それでわたしが電話に出て父に告げるしかなかった。

電話が鳴ったとき、わたしは父の姿を思い描いた。どこか遠くで公衆電話の前に立っている父の姿を。電話は接続が悪く、父には「ゼルマ」と「亡くなった」しか聞き取れないでいるのを。

「父さんだよ」と父はいった。「いいニュースがあるんだ、ルイーゼ。今日の航空便が取れたよ」

「パパ」

「聞こえるかい？　きみたちにどうしても話したいことがあるんだ」

「わたしもパパに話さなければならないことがあるの」

「実はね、ルイーゼ」と父はあらたまった口調でいった。「オカピを見たんだ。本物のオカピを、この熱帯雨林でね。あれはものすごくきれいな動物だよ」

泣いているのを父に知られないように、わたしはあいている方の手で口を押さえた。木が倒れるところをじっと見ているような気がした。そして木が本当に倒れたといえるのは、地面に横倒しになったときで、それにはまだ間があると考えているところのように。

「オカピは正式にはオカピア・ジョンストーニというんだ。発見者のハリー・ジョンストーンの名を取ってね」と父は説明しはじめた。「だけどね、彼はオカピを発見したとはいえないんだよ。なぜかっていうと、彼は生涯、オカピの一部しか見なかったんだ。見たのは頭蓋骨と毛皮だけで、完全な姿のオカピは見なかったのさ」

「パパ」とわたしは押さえた指の間からいった。パパ、黙っててちょうだい、もう浮き世離れしてはいられないのよ、と考えながら。

「たいしたもんだと思わないか？　発見者とされている者よりも、母さんの方がはるかに完全な姿のオカピを見ているとはね。ひょっとしてオカピを発見したのは母さんかもしれないな」そういって、父は笑った。「ところで母さんはどうしている？　明日の晩にはそっちに着くよ」

わたしは手を口から放していった。「おばあちゃんは昨夜、亡くなったわ」

本来聞こえるはずのない遠くで言葉が発せられたときのつねで、受話器からは雑音しか聞こえなかった。

「そんな」と父はいった。受話器が手からすべり落ち、それをまたつかみ直したのがわかった。父が小さい声でいうのが聞こえた。「明日の晩にはそっちに着く。明日の晩には」と。

すでにここに横たわっているなら

「親愛なるフレデリク」とわたしはゼルマのキッチンテーブルで書きはじめた。「ゼルマが亡くなりました。ゼルマはあなたのことをとても好いていました。ゼルマがただひとつ気に入っていなかったのは時差です。たぶんわたしたちは本当にいっしょになるようにはできていないのでしょう。それも悪いことではありません。オカピも体の各部分が何一ついっしょになるようにはできていませんが、それでもとてもきれいです」それ以上は書けなかった。眼鏡屋が目の前に立ってこういったからだ。「時間だよ」と。

眼鏡屋とわたしは廊下にかけてある鏡の前に立った。わたしは黒いワンピース、眼鏡屋は年月とともにだぶだぶになる一方の一張羅の背広を着ていた。眼鏡屋は「今月の担当者」と書かれた名札を襟の折り返しのところへ持っていった。

「つけた方がいいかな？」泣きはらした目で鏡の中のわたしを見つめて訊いた。「おもしろいと思うかい？」

「ええ」といって、わたしは泣き続けたせいで顔中に広がってしまったマスカラをぬぐおうとした。

葬儀の日は雨が降っていた。小雨だった。村人が全員、参列した。隣村からも半数が参列した。母が花輪を作った。町からきた牧師が短い言葉を述べている間、父と母は手を握っていた。葬儀の場では、長年愛した者の手を取るのが当然だからだ。もう愛していないということは、たいして問題ではなかった。

アラスカは父に会えたときのつねで大喜びしていた。興奮を抑えられず、何度もしっぽを振っては父の周囲をぐるぐる回った。アラスカは犬なので、喜びを表すのがそぐわない場もあると理解させるのは無理な相談だった。

わたしはパルムと眼鏡屋にはさまれて立っていた。パルムは体を洗いすぎたように見える。顔は赤く、髪はなでつけられていたが、一筋だけはねている。墓穴に近づくのはたやすいことではなかった。川の流れに逆らって歩いているかのようだった。パルムはバラを一輪、墓穴に投げ入れた。眼鏡屋とわたしは土塊を投げた。

葬儀の後、村中の者が集会所に集まった。わたしは三日かけてスポンジケーキを大量に焼いておいた。そのケーキが切りわけられ、重ねられてサイドテーブルにのっていた。ケーキは乾きすぎてしまっている。それを恥じていると、よろず屋がわたしの肩をなでていった。「気にすることないって。ゼルマが亡くなってしまった今となっては、何を食べても、誰も味を感じないさ」

母は父と並んでサイドテーブルのそばに立っていた。そこへアルベルトがやってきて母の肩に手を回した。わたしは父の顔を見た。長年愛してきたが今はもう愛していないことが問題にならないのは墓穴のかたわらだけなのが見て取れた。

わたしは壁際の長いテーブルについた。眼鏡屋の隣だ。眼鏡屋の左隣にはパルムがグラスを片手にすわっていた。グラスにオレンジジュース以外のものも入っているかどうかはわからなかった。わたしは眼鏡屋の肩にもたれかかり、眼鏡屋は頬をわたしの頭にのせた。わたしたちは、一夏の間、我が家の煙突の中で頭を寄せて眠っていたミミズクの夫婦のようだった。

「これでわたしたちふたりだけになっちゃったわね」

眼鏡屋は腕を回して、わたしをぐっと引き寄せると、「わたしたちといえる間は孤独じゃないさ」とささやいた。そして頭にキスをした。「ちょっと外の空気を吸ってくる。いいかな?」

わたしはうなずいた。

「おいで、アラスカ」眼鏡屋がいうと、アラスカは身を起こした。アラスカくらい体が大きくてひどく年取っていると、完全に身を起こすには時間がかかる。

眼鏡屋はアラスカを連れて村はずれまで行き、ウールヘックを越えて森の奥に入った。そしてそこに身を横たえた。

一張羅の背広を着たまま、濡れた落ち葉の上に寝た。アラスカはその隣に横になった。眼鏡屋は両手を頭の下で組み、木の枝と梢を通して空を見上げ、小雨に目をしばたたいた。

そして例の文句に思いをめぐらした。自分にも、他の者たちにもしょっちゅう問いかけてきた例の文句に。

「何かを凝視すると、視界から消え、凝視しなければ、消えることはない」

内なる声もどういうわけか、この文句の意味を説明しようとはしてこなかった。

「すでにここにこうして横たわっているなら、おまえさん、このまま死ぬこともできるね。もはやたいした違いはないよ」と内なる声がいった。

眼鏡屋は起き上がった。整形外科的に間違った動きをいきなりしたせいで、背中の下部に刺すような鋭い痛みが走った。

「わかったぞ」眼鏡屋は叫んだ。

アラスカも身を起こした。決定的な瞬間が訪れたことに気づいたのだろう。

「違いが問題なんだ。見つめることは区別することなんだ」そういって、眼鏡屋はアラスカの頭を軽くたたいた。「職業柄もっと早く気づいてもよかったよな、アラスカ。いいかい、何かを周囲のものから区別しようとしなければ、それは消えることができない。なぜなら区別できないからだ。他のものから切り離せないものは、つねにそこに存在する」眼鏡屋はとても興奮していたので、実際にアラスカに尋ねた。「わかったかい？」と。アラスカが「もちろんわかったさ。さあ散歩を続けよう」と答えなかったので驚いたくらいだ。

見ようとしなければ、ゼルマは消えない、と眼鏡屋は思った。できることならゼルマにそれを知らせるためにすぐさま飛んでいきたかった。

事情は逆

「何かしてあげられることがある？」村の人たちが集会所からいなくなると、母が訊いてきた。「アイスクリームはどう？」

「ううん、いらない。少し散歩してくる」

わたしは村外れまで行き、マルリースを訪ねた。マルリースは葬儀に参列しなかった。何かあったんじゃないかと心配だった。マルリースといえど、余程のことがない限り、ゼルマの葬儀には参列したはずだからだ。その点は確信できた。

庭木戸を抜け、打ち捨てられた郵便受けの脇を通りすぎ、蜂の巣を迂回した。玄関の呼鈴は鳴らさずに直接裏手に回り、台所の窓に向かった。いつものように引き倒し窓が少し開いている。中をのぞいた。たちまち心臓が早鐘を打った。目をそらし、胸に手を当てた。落ち着きなさい、と自分に言い聞かせた。何かの間違いに違いない。もう一度中をのぞいた。

マルリースはノルディックセーターを着、パンツを履いて椅子にすわっていた。両手でパルムの猟銃を抱えている。顎を銃口に当てて。

「マルリース」わたしは窓の隙間から声をかけた。「まさか、本気じゃないわよね」

わたしの声を聞いても、マルリースはまったく驚かなかった。わたしが前からずっと窓辺に立っていたかのように。

「マルリース？　聞こえる？　死人はこれ以上いらないわ。死神は当面手いっぱいのはずよ。近づかない方がいいと思う」

「あんたのアドバイスはいつだって大はずれ」マルリースがいった。

マルリースは彼女の叔母が首を吊った梁の真下にいた。つねに機嫌が悪く、鼻持ちならなかった例の叔母の因縁の場所に。

「パルムの猟銃をどうやって手に入れたの？」

「パルムは酔っぱらってぐっすり眠っていた。家中の物を引っぱり出しても気づかなかったでしょうよ。さあ、いい加減にもう出ていって。いつかは終わりにしなけりゃならないのよ」それだけいうと、マルリースは一瞬、こっちを見た。以前のパルムのように荒んだ目をしていた。

わたしは考えた。もちろんいつかは終わりにしなけりゃならない。いつまでも〈憂いのマルリース〉ではいられない。いつかは終わりにしなけりゃならない。誰も訪ねてくる気を起こさないようにと、つねに懸命に画策するようであるなら。自分が選び出したものが周囲に何一つないのであれば。何一つ気に食わないのなら。どんなアドバイスも、冷凍食品も、ギフトショップの品物も。何もかもが色褪せているなら、いつかは終わりにしなけりゃならない。

かつてわたしはこう考えていた。マルリースの日々はつねにまったく同じで変わり映えがしないから、そのせいで、時もマルリースを素どおりしていくのではないかと。だがそうではなかった。時はマルリースも見逃してはいなかった。そしてそれこそが、まったく何事もなく時が経過したことが、最悪だったのだ。

わたしは窓の隙間に頭をもたせていった。「お願いよ、中に入れてちょうだい」

「消えて！　さっさと消えてちょうだい！」マルリースはいった。

わたしはマルティンのことを思った。マルティンがわたしの寄せ書き帳に書いてくれた文句のことを思った。マルティンは最後のページを開いて、子ども特有のきっちりした文字で書いてくれた。「ぼくは一番後ろに根を張るよ。誰もこの帳面から転げ落ちないようにね」と。

その後わたしたちは、エルスベートにマルリースのところへ送りこまれた。誰かが〈憂いのマルリース〉の様子を見にいかなければならなかったからだ。あのときマルティンは、マルリースに自分の書き込みを見せていったものだった。「マルリースとまったく同じだよ。そうだろう？　一番後ろに根を張っているところがね」と。

マルリースはマルティンがいったことを理解しなかった。しかしマルティンは確信していた。マルリースが鼻持ちならない人間で、村はずれに住んでいるのは、悪者が背後からわたしたち村民に襲いかかるのを阻止するためだと。

当時わたしはマルリースにも寄せ書きを頼んだ。マルリースはしぶしぶ寄せ書き帳を開いた。眼鏡屋の書き込みが現れた。

「岩をうがつことはできる。山々を見過ごすこともできる。けれども、きみを忘れることは決してない」

次は父の頁でこう書いてあった。「シベリアにはヒグマがいる。アフリカには、ヌーがいる。シチリアには黒豚がいる。パパの胸の内にいるのはおまえだけだ」

次はエルスベートの書き込みだった。「燕麦の中のパグのように、楽しく朗らかに生きられんことを！」

次の頁にはよろず屋が書いていた。「先へ先へとつねにさまようことを望むか？　見よ、良きものはすぐそこにある！　幸運をつかむことを学べ！　幸運はつねにそこにある」

次は母の書き込み。「愛のみが、かの秘密を知る。人に贈ることで、我が身が豊かになるということを」

次はゼルマ。「毎日が日曜ではなく、毎日ワインが飲めるわけではない。それでも毎日、朗らかに楽しく過ごすことはできる」

ようやくマルリースは白紙の頁にたどりついた。そして鉛筆でこう書いた。「じゃあね、M」と。

「マルティンは、あんたがわたしたちみんなを助けてくれるんだと信じていたわ」とわたしは小声でいった。

「それはそれはものすごくうまくいったわね。特にマルティンはね。ゼルマもよ」とマルリースが大声でいった。

「でもゼルマは八十過ぎまで生きられたわ」

「ゼルマはわたしをそっとしておいてくれた」とマルリースはいった。一瞬、声が割れた。それからささやき声で続けた。「あんたたちの中でゼルマだけよ。いつもそっとしておいてくれたのは」

「これからもゼルマはそうするわ」

「消えてちょうだい」とマルリースは小声でいった。そしてこう付け加えた。「死神がもう見えている。こっちへ来るわ」

わたしはうんざりした。

「わかったわ、マルリース。いつかは終わりにしなけりゃならないものね。あんたのいうとおりだわ」

カーテンレールが落ちた。左側のブラケットがはずれたのだ。カーテンレールは窓の前に斜めにぶらさがる格好になった。

よく物が落ちるな、と思った。取りつけがあまいものがたくさんあるのだろう。ふいに、ゼルマが「気がついた?」と訊いたことがあったのを思い出した。わたしの人生は問題ないわ、といったときのことで、あのときは壁にかけてあったマクラメ織りのフクロウの飾りが落ちた。

マルリースが窓からこちらに目を向けた。カーテンレールが落ちたせいでこっちを見たのかと思ったが、そうではなかった。

「そういうことじゃないんだってば。死神がまっすぐこっちへ来るのよ」

わたしは後ろを振り返った。マルリースが目にしたものが、わたしにも見えた。長くて黒い衣を着た男が、庭を通ってまっすぐこっちへ向かってくるところだ。わたしは一歩後ろへ下がり、家の壁に足をぶつけた。

「あれは死神じゃない。フレデリクよ」

フレデリクはわたしの数歩手前で足を止めた。

「間が悪かったかな?」と彼は訊いた。

「フレデリク」とわたしはいった。

「ああ、ぼくだよ」といってフレデリクはほほ笑んだ。「眼鏡をかけているんだね」

「フレデリク」わたしはもう一度いった。呼びかければかけるほど、相手の存在感が増すとでもいうように。

「なんだか嫌な予感がしたんだ。それで眼鏡屋から電話をもらってすぐ、向こうを出てきた」フレデリクはいった。隣村からやってきたかのような口ぶりだった。

「ここまで？」

「ああ、電話よりずっと面倒がないからね。ルイーゼ、このたびは本当にご愁傷様」

わたしはフレデリクのそばへ行きたかった。けれども窓からほんの少しでも離れたら、マルリースが猟銃の引き金を引きかねない。

「わたし、ここに立っていなければならなくて」

「そんな必要ないって」とマルリースがいった。

フレデリクが近づいてきた。十年前と変わりなく見える。ただ笑うと顔に少し皺が寄るようになっていた。わたしは顎をしゃくって、背後の窓を指し示した。フレデリクは中をのぞいた。

「のぞかないで。あんたたちにはぜんぜん関係ないんだから」とマルリースが叫んだ。

「誰か呼んできた方がいいんじゃないか？」フレデリクが息を呑んでいった。誰かといっても、わたしにはゼルマしか思いつかない。

「わたしがここにいるかぎり、彼女は何もしないわ。だからこうして立っているのよ」

「だけどぼくら、ずっとここに立っているわけにはいかないよ」フレデリクがいった。わたしはフレデリクが「ぼくら」といってくれたのがうれしかった。

わたしはフレデリクの手を取った。

ゼルマの夢を信じてはいない、とマルティンにいったときは、駅のホームの赤と白の信号標識が落ちた。眼鏡屋に「彼を愛しているんだろう?」と訊かれて「ううん、もう愛していない」といったときは、壁にかけてあった視力検査表が落ちた。

わたしはマルリースに目を向けた。半分落ちかけたカーテンレールの背後にいるせいで、体の上に線が引かれているように見える。位置も姿勢も変わっていない。顎を銃口に当てて同じ場所にすわっている。引き金のそばに手がある。マルリースはわたしを中へは入れてくれないだろう。五つある錠前のうち、どれひとつ開けてはくれないだろう。それに何をいっても、家の外に出てきてはくれないだろう。わたしのアドバイスはいつもはずれだから。

マルリースを外に連れだすには何か別の方法を考えなければ。どんな冒険をするか自分でつねに選べるとはかぎらないことを思い出して、大きく息を吸った。

「フレデリク、来てくれたのはうれしいけど、今はちょっと間が悪くて」

マルリースの背後の壁にセロテープでとめてあったツリー型の消臭剤が落ちた。音はしなかった。

「なんだって?」フレデリクが訊いた。

彼が放そうとした手を、わたしは強く握った。

「またときどき電話しましょう。わたしと電話で話すのはとても楽しいって、いつもいっているわよね」

マルリースが子どものときに、おばさんのためにこしらえた額入りの刺繍画が床に落ちて、ガラスが割れて飛び散った。マルリースはちらとそちらに目を向けただけで、すぐにまた銃口に顎を当てた。

フレデリクがわたしをじっと見ている。世の中がわからなくなったので隠遁した方がいいだろうかと思案しているような顔つきをして。

そこにいて、どこへも行かないで、と心の中で強く念じた。

「ぐだぐだいわないで、さっさと消えて！」マルリースがいった。

「マルリースはわたしの親友よ」

何も落ちなかった。

もう一度、力をこめていった。「マルリースはわたしの親友よ」けれども何一つ動かなかった。

「フレデリク、あなたってほんとに厚かましい人ね」するとマルリースの背後のコンロの上にかけてあったフライパンが落ちた。マルリースは振り返った。わたしはフレデリクの手を握った。これでもかというほど強く。

「わたしたちがいっしょになるようにはできていないっていうのは本当ね。疑う余地がないわ」そういうと食器戸棚が倒れ、中に入っていたエンドウ豆の缶詰が床に転がった。マルリースは猟銃を手から離し、飛び上がった。それまでわたしとマルリースを交互に見ていたフレデリクは、もうわたししか見ていなかった。わたしの顔をじっと見つめている。何か落ちるたびに、一瞬体をびくつかせはするけれど、わたしから目を離さないでいる。

「これまでにあなたほど嫌った人はいないわ」というと、吊り戸棚が落ちて、脂で汚れた皿が飛びだし、粉々に砕けた。すさまじい音がした。

「〈秘めた愛〉のスモールサイズが欲しい。生クリームなしでね」というと、マルリースの叔母が首を吊ったところの隣に下がっているペンダントライトが音を立てて落ちた。ガラスの破片が飛び散り、マルリースは窓に駆け寄った。玄関のドアには錠前がたくさんかけてあるので、おいそれとは出られない。マルリースは窓を開け、窓台にのり、カーテンレールをくぐって外へ出てきた。

一瞬、マルリースは逃げだしそうな様子を見せた。森へ一目散にかけていきたそうだった。けれどもそうはせずにわたしたちの隣に立っていた。ノルディックセーターを着て、パンツを履いた姿で。

「いったい何だったの?」マルリースが体中を震わせていった。「どうしてまた収まったの?」

「わたしのいったこと、聞いていた、フレデリク?」わたしは彼に訊いた。

「ああ」顔が青ざめていた。「きみがぼくを愛しているとは知らなかったよ。少なくとも、これほどとはね」

マルリースが自分の体を抱くように両腕を組んだ。そして「わたしは知っていたわ」といった。

「ちょっと風に当たってくる」フレデリクが小声でいった。そして後ろを向くと、それ以上何もいわずに歩きだした。野原を横切り、森へ向かって。

わたしはその後ろ姿を見送った。解剖学的にいって持ち上げられないものを持ち上げたような気がした。

「さあ、マルリース。ズボンと靴を取ってこよう」

「あそこにはもう入らない。あんたもよ」

「わかったわ」といって、玄関の前の外階段に置いてあった長靴を手に取った。

「さあ、履いて」

マルリースは片手をわたしの肩にかけて長靴に裸足の足を入れた。

「眼鏡屋をさがしに行こう、いい?」わたしはマルリースの肩に片腕を回した。

「触らないで!」とマルリースはいったけれど、ついてきた。

「眼鏡屋を見つけたら」とわたしは話しはじめた。薄闇の中、道を通って、野原を横切った。「それからゼルマの家へ行って、何か食べましょう。今夜はそこで寝るといいわ。わたしもいっしょよ。フレデリクもね。彼、もうすぐもどってくると思う。気を落ち着けたらね。眼鏡屋もゼルマのところに泊まれるわね。居間にマットレスを敷きつめればいい。きっとゼルマも気に入るわ。枕が足りるかどうかはわからないけど。父さんは二階で寝るだろうし、母さんはアルベルトのところで寝るはずよ。ブラートカルトッフェルン〔ドイツのじゃがいも料理の定番。ジャーマンポテトにあたる〕を作るわね。わたし、得意なのよ。そうだ、ソファのクッションを枕代わりにしよう。フレデリクはきっともうすぐもどってくる。ちょっと来ないかって、パルムも誘ってみようか。ブラートカルトッフェルンは好き？　パルムはどこにいるんだろう？　よろず屋も来たがるかも。あんた、寒いの？　よろず屋にワインを持ってきてもらおうか。でもお酒はパルムには良くないかも。いったいパルムはどこにいるんだろう？」

マルリースは胸の前で腕を組み、わたしの隣を足をもつれさせながら歩いていた。

「ちょっと黙ってくれない」マルリースがいった。

フレデリク

フレデリクは夜になってようやくもどってきた。わたしは台所で彼を待っていた。

「どこへ行っていたの?」とわたしは訊いた。ドクター・マシュケを訪ねることもできただろう、とちょっと想像してみた。当時アラスカがしたように。

「あっちこっちさ」とフレデリクはいった。

フレデリクは冷めてしまったブラートカルトッフェルンを黙々と三皿食べた。二階で父がたてる足音のほかには、ほとんど何も聞こえなかった。父はゼルマの葬儀の後、すぐさま二階にひきこもった。アラスカ以外、誰も二階の父のところへは行かれなかった。アラスカは、何十年も前にドクター・マシュケが言及してから初めて、当初の目的どおり、毛むくじゃらの〈外在化された痛み〉となった。

「父さんはどんな具合?」アラスカが散歩に連れていってもらおうと下におりてきたときに訊いてみると、アラスカはわたしの顔をじっと見た。こういう場合の守秘義務は心得ているといいたげな目つきで。

わたしは廊下を通って居間へ向かった。フレデリクがお皿を洗ってから後についてきて、ドアの手前でわたしの手首を強くつかんだ。わたしは振り向いた。

「きみはいつも、なにもかも混乱させるんだね」と彼はいった。

「いつもとはいえないんじゃない。わたしたち、会うのはこれでまだ三度目よ」

もちろんそんなことはたいした問題ではなかった。姿が見えない者は、はるか遠くで営まれている相手の人生の内部を、うまくうろつき回ることができる。そして混乱させることができる。あたかも目には見えない大切なものを落とすポルターガイストのように。それにフレデリクとわたしは、十年にわたって、週に一度は手紙を書き合ってきた。

フレデリクはわたしの腕を放し、居間のドアを開けた。眼鏡屋とわたしでそこにマットレスを敷きつめて寝床をこしらえてあった。眼鏡屋はソファに寝そべっていた。その隣の床にはマットレスが三枚敷いてあり、真ん中の一枚にマルリースが寝ていた。ゼルマのキルティングの掛け布団にすっかりくるまっていて、花柄の大きな毛虫のようだった。そしていびきをかいていた。

その数時間前のこと。マルリースがマットレスに横になると、眼鏡屋は青と白のストライプのパジャマ姿で隣にしゃがんで、彼女が布団にくるまるのをじっと見ていた。それから尋ねた。「二度としないだろうな、マルリース？　もう一度やる危険性が少しでもあるなら、ぼくらは五分ごとにきみを訪ねて、調子はどうかと訊くことになる」それからマルリースの方にかがみこんで、ものすごく邪悪なゴブリンのような顔をしようとした。

「これからはもう、ほっといてはやらないからな。錠前は全部取りはずす。郵便受けに巣くっている蜂はいぶり出す。それから、この先ずっと」そこまでいって眼鏡屋はぐっと気を落ち着けねばならなかった。「一人では寝かさない。毎晩、ぼくらの誰かのところで寝るんだな」そしてさらに深くかがみこんだ。眼鏡屋の鼻先がマルリースのくしゃくしゃの髪に触れそうになった。「厳密にいうと、ぼくらのひとりのところに移り住まなけりゃならない」

マルリースは跳ね起きた。眼鏡屋はかろうじて頭を引っこめた。

「絶対しない」

「それならいい。話はついた」眼鏡屋は納得して、ソファにゆったり身を横たえた。

わたしはマルリースの右側に、フレデリクは左側に横になった。ソファに寝ていた眼鏡屋が上半身を起こして、眼鏡に手を伸ばした。

「都合がついてよかったよ、フレデリク」と眼鏡屋はささやいた。「ところで例の消える云々の文句だけど、ようやく意味がわかった。手短に説明したいけど、聞いてもらえるかな？」

「もちろん、喜んで」とフレデリクはいった。そこで眼鏡屋は説明しはじめた。凝視することは区別することだ、別のものと区別しようとしなければ、そのものは消えないと。

フレデリクはうなずいただけで、何もいわなかった。眼鏡屋はフレデリクの顔を注意深く観察した。フレデリクもその文句を理解したかどうか、それとも理解できたのは自分ひとりだけなのか、判断できなかった。一瞬、ひどい孤独を感じた。はるか彼方のちっぽけな惑星で暮らしているような心持ちがした。眼鏡屋だけに理解してもらえたと感じている文句のみを友として。

フレデリクはぼうっとしていた。眼鏡屋もそれに気づいた。あんまりぼうっとしていて、一晩たったら、他のものと区別できなくなるのではないかと心配になるほどだった。眼鏡屋はフレデリクが枕を揺すって形を整えるのを待ってからいった。「お望みなら、明日の朝、頭の中をのぞいて内なる声がどんな状態か見てさしあげてもいいですよ。日本で新しく開発された画期的な方法があるんです」

フレデリクはほほ笑んだ。そして「そんなにひどい状態じゃありませんよ」といった。

やがて眼鏡屋も寝入った。フレデリクとわたしをのぞいて、みんな眠っていた。マルリースが間にいたけれど、フレデリクが寝ていないことはわかっていた。

起き上がり、マルリースの枕元を通って、フレデリクのところへ行った。フレデリクの頭はゼルマの寝室のドアの真横にあった。わたしは開いているドアを閉めて、そこに腰をおろし、ドアに寄りかかった。

「きみはぜんぜんぼやけていないね。はっきり見えるよ」フレデリクが小声でいって、わたしの顔をじっと見た。

「あなたはぼやけて見える」とわたしはささやいた。フレデリクはうなずいて、禿頭をなでた。「それに緊張している」と彼はささやいた。

わたしは初めて彼に電話したときのことを思い出した。あのときわたしが緊張していると、フレデリクが助け船を出してくれた。

「あなたの名前はフレデリクで」とわたしはささやいた。「もともとはヘッセン州の生まれ。今は三十五歳。日本の仏教のお寺で暮らしている。そこにいる僧の何人かは、仏陀と面識があったのではないかと思えるほど年取っている。その人たちはあなたに掃除の仕方、座禅の組み方、歩き方、種蒔きの仕方、収穫の仕方、沈黙の仕方を教えた。何をすればいいか、あなたにはつねにわかっている。調子は本来つねにいい。何より自分の考えにどう対処していいかを心得ている。このあたりの人間は、あなたほどにはそれを心得ていない。あなたは、海辺や山間で長い間暮らす、と日本語でいえる。あなたはしょっちゅうお腹をすかせている。何かがかしいでいると、それが気になってたまらない。あなたにとっては、すべてがあるべき場所にあることが大切だ。あなたは九千キロ離れたところにいる。ああなたはわたしといっしょに長いテーブルについている」

フレデリクは頭から手をはずし、わたしを引き寄せて額と額をつけた。「ぼくもきみのことを愛している。それもずっと前からね」と小声でいった。「千年にはならないかもしれないけど、だいたい同じくらいね。世界の端からだと、それも簡単だ。でも今は不安なんだ。これまでの人生が、すべてひっくり返ってしまうんじゃないかってね」彼はわたしをじっと見た。世界一疲れた人間のように見える。「三度あれば、いつもといえるさ、ルイーゼ。その点ではぼくを信じていい」とささやいた。

布団に完全にくるまっていたマルリースがふいに身を起こして、大声でいった。「いいかげんに黙ってもらえない」その声で眼鏡屋も目をさました。「もう朝かい？」と眼鏡屋はとまどい顔でいい、眼鏡に手を伸ばした。

「ううん、まだ夜よ」とわたしはいった。

マルリースはそのままマットレスに倒れこみ、眼鏡屋はソファに居心地よく身を横たえた。フレデリクがサイドテーブルに手を伸ばし、スタンドの灯りを消した。フレデリクとわたしは、見えないながらも、互いのいる方に目をこらした。

「寝ることにするよ。三日間、ろくに寝ていないんだ」そういって、彼は横になり、わたしに背を向けた。人生がまさに今ひっくり返ろうとしているときに眠る術も、お寺で習ったのかもしれない。ゼルマの寝室のドアに寄りかかったまま、わたしは目が暗闇に慣れるのを待った。そしてフレデリクが今しがたいったことを反芻した。彼が眠りについたのがわかった。彼もマルリースと同じく布団にくるまっていた。花柄のキルティングではなかったけれど。一晩中ここにこうしてすわっていてもかまわない。フレデリクのかたわらに、こちらへ近づいてきた愛のかたわらに。それからしばらくして眼鏡屋の片手がソファから落ち、フレデリクの禿頭の上にのった。手はそのままそこにのっていた。

翌朝起きてから台所に行って、わたしたちはもう二度と、ここでゼルマに迎えてもらえないことに気がついた。この先一生かけても慣れることはないだろう。

「今すぐペリメーターに頭をつっこみたいよ」と眼鏡屋がいった。

「わたしは散歩に行きたいわ。あなたたちはどうする?」

わたしはマルリースとフレデリクの顔を見た。フレデリクは袈裟を着て、台所のドア枠にもたれかかっていた。マルリースはキッチンテーブルの前に立っていた。他のどこがいいか見当がつかなくて、そこに立たされているかのようだった。

マルリースは両腕を胸元で組み、「わたしは何もしたくない」といった。眼鏡屋はあきれたといわんばかりに目を白黒させた。一晩寝たらマルリースも生まれ変わるのではないか、とかすかな希望を抱いていたのだ。最後の瞬間に引き金を引かなかった以上、人生が新たに始まっていいはずだ。そうであるからには、ささいなことにも喜びを感じられるはずだ。たとえばリンゴの木の枝の間でちらちら踊る日の光にも。ところがマルリースは以前と少しも変わりなく見えた。追加費用の請求や水道管の破裂に悩まされてでもいるかのように。マルリースは死神の鎌からは逃れられたが、自分からは逃れられていないのだろう、と眼鏡屋は思った。変化の多くは、猟銃を顎に当てたくらいでは推し進められないということまで勘定に入れていなかったのだ。

「これからはもう『何もしない』は通用しないよ、マルリース」と眼鏡屋は少しきつくいった。「『ない』はもう一掃されたんだ」

マルリースは眼鏡屋をじろっとにらんだ。眼鏡屋もにらみ返した。フレデリクはドア枠から離れていった。「掃除をしようと思うんだけど、いいかな?」

ゼルマの台所は以前はつねにぴかぴかにみがかれていた。手が固くなって動かなくなってからは、清潔を維持できなくなった。それでも掃除を手伝ってもらおうとはしなかった。そのため床はしみだらけで、テーブルの脚にはパン屑がこびりついている。コーナーベンチの下にはほこりがたまり、吊り戸棚と冷蔵庫の取っ手は黒ずみ、ガスコンロのスイッチと食器戸棚のガラス扉には手垢がついている。

「でもそれは後でいいんじゃない。まず朝食にしましょうよ。あなた、いつだっておお腹がすいているんでしょ」

眼鏡屋はマルリースとわたしを台所の外に連れだしていった。「好きにさせた方がいい。気が鎮まるようにね」そしてゼルマのコート掛けから自分のコートを取った。「**悟りは床の掃除に始まり、掃除に終わる**」そういってから、さらに続けた。「そうすれば、いっしょになるようにできていないものを、いっしょにしようと考えられるようになるかもしれない」

壁の鏡の中から眼鏡屋はわたしに向かってほほ笑んでいた。「その後、気分次第で物を落とせばいいさ」

そしてわたしの肩をなでて付け加えた。「また後でな」と。

マルリースはわたしについてきた。それだけでも眼鏡屋が間違っていたことの証明になる。これまでマルリースといっしょに散歩できたためしはなかったからだ。マルリースは、ゼルマのワンピースの上に、ゼルマのブラウスをはおり、その上にさらにゼルマのコートをかけていた。ウールヘックの手前でわたしは躊躇した。ゼルマ亡き後、そこを散歩するのは初めてだから。マルリースが横目でわたしをちらと見て、「わたしが先に行くわ」といった。そうすれば正面から襲いかかってくる悪人を追い払えるとでもいうように。

ウールヘックの真ん中の、村が見晴らせるところでマルリースは立ちどまった。

「あれは地震だった。わたしの家の中でだけ、地震が起きた。いったいなんてこと」そういって、わたしの顔をじっと見た。

わたしはうなずいた。それからわたしたちはまた歩きだした。〈瞑想の家〉まで行き、さらに足を伸ばした。わたしたちは黙って歩いた。マルリースの望みどおり、彼女が先に立ち、わたしは後についていて。

その間にフレデリクは台所の真ん中で何度も深呼吸をした。ようやく静かになった。ゼルマの寝室に置いてあるトラベルウォッチがチクタクいう音が台所にいても聞こえるほどだ。もっともゼルマのトラベルウォッチは一度も旅に出たことがない。ひょっとしてそのせいで、これほどうるさく音を立てているのかもしれない。一生を台無しにされたと訴えるために。

フレデリクは台所の片づけをはじめた。まず食器をすべて食器戸棚から出した。カトラリーも、フライパンも、鍋も、深皿も、備蓄品も何もかも。それからガレージから脚立をとってきて、ペンダントライトのシェードの外側と内側を拭いた。中に蛾の死骸が三つあった。死骸を慎重に取り出し、手のひらにのせて庭へ運び、そこに埋めた。

戸棚はすべて、上部も、内部も、外部も、拭いてきれいにした。冷蔵庫の中もレンジの中も、奥の方まで掃除した。コーナーベンチから紙の山を取った。眼鏡屋の仏教関係の本が一冊、買い物メモ、特売品にゼルマが印をつけたチラシがあった。その間に手紙がはさまれていた。

親愛なるフレデリク、ゼルマが亡くなりました。ゼルマはあなたのことをとても好いていました。ゼルマがただひとつ気に入っていなかったのは時差です。たぶんわたしたちは本当にいっしょになるようにはできていないのでしょう。それも悪いことではありません。オカピも体の各部分が何一ついっしょになるようにはできていませんが、それでもとてもきれいです。

フレデリクはその手紙をたたんで、懐に入れた。本とチラシはテーブルの上に置き、クッションをふって形を整えた。

食器とカトラリーを洗った。小麦粉、砂糖、保存食品の容器を拭き、グラスをみがき、鍋とフライパンをごしごしこすって汚れを落とした。それから、それらをていねいに拭いて水気を取り、食器戸棚にもどした。窓と窓枠を拭き、ドアは両側から拭いた。それがすむと、脚立をガレージにもどした。

ガレージのドアを閉めたとき、上の森の縁に広がる野原にふと目がいった。もしかして鹿がいるかもしれない。いたらなんとしても追い払わねばならない。ゼルマの家の中や、その周りのことなら、何もかも承知していた。何をしなければならないか、何をそのままにしておかなければならないか、すべて心得ていた。七百通にも及ぶ手紙を読んで精通していたのだ。

フレデリクは家にもどった。頭の中はずっとからっぽだった。珍しく何も考えていなかった。ところがドアを開けたとたん、疑問がひとつ頭に浮かんだ。人が古い家に足を踏み入れると、家の方も、その人の中に入りこむのではないか、という疑問が。

廊下の奥の物置に掃除機があるのを見つけた。フレデリクはゼルマが洗濯物を干していた物干し台に寄りかかった。ちょうど洗濯物を干すときのように。

台所にもどり、床に掃除機をかけはじめた。とそこへふいに母がやってきて、ドア枠のところに立った。

フレデリクは掃除機のスイッチを切った。

「こんにちは。いったいみんな、どこにいるの？」母が訊いた。

「今は誰もいません」といって、フレデリクは天井を指差した。「ご主人だけです。二階にいます」

「またしても来るのが遅すぎたようね」母はドア枠に寄りかかってため息をついた。「遅すぎるってどんな気持ちがするものか、御存知？」

「ぼくも以前はよく遅くなりました。でも今暮らしている寺では、つねにみんな時間厳守です」

「そうでしょうね」と母はいって台所に目を走らせた。「あなたは、まさにちょうどいいときにここに来たようね」

母はキッチンテーブルの上に置かれていた眼鏡屋の本に目を留めた。そしてその本を手に取った。

「わたしは今、詩を書いているのよ。今度一冊持ってくるわね」まるでフレデリクがずっとここにいて、次に来たときに渡せるような口ぶりだった。

母は眼鏡屋の本を開いた。眼鏡屋がしょっちゅう開いている頁が開いた。彼が何度もアンダーラインを引いたお気に入りの文句がそこに載っていた。

「**無碍の境地、これ禅なり**」母は声に出してその文句を読んだ。「あらま、それならわたしも仏教徒だわね」

それから腕時計を見た。「今ここを出れば、アルベルトのところに時間どおりにつけるわ」

フレデリクはほほ笑んだ。「ではどうぞ、そうしてください」

母は躊躇した。「それともペーターの様子を見にいった方がいいかしら？　どう思います？」

父のことは心配無用だと、フレデリクは確信していた。

「ご主人は故人を偲んでいるところです。誰にも邪魔されたくないはずですよ」といいたいところだった。けれども母は、フレデリクが父をよく知っていることを知らない。だからそんなことをいったら、さしでがましいと思われるかもしれない。フレデリクはそう考えた。わたしの手紙を読んで家族のことをよく知っていることに、フレデリクはそのことを隠そうとして初めて気づいた。

「何かあっても、ぼくがここにいるので心配いりませんよ」とフレデリクはいった。「ここで掃除をしていますから」

「それはありがたいわ。ペーターのこともよかったわ」そういうと、母は出ていった。

掃除機には狭い所を掃除するときに使うノズルが欠けていた。フレデリクは掃除用のブラシを手に、コンロの周り、冷蔵庫の周り、流し、食器戸棚、キッチンテーブルの脚を掃除して回った。それからコーナーベンチの下にもぐって一番奥の床の縁をブラシで掃除した。

コーナーベンチの下に一箇所、壁板がゆるんでいるところがあった。そして壁と床の縁の間の窪みに真珠が一粒はさまっていた。ゼルマがなくしたイヤリングの片方だ。しかしわたしのたくさんの手紙を読んでいたフレデリクにも、それが何かまではわからなかった。真珠は少し大きすぎたし、まがい物っぽく見えた。地球儀のように、半球をふたつくっつけた跡が見え、目をこらすと接着剤のかすかな跡もあった。そこにイヤリングの留め具を固定していたのだ。フレデリクは親指と人差し指で、その真珠色に白濁した小さい地球儀をつまみあげた。

フレデリクはフェイクパールを横に置いて、床の縁にそって掃除を続けようとした。ところが真珠が動きだした。台所の床をコロコロと食器戸棚の下へと転がっていく。

フレデリクは真珠を目で追った。それからコーナーベンチから這い出て、食器戸棚の前に膝をつき、食器戸棚の下に片腕を脇の下の所まで差し入れて真珠を取り出した。立ち上がって、真珠、さらにリノリウムの床に目をやった。

「床が傾いている」フレデリクは口に出していった。多くの事柄は、口に出して初めてはっきりするからだ。たとえ誰も聞いていなくても。フレデリクは片足を右に出した。床が大きく傾いていて、すぐさまバランスを失いかねないとでもいうように。

フレデリクは床の傾きに気を取られていたせいで、赤い養生テープが貼ってある箇所の真上にうっかり片足をのせてしまった。誰もが自動的に避けている箇所、眼鏡屋がつねにみなの注意を喚起している箇所だ。そこに足をのせたら、床を踏み抜いて地下室に落ちてしまうだけではなく、日本、ないしは何もないところか、世界の始まりまで行きかねない。

その場所には長い間ずっと、誰も立っていなかった。床のその箇所が、我が身に何が起きたのかわからなくなるくらい長い間。

両親がわたしを初めてこの家に連れてきたとき、ゼルマはここに立っていた。母はわたしをゼルマに渡し、よろず屋、エルスベート、マルリース、眼鏡屋は、ゼルマとわたしを取り囲んで、わたしの顔をのぞきこんだ。わたしが小さく印刷されてでもいるかのように。エルスベートが口を開くまで、みんな黙っていた。

「この子、おじいさんにそっくりよ。間違いなくね」

眼鏡屋はゼルマに似ていると思った。

よろず屋は、エルスベートに似ている、といった。それを聞いてエルスベートは顔を赤らめて訊いた。「本当に？　本当にそう思う？」

当時はまだ学校の生徒だったマルリースが「誰にも似てないよ」といった。

父はエルスベートに賛同し、わたしが明らかに祖父に似ているといった。

ゼルマは、隅に立ってずっと黙っている母を見ていった。「この子は母親似よ」と。そのとき玄関で呼鈴が激しく鳴った。ドアを開けるとパルムが息を切らし、髪をくしゃくしゃにして立っていた。「男の子だ。名前はマルティン。みんな来て、うちの子を見てくれ」とパルムは叫んで、眼鏡屋を抱きしめた。

父もかつてここに立っていた。まだとても若かった。窓から外を見て、正しい答えをさがしていた。父の後ろのコーナーベンチには、ゼルマがすわっていた。ゼルマは父に医学部の中間試験のことを尋ねた。ふいに父はゼルマに向き直っていった。「終わったら、ここに診療所を開くよ」と。そしてほほ笑んだ。「ぼくはここに腰を落ち着ける。母さんのところにね」

譲り渡す財産がなければ、世界へ出ていくよう励ますべきだと、ゼルマにはわかっていた。ゼルマに財産はなかった。あるのは我が身と、譲り渡す前に倒壊しかねない傾いた家だけだった。そして世界に出ていくことが、息子にとっては重要だということもわかっていた。息子を励ますべきだとわかっていたのだ。けれども励ますかわりに安心した。息子が家に、自分のところに留まってくれると知ってほっとした。それで立ち上がると、窓辺の父の横に立ち、背中をなでていった。「そうしなさい、ペーター。ここに腰を落ち着けなさい。それが正しい選択ですよ」なぜならそれが、ゼルマが自分の心の内に見つけた唯一の答えだったからだ。そこに留まっていることが、つねに正しいことだった。そこに留まっていることこそが。

ゼルマはここに立っていた。まだとても若く、息子を腕に抱いていた。体のどこも、まだ変形していなかった。ここから、エルスベートが斜面を登ってくるのを見ていた。エルスベートもとても若かった。まだほっそりしていたが、いつになく歩みがのろく、体がいつになく曲がっていた。疲れて、できることなら流れに身を任せたいけれど、それでもなんとかそれに逆らおうとしているかのように。そのときハインリヒが亡くなったことをゼルマはさとった。エルスベートが台所に入ってきて口を開く前に、すでにそれがわかっていた。

「ゼルマ、残念だけどいわなきゃならないの。兄さんが」その先はエルスベートにはいえなかった。そのほんの数日前も、ゼルマはここに立っていた。腕に息子を抱いて、新聞の写真を見ていた。ハインリヒが壁に貼った写真を。

「これはね、オカピよ。ペーターちゃん」とゼルマはいった。「おまえの父さんが発見したのよ。っていうか、つまり新聞に載っているのをね。この世で一番おかしな動物よ」ゼルマは父の頭にキスをして続けた。「きのうの晩、オカピの夢を見たのよ。オカピといっしょにウールヘックに立っている夢だった。寝間着を着てね。どんなだったか、想像してみてちょうだいな」ゼルマはそこまでいうと、息子のお腹に鼻を押しつけた。ふたりともくすくす笑った。

ハインリヒはここに立っていた。ここからよろず屋の後ろ姿を見ていた。よろず屋はハインリヒの誕生日パーティに訪れて、かなり酔っぱらい、最後の客として帰っていくところだった。ハインリヒが自分の家で開いた最初の誕生日パーティだった。ハインリヒはタバコに火をつけて、煙を夜空に吐きだした。それから斜面の上の野原に目を走らせた。野原の上部は森に接していて、木々が風に揺れていた。この森ではつねに風が吹いている。

ゼルマはハインリヒの背後で、キッチンテーブルの上に置かれているびんとグラスを片づけていた。ゼルマはついでにチョコレートを一切れ口に入れ、まだテーブルに置かれていたエルスベートのグラスの飲み残しを飲んだ。エルスベートが飲んでいたのはチェリーのリキュールだった。「ものすごくおいしい」ゼルマはハインリヒにそういうと、彼に近づき、後ろから胸に両腕を回した。「チェリーのリキュール味のチョコレートってある?」

ハインリヒはタバコを窓の外に投げ捨て、振り向いた。「わからないな。だけど、もしもまだなかったら、きみが発明すべきだよ」ハインリヒはそういって、ゼルマをぐっと引き寄せ、ゼルマはハインリヒの唇に、首に、首筋にキスをした。「胸がどきどきしてるわ」ゼルマはいってほほ笑んだ。

「そんなもんだよ」ハインリヒは片手を背中に、もう片方の手をひかがみに当てて、ゼルマを抱き上げた。ゼルマは笑った。ハインリヒはゼルマを寝室まで運ぶつもりだったが、居間までしか行きつかなかった。

そしてハインリヒはここに寝ていた。腹ばいになって、今仕上げたばかりの床をじっくり眺めていた。顎をほぼ床につけて台所の片隅から別の片隅を見ていた。それから目をあげて、親友の顔を見た。親友はほこりだらけになって立っていた。親友は何から何まで、計測も、床材の調達も、それを張る過程もすべて、手伝ってくれた。

「なあ」とハインリヒは下から親友に声をかけた。「傾いているかな？　もう一度見てくれないか。きみならわかるだろ。眼鏡屋を始めようとしているきみならさ」

眼鏡屋は、汚れた眼鏡を汚れたセーターで拭いて、ハインリヒの隣に寝転がり、床の表面を点検した。

「いわれてみれば、確かに少し傾いているな。だけど知らなきゃ気がつかないさ」

ふたりは床をさらにじっと見た。特別な風景でもあるかのように。それから眼鏡屋は、今寝転がっていた箇所をたたいていった。

「どこの？」とハインリヒは訊いた。「だけどここの床板は少し薄すぎる気がする」

まるで少しも知らなかったかのように、眼鏡屋が「この床板は薄すぎるよ」と繰り返しいっていなかったかのように。

「ここだよ。ぼくらが今横になっているところさ」

ハインリヒは立ち上がり、そこの床の上で何度かはねた。「いや、だいじょうぶ。もつさ」そしてそれを証明しようと、何度も何度もはねたので、まだそこに横になっていた眼鏡屋の体も上下した。

「永久にもつさ。信じていい」とハインリヒはいった。

フレデリクは床を踏み抜かなかった。地下室にも落ちなかったし、日本まで、ましてや何もないところまで落下したりはしなかった。彼はバランスを保ってそこに立っていた。自分の重さを心地よく感じた。踏み抜く危険性があると長年言われ続けていた場所では、自動的に体が重くなるかのように。

フレデリクは窓から外を見た。マルリースと眼鏡屋とわたしがいた。マルリースとわたしは、帰りに眼鏡屋のところに寄り、彼をペリメーターから引っぱり出した。わたしたちはちょうど斜面を登っているところだった。眼鏡屋とわたしはマルリースと腕を組んでいた。わたしたちはゆっくり歩いていた。マルリースに〈帽子をひとつ、杖を一本、傘を一本〉を教えようとしていたからだ。マルリースはといえば、その遊びをするのを拒んでいた。フレデリクは、わたしたちが三歩前へ進んでは立ちどまり、それから前に一歩、後ろに一歩、横に一歩、足を出すのを見ていた。わたしと眼鏡屋が「さあ、マルリース、あんたもやってみて」といい、マルリースが「絶対にいや」というのを聞いていた。

わたしはフレデリクに手を振り、フレデリクも手を振り返した。

さあ、足を床からあげよう。さあ、玄関へ行ってドアを開けよう。みんなを中へ入れよう。そうは思ったものの、フレデリクの体はとても重かったので、わたしたちの方が速かった。わたしたちは台所へやってきた。フレデリクは、いまだに踏み抜く危険のある箇所に片足をのせて立っていた。眼鏡屋はフレデリクを唖然として見つめた。フレデリクは眉をあげた。

「いったい、どうしたんです?」フレデリクは訊いてから目を下に向け、自分の足を見た。「おう」といって、ようやく自分がどこに立っているかに気づいた。彼はわたしに近寄って、片手を出した。そこにはフェイクパールがのっていた。「これを見つけたよ」と彼はいった。

エピローグ

「さあ、もう行こう!」眼鏡屋は大声でいった。

眼鏡屋は愛車の古いパサートに寄りかかっていた。家の前の斜面の下で、わたしが出てくるのを待っていた。彼はため息をついて空を見上げた。午前中で、とても明るかった。

マルリースとドクター・マシュケが通りを歩いてきた。ふたりは眼鏡屋の前で立ちどまり、心配そうに彼の顔を見た。「いったいどうしたの?」とマルリースが訊いた。

「いや、まあ、その」眼鏡屋はいって、上着の袖で頬をぬぐった。今朝からずっと、涙が流れっぱなしだ。もっとも本人は泣いていないと言い張っているが。

「ぼくにもわからないんだが、涙が止まらないんだよ。年のせいで涙腺がゆるんだか、アレルギー反応だと思う」

「あるいは悲しいか」とドクター・マシュケがいった。

「ルイーゼはもう行ったの?」とマルリースが訊いた。

「いいや、これから送っていくところだ」と眼鏡屋は答えた。それからドクター・マシュケの顔を見て続けた。「ルイーゼは今日、オーストラリアへ旅立つんですよ。インド洋の真ん中へね」ドクター・マシュケが、そのことをまだ知らないかのような言い方だった。この数週間というもの、眼鏡屋は誰彼となく、そのことを話題にしていて、みんなとっくに聞き飽きていたというのに。

「そうらしいですね。話は聞いてますよ」とドクター・マシュケはいって、眼鏡屋にハンカチを差し出した。

「ルイーゼは無限に広い世界へ飛び立つんです」と眼鏡屋はさらにいった。「そうしようと決めたんでね」眼鏡屋はその文句を、誰も自分に説明できなかった例の消える云々の文句のようにいった。眼鏡屋はハンカチで鼻をかんだ。「さあ、もう行こう！」ともう一度大声でいった。少しかすれた声で。

「今、行くわ」玄関のドアのところから、斜面の下へ向かって叫んだ。フレデリクに手を貸してもらって大きなリュックサックを背中に背負った。

「それじゃあね」とフレデリクがいった。

フレデリクはペンキのしみだらけで色鮮やかだった。わたしがあちこち走り回って、まだリュックサックに入れていない必要なものをかき集めている間、居間の壁をぬり替えていたのだ。

「必ずもどってくる。きっちり四週間後にね。待っていて」

「待ってるよ」

「まだここにいてくれる？」

「ああ、ここにね。台所にいるかもしれないけれどね。いやきっと台所にいるな」

わたしはフレデリクにキスをした。「先のことはまた後で考えましょう」と彼の耳元に口を寄せてささやいた。

フレデリクはほほ笑んだ。「ああ、そうしよう」

「何かあったら電話してちょうだい。電話番号はわかるわね」と念を押した。フレデリクはわたしの顎についた白いペンキをぬぐった。「ああ、きみの電話番号なら、絶対にわかるよ」フレデリクはいった。わたしの携帯電話の番号は、家のそこらじゅうの壁に貼ってある。

フレデリクはわたしの顔を見た。そしてわたしが百回繰り返した問いを、また繰り返そうとしているのを見て取った。

「ああ、アラスカの薬のことならだいじょうぶだって」

「誰も死なないわね」

「ああ、誰も死なない」

わたしはフレデリクの手を離し、斜面をおりていった。何度も振り返っては、フレデリクに手を振った。夏の午前中で、わたしは日光に照らされていた。

フレデリクはわたしを見送った。それから目を閉じた。まぶたの裏に、静止した残像が映っていた。静止した手。静止した笑み。本来明るいものは、彼のまぶたの裏には、ことごとく暗く映った。そして本来暗いものは、ことごとくとても明るく。

訳者あとがき

みなさんのいるところから、今、何が見えますか？　わたしの目の前にあるのは、この原稿を書いているコンピュータの画面ですが、目をあげて横を向くと、二階の小さい窓の向こうに、少し先の並木が見えます。ただ視界を遮るようにその前を電線が走っているのが無粋ですが、視点を並木の緑の方に持っていくと電線はぼやけて意識に上らなくなります。

この小説では、「見える、見えない」ということが度々話題になります。主人公のルイーゼは、思いを寄せるフレデリクに初めて電話をかけたとき、一通り挨拶を交わしてから、「何か見える？」と訊きます。フレデリクは答えます。「ああ。お日さまが照っている。真向かいに木造の小屋が見えている。屋根には苔が生えていて、その向こうに山が見える。滝も見えるよ」ルイーゼの方は、真っ暗で何も見えない、といいます。そして「何が見えないんだい？」と訊かれて、「居間の窓の前に生えているモミの木。その隣のクワガタウルシ。向かいの牧場の牛。リンゴの木とそこにある橋」と答えます。フレデリクはドイツ人だけれど、日本のお寺で修行をしていて、ルイーゼはドイツの片田舎で書店員の見習いをしています。

本書をまだ読んでいない方は、ああ、遠距離恋愛の話か、と思われるかもしれませんね。でもそうではありません。あえていえば、恋愛を回避する話になるでしょうか。全体は三部構成になっていて、フレデリクが登場し、話の中心になるのは第二部、第一部はルイーゼの幼馴染のマルティン、第三部は祖母のゼルマを軸に話が展開します。第一部はルイーゼが十歳のときの話で、第二部では二十二歳になり、第三部では三十二歳になるまでの十年間が語られます。

第一部でも冒頭の章と最終章で「見えるもの」が話題になります。登校初日から、ルイーゼとマルティンが暮らす村には学校がなく、二人は町の学校まで電車で通います。登校初日から、二人は電車に乗っている約十五分の間、ある遊びをして過ごします。電車の両側のドアにそれぞれ背を向けて立ち、マルティンは目をつぶり、ルイーゼはマルティンの背後に見える景色を言い、マルティンはそれを覚えていきます。四年生になった時には、マルティンはほぼ完璧に車窓の風景を言えるようになっています。運命のあの日も、マルティンはドアを背にして立ちました。そして電車の進行に合わせてルイーゼが見ている、自分には見えない風景をあげていきました。まずは「針金工場」、それから「畑、牧場、頭のおかしいハッセルの家」と続き、やがて電車がスピードをあげると、「森、牧場」「牧場、牧場」とマルティンも早口になり……そして……。

初読の際、わたしは次の一文を読んで衝撃を受けました。いったい何が起きたのか、未読の方は是非本文を読んでください。

ただ事件らしいことが起きるのはここだけで、他にはこれといって大事件も起きず、一見ごく当たり前の人々のごく当たり前の暮らしが淡々と描かれていきます。人が生まれて、他人と交わり、愛したり、愛さなかったりして、やがて死んでいく。いつの世でも、地球上のどこでも繰り返される普遍的な営みです。けれども一読してなんとも奇妙な話だな、と思いました。その感覚は翻訳を進めるにしたがってさらに強くなっていきました。そう感じたのはおそらく語り口に起因しています。といっても出来事がセンセーショナルに描かれるわけでも、登場人物の心理描写が濃密なわけでもありませんが、五感の切り取り方が独特で秀逸なのです。先にあげた「見える・見えない」に関わる視覚で言えば、話題になるのは、「ここから見えるもの」「見えないもの」の他にも、もう一つあります。それは「ここにはないが心の目に映るもの」で、ときに登場人物の全生涯を決定づける重要なものとなります。プロローグとエピローグで描かれる「残像」がその好例です。

プロローグの視点人物は主人公ルイーゼの祖母ゼルマで、戦死した夫ハインリヒとの別れのシーンが描写されます。ハインリヒを最後に見たそのシーンは静止した残像となって、以後ゼルマの心の目に繰り返し現れます。何度も振り返って別れの手を振るハインリヒの暗い色の髪は明るく、明るい目はとても暗く映ります。

エピローグでは、村とその周囲の狭い世界に閉じ籠もっていたルイーゼが、殻を破って無限に広い世界へ旅立つシーンが描かれます。ハインリヒがゼルマに手を振ったように、ルイーゼも何度も振り返っては、フレデリクに手を振ります。フレデリクのまぶたの裏にはルイーゼの静止した残像、静止した手と静止した笑みが映ります。本来明るいものは、ことごとく暗く、本来暗いものは、ことごとくとても明るく。プロローグとエピローグが呼応する形で、人の愛と死が、始まりと終わりが描かれているのが印象的です。

また「見える」と並んで「聞こえる」も重要な役割を果たしています。といっても聞こえるのは実際の音声ではなく、主に「内なる声」です。それに悩まされている人物として、ルイーゼの亡き祖父ハインリヒの親友である眼鏡屋がクローズアップされます。常に心ここにあらずの母や、自分探しの旅に出ていて不在の父が頼りにならない存在であるのに対して、眼鏡屋は祖母のゼルマと共にルイーゼの親代わりといっていい重要な存在です。実は彼はゼルマを愛しているのですが、どうしても告白できずにいます。何度もラブレターを書きかけては頓挫し、勇を鼓して面と向かって告白しようとする度に、内なる声に邪魔されてきました。それなのに内なる声は「ゼルマに愛を告白するのをいつからためらっているんだい?」といっては非難し、「おまえは勇気を出してやってみたことがまったくない。思い切って何かしてみたことがまったくないんだ」といっては嘲笑います。それもこれもみんな内なる声が止めたせいだというのにです。眼鏡屋は知っている格言や仏教の教えを持ち出して対抗しようとしますが、まったく効き目がありません。悩みを打ち明けられたフレデリクは、医者をしていたルイーゼの父が残した器具を使って眼鏡屋の耳を診察し、内なる声を確認した上で、残念ながら対処する方法はないと宣告します。「ほぼ間違いなく、内なる声はこのままここに居すわり続けるでしょう。いったいどこへいけばいいっていうんです? 彼らにはあなたしかいないんですよ。それにあなたを悩ませることしか知らない」と。そして「彼らに名言を読んで聞かせるのはやめることです。絵葉書の文句も仏教の教えもです。彼らはとても年取っていて、すでになんでも知っていますからね」と忠告します。その忠告に従って眼鏡屋が内なる声に言い返すことを止めると、内なる声はなくならないまでも、次第に小さくなっていきます。

第三部にはとても印象的なシーンがあります。ゼルマは晩年、死を話題にすることが多くなり、あるときルイーゼと眼鏡屋に尋ねます。「ねえ、死ぬときには五感のうち、どの感覚が最初に失われると思う?」と。それから「ねえ、死ぬときには脳裏に一生が走馬燈のように映しだされるっていうけど、それって本当だと思う?」とも。ルイーゼも眼鏡屋も死を話題にすることを嫌がり、答えを曖昧にします。そんなふたりの反応にゼルマはほほ笑んで、「あんたたちは自分が目をつぶっていれば、誰にも自分の姿は見えないと信じている子どもみたいね」といいます。

ゼルマが見た夢の話もとても印象的で、とりわけ最後の夢のシーンは胸に迫ります。そもそもゼルマの夢はこの物語全体を貫くライトモチーフともいうべきもので、彼女がオカピの夢を見ると村の誰かが命を落とすということが続いたせいで、村人たちは不吉なその夢を死の予告と考えるようになっています。オカピを夢に見るときは、ゼルマは森の近くの草原に膝丈の花柄の寝巻き姿で立ってオカピと対峙するのが定番でしたが、最後の夢では、シチュエーションはほぼ同じであるのに、肝心のオカピが出てきません。代わりに森の下生えの中からハインリヒが現れます。ハインリヒは繰り返しゼルマのまぶたの裏に現れた残像とは違って、別れたときのままの姿をしています。つねに明るく映っていた髪は実際と同じく暗く、目はまた明るく。「ここから出ていくのに手を貸してくれる?」とゼルマはいって、ハインリヒの胸に飛びこみます。するとゼルマにはハインリヒに接している部分しか、体が感じとれなくなります。「肩が感じられない」というゼルマにハインリヒは、「それでいいんだよ。それでいいのさ、まさにね、ゼルマ。しっかりつかまえているからだいじょうぶ」といいます。どうやら最初に失われる感覚は体の存在感だったようです。

この物語にはいくつもの愛と死の形が描かれていますが、ゼルマとハインリヒの場合も、ルイーゼとフレデリクの場合も、別れの後に再会が用意され、終わりの後に新しい始まりがあって、読み終わった後ほのぼのとした気持ちになりました。また不思議なことに、翻訳をひととおり終えたときには、当初覚えた奇妙な感覚はなくなっていました。

最後に作者のことを紹介したいと思います。作者マリアナ・レーキーは一九七三年、ドイツのケルンで生まれ、現在ベルリンで暮らしています。この作品の主人公ルイーゼと同じように書店員の見習いをした後に、大学で文化ジャーナリズムを専攻し、これまでに多数の著作を発表しています。主な作品に短篇集 *Liebesperlen*（愛の真珠）二〇〇一年刊、小説 *Erste Hilfe*（応急手当）二〇〇四年刊、*Bis der Arzt kommt. Geschichten aus der Sprechstunde*（医者が来るまで　診察時間の物語集）二〇一三年刊などがあり、二〇〇〇年度アレグラ賞（Allegra Preis）、二〇〇三年度ニーダーザクセン文学賞（Niedersächsischer Literaturpreis）など多くの賞を受賞しています。なお本作は、二〇一七年度ドイツの独立系書店が選んだ今年の愛読書賞（Lieblingsbuch der Unabhängigen）を受賞している他、同名タイトル（*Was man von hier aus sehen kann*）で映画化もされていて、二〇二三年、一月にドイツで公開予定になっています。

遠山明子

二〇二二年九月

［著者紹介］
1973年、ドイツのケルン生まれ。書店員の見習いをした後、ヒルデスハイム大学で文化ジャーナリズムを専攻。主な作品に短篇集『愛の真珠』（*Liebesperlen*）、小説『応急手当』（*Erste Hilfe*）、『医者が来るまで　診察時間の物語集』（*Bis der Arzt kommt. Geschichten aus der Sprechstunde*）等。ベルリン在住。

［訳者紹介］
1956年神奈川県生まれ。上智大学大学院でドイツ文学を専攻。ドイツ文学翻訳家。訳書にキルステン・ボイエ『パパは専業主夫』（童話館出版）、ケルスティン・ギア「時間旅行者の系譜」シリーズ（東京創元社）、ニーナ・ゲオルゲ『セーヌ川の書店主』（集英社）、ヨハンナ・シュピリ『アルプスの少女ハイジ』（光文社）など多数。

ここから見えるもの

2022年11月13日　第1刷発行

著者
マリアナ・レーキー

訳者
遠山明子（とおやまあきこ）

発行者
田邊紀美恵

発行所
有限会社 東宣出版
東京都千代田区神田神保町2－44　郵便番号 101－0051
電話（03）3263－0997

装画
三好愛

ブックデザイン
塙浩孝（ハナワアンドサンズ）

印刷所
株式会社 エーヴィスシステムズ

ISBN978-4-88588-107-7

はじめて出逢う世界のおはなしシリーズ

1937-1970
蛇口　オカンポ短篇選
シルビナ・オカンポ
松本健二訳

カナダ編
十五匹の犬
アンドレ・アレクシス
金原瑞人／田中亜希子訳

1910-1946
パストラル　ラミュ短篇選
C・F・ラミュ
笠間直穂子訳

1948
より大きな希望
イルゼ・アイヒンガー
小林和貴子訳

キューバ編
バイクとユニコーン
ジョシュ
見田悠子訳

イタリア編
逃げてゆく水平線
ロベルト・ピウミーニ
長野徹訳

ロシア編
いろいろのはなし
グリゴリー・オステル
毛利公美訳

フィンランド編
スフィンクスか、ロボットか
レーナ・クルーン
末延弘子訳

1957-1967
小鳥たち　マトゥーテ短篇選
アナ・マリア・マトゥーテ
宇野和美訳

アメリカ編
ブラック・トムのバラード
ヴィクター・ラヴァル
藤井光訳

オーストリア編
キオスク
ローベルト・ゼーターラー
酒寄進一訳

1935
古森の秘密
ディーノ・ブッツァーティ
長野徹訳

スペイン編
グルブ消息不明
エドゥアルド・メンドサ
柳原孝敦訳

アルゼンチン編
口のなかの小鳥たち
サマンタ・シュウェブリン
松本健二訳

チェコ編
夜な夜な天使は舞い降りる
パヴェル・ブリッチ
阿部賢一訳

書誌情報は
こちらから
ご覧下さい▶